AF139855

Jazz van Galen

IN GESTOHLENER
Zeit

novum pro

Dieses Buch ist auch als
e-book
erhältlich.

w w w . n o v u m v e r l a g . c o m

Bibliografische Information
der Deutschen Nationalbibliothek:

Die Deutsche Nationalbibliothek
verzeichnet diese Publikation in
der Deutschen Nationalbibliografie.
Detaillierte bibliografische Daten
sind im Internet über
http://www.d-nb.de abrufbar.

© 2021 novum Verlag

ISBN 978-3-99107-230-0
Lektorat: Christina Eckhard
Umschlagfotos: Microvone,
Maksim Toome, Angkana
Kittayachaweng | Dreamstime.com
Umschlaggestaltung, Layout & Satz:
novum Verlag
Autorenfoto: Jazz van Galen

Gedruckt in der Europäischen Union
auf umweltfreundlichem, chlor- und
säurefrei gebleichtem Papier.

www.novumverlag.com

VORWORT

Ich hatte mir viele Gedanken über den Titel meines ersten Buches gemacht. Er sollte kurz und knackig sein, sollte Interesse wecken und gleichzeitig geheimnisvoll und vielversprechend sein und Sie zu vielen Stunden Spannung einladen.

Puh, ein schwerer, schier unlösbarer Anspruch, wie sollte das gehen?

Doch dann kam er, nach zwei Jahren – der geniale Einfall!
Warum konnte mein Buch nicht so heißen, wie es entstanden war?

„In gestohlener Zeit"

Das Schreiben und Recherchieren des Inhaltes war von Anfang an so angelegt, dass diese Tätigkeiten in der Zeit erfolgen sollten, die ich mir bei meinem bewegten Leben „stehlen" konnte. So nutzte ich die Zugfahrt zur Arbeit. Hier schrieb ich eineinhalb Jahre lang 38 Minuten auf der Hinfahrt, 38 Minuten auf der Rückfahrt. Es kam pro Tag mindestens eine Seite, manchmal drei Seiten zustande.

Dann kam die Zeit, in der ich nicht mehr Zug fahren konnte. Die vielen Menschen, die vollen Busse, viele Schnupfnasen, die Nähe der hässlichen Unbekannten konnte ich nicht mehr ertragen – ade, Zugfahrten, willkommen, Autofahrten.
Doch die Zeit fehlte. Ich nahm sie mir von woanders: meinem Partner, meinen Freunden, dem Fernseher, dem Hausputz, mir selbst. Zugegeben, es wurde immer schwieriger. Die Zeit wollte nicht mehr zur Verfügung stehen, und so gewann sie die

Oberhand und das Buch stagnierte eine lange Zeit. Ich hatte viel darüber gelesen, dass man „am Bücherschreiben dranbleiben sollte", bloß keine Stagnation – war das das Aus?

Ich hatte schon zu viel des Weges zurückgelegt, mehr als zwei Jahre, an jedem Tag der Versuch … und da der Mensch ein Gewohnheitstier ist, fehlte mir etwas, als ich nicht mehr schrieb. Das Leben war – was diesen Aspekt betraf – langweilig geworden.

Also begann ich Strategien zu entwickeln, wie ich wieder schreiben konnte, besser als zuvor – und nach einiger Zeit gelang mir der Durchbruch: Ich nahm mir die Zeit, und die Lust zu schreiben kam wieder. Dann erneut ein Rückschritt, ein neuer Mann trat in mein Leben, der nahm Raum ein, den ich zum Schreiben brauchte. So verzögerte sich alles. Meine Freundin Bernadette und mein Freund Norbert halfen mir und redigierten, vielen Dank dafür.

Hier ist das Ergebnis: Eine unglaubliche Geschichte, schön, vielschichtig, manchmal brutal, oft innig, verspielt, kompliziert, fantasievoll, zärtlich, voller Energie und Intrigen, manchmal liebenswert und von vorne bis hinten in meiner Fantasie erfunden. Jede Ähnlichkeit mit Personen, jede Übereinstimmung der Namen, von Orten und Handlungen kann nur zufällig sein.

Es macht mich ein Stück unfreier, sie erzählt zu haben, denn die Freiheit beginnt im Kopf eines jeden Menschen in seinen Gedanken, seinen Träumen, und ich gebe Ihnen ein Stück meiner Freiheit: Also schätzen Sie diesen Umstand und genießen Sie mein erstes Buch – viel Spaß beim Lesen!

NHALTSVERZEICHNIS

Kapitel 1

St. Ulrich, Gröden, Italien

Sie kann im Schneegestöber nur schwer die Umrisse von Andreas erkennen. Gekrümmt und von Schnee bedeckt liegt er regungslos am Boden. Es hat ihn, wie man beim Skifahren sagt, soeben „zerrissen". Sie hat die Eisplatte gesehen und als sehr vorsichtige Skifahrerin in letzter Sekunde umfahren.

Da liegt er nun, ihr schöner Skilehrer.

„Andreas, komm schon, steh auf!"

Keine Reaktion.

„Andreas!"

Ein panisches Gefühl steigt in ihr auf, ganz langsam, während sie hektisch den steilen Hang hinunterrutscht und immer noch keine Reaktion von ihm kommt.

„Andreas, das darf doch nicht wahr sein!" Sie beugt sich über ihn, und seine Hilflosigkeit lässt bei ihr eine Träne fließen.

„Andreas, schnell, die Handschuhe runter!"

Sie nimmt sein ihr zugewandtes Gesicht in ihre Hände.

„Andreas!"

In diesem Moment schlägt er die Augen auf und lächelt sie an, packt sie bei den Hüften, hält sie fest und rutscht mit ihr laut lachend drei- oder viermal im Überschlag den Hang hinunter. Er lacht immer noch und sein Lachen ist so mitreißend, dass sie ihm kaum böse sein kann.

Ihre Tränen verwandeln sich in ein Lachen, das immer heftiger wird, sie können gar nicht mehr aufhören, und sie schlägt liebevoll auf ihn ein. Er boxt sie etwas kräftiger zurück.

In diesem zwanglosen, gelösten Moment ist sie so glücklich wie schon lange nicht mehr, es ist ein wenig wie verliebt sein und sie genießt die Ausgelassenheit dieser Minuten. Da liegen sie nun beide im Schneetreiben auf der fast leeren Piste und sehen sich an.

„Myriell, lass uns bei Tante Hanni einkehren, es ist nicht mehr so weit."

Langsam stehen sie auf, suchen zunächst die Ski im Schnee, steigen auf und fahren im Schneckentempo weiter. Sie ist wacklig auf den Beinen, denn bei so einem miesen Wetter verliert man leicht die Orientierung, und sie hat das Gefühl, den Berg hoch anstatt hinunter zu fahren. So ist sie froh, direkt hinter Andreas herfahren zu können.

Langsam, in kleinen Bögen und – obwohl das Wetter es eigentlich nicht zulässt – immer noch darauf bedacht, eine gute Figur zu machen, nähern sie sich der „Tante Hanni-Hütte" im Tal.

Sie liebt diesen Ort, na ja, die Umschreibung Hütte ist untertrieben, denn mittlerweile hat die Gastwirtschaft beziehungsweise das Treiben auf der Terrasse gigantische Ausmaße angenommen. Bei gutem Wetter – und das Wetter ist oft gut – arbeiten mindestens sechs Kellnerinnen und Kellner mit stetig guter Laune und immer einem lockeren Spruch auf den Lippen draußen in der Sonne. Viele Liegestühle bauen sich am Hang auf, und auch Wanderer ergattern hier nur zu gerne einen Sonnenplatz. Heute, bei dem Sauwetter, werden sie ganz sicher einkehren.

Doch Myriells Gedanken sind schon wieder nicht bei ihren Skikünsten, denn sie fühlt, dass sie einen Fehler gemacht hat, die Bretter unter ihr sind für einen Moment außer Kontrolle.

Va bene, denkt sie, jetzt liegt sie erneut im Schnee.

Es ist zum Glück nichts passiert und Andreas lacht schon wieder, zieht sie hoch und weiter geht's.

Langsam hat sie von der orientierungslosen Fahrt im Schneegestöber genug, sie will endlich an der Hütte ankommen. Sie fährt eigentlich nur bei schönem Wetter, denn sie ist eben die typische „Schönwetterfahrerin".

Am Morgen sah das Wetter auch noch verdammt gut aus, strahlend blauer Himmel, und wer hätte da gedacht, dass es noch so stark schneien würde. Na ja, die Berge sind eben unberechenbar und nicht nur die Berge. Sie will endlich die dunklen Gedanken abschütteln, sie ist hier, um die schrecklichen Ereignisse zu vergessen, sich zu erholen …

Endlich, jetzt ist es nicht mehr weit. Sie können die Umrisse der Hütte kaum erkennen, aber der Einkehrschwung ist ihnen jetzt ganz sicher. So freuen sie sich in Gedanken schon auf die „Heiße Oma", den köstlichen Eierlikör mit Sahne, den sie sich bestellen werden.

Ski abschnallen, an der Seite im Schnee deponieren, den Schnee notdürftig von den Skianzügen abklopfen, das Eis von den Skistiefeln abschlagen und die wenigen Stufen zum Eingang erklimmen … geschafft!

Die Skibrillen sind beschlagen, und ihre Gesichter brennen von der Kälte. Ganz schnell die Brillen von den Gesichtern nehmen, die Mützen von den Köpfen ziehen und sich erst einmal in der Hütte orientieren.

Myriell ist noch nie im Inneren der Hütte gewesen, und der Anblick überrascht sie.

Die ganze Hütte ist mit Holz ausgekleidet und wirkt anheimelnd. Unterstützt wird dieser Eindruck noch durch die ausgesperrte Kälte und den draußen wütenden Schneesturm.

Andreas hat einen kleinen, noch freien Tisch entdeckt und schiebt Myriell sanft mit einer entsprechenden Handbewegung in die Richtung des Tisches. Er nickt ihr zu und sie bewegt sich wie ferngesteuert an den wenigen Skifahrern vorbei in Richtung Tisch.

Nachdem ihre Skijacken ausgezogen sind, wird ihnen bewusst, wie kalt es draußen eigentlich ist und wie unwirklich ein Schneegestöber sein kann. Myriell schüttelt sich kräftig.

„Was magst du trinken?" Eigentlich ist sie froh, dass Andreas so gut Hochdeutsch spricht, doch manchmal kommt der Dialekt stark bei ihm durch, er kann nicht immer verbergen, dass er in Gröden geboren und aufgewachsen ist.

„Eine ‚Heiße Oma' und eine Apfelschorle."

Er stiefelt los und unterhält sich angeregt mit der Wirtin, so hat sie etwas Zeit, sich genauer umzuschauen. Die Hütte ist von innen recht geräumig, überall auf den Tischen liegen schön bestickte rote Deckchen, die Bänke und Stühle sind mit passenden Kissen und Fellen ausgepolstert. An der Seite knistert ein Kaminfeuer und Bilder mit röhrenden Hirschen aus der Region und diverse mächtige Geweihe schmücken die Wände.

Normalerweise bekommt sie bei dem Anblick von so viel Gemütlichkeit Beklemmungen und das Bedürfnis, einen solchen Ort so schnell wie möglich zu verlassen, doch diesmal ist das nicht der Fall. Sie fühlt sich trotz ihres rotglühenden Gesichtes und ihrer schmerzenden Füße pudelwohl.

Es war ein guter Entschluss, einen Skilehrer anzuheuern, denn allein Skifahren macht ihr keinen Spaß und erst recht nicht, wenn man allein in den Bergen bei solchen Bedingungen fahren muss. Andreas ist sehr um ihr Wohlergehen besorgt, er kümmert sich rührend um sie und gibt ihr das Gefühl, eine sehr spezielle Schülerin zu sein. Er mag sie wirklich, und das zeigt er ihr auch, das tut ihr gut. Mit einem strahlenden Lächeln kommt Andreas zurück an den Tisch und ruft ihr begeistert entgegen: „Gleich kommt der Moderer, dann kannst du was erleben! Er ist der beste Ziehharmonika-Spieler im Ort."

Oje, ihr bleibt auch nichts erspart. Die Getränke kommen schnell, sie prosten sich zu und genießen die Wärme und Behaglichkeit. Andreas erzählt ihr von den viel schlimmeren Stürmen, die er in Gröden schon erlebt hat, und dass das heutige Wetter gar nichts dagegen sei.

„Mir hat es gereicht, meine Hände sind jetzt noch ganz kalt", entgegnet sie.

Spontan nimmt Andreas ihre Hände in seine Hände und reibt ganz vorsichtig daran, dabei bläst er ganz sanft warme Luft in die kleinen Zwischenräume und lächelt sie zärtlich an.

„Danke, das ist ganz lieb von dir, mir wird jetzt schon wärmer."

Welch ein Naturbursche, nur schade, dass er nicht ihr Typ ist.

Jetzt wird es laut in der Hütte, denn der Moderer hat Position bezogen und haut auf seinem Akkordeon kräftig in die Tasten. Die Stimmung steigt, alle Leute inklusive Myriell singen mit, die Wirtin lässt die Runden mit Pflaumenschnaps kreisen.

In der Dämmerung machen sie sich angeheitert Richtung Hotel auf. Zum Glück hat Andreas das Hoteltaxi gerufen, auf die Ski müssen sie nicht mehr und könnten sie auch gar nicht mehr.

Das Wetter hat zwischenzeitlich umgeschlagen und bietet nun einen klaren Blick auf die Sterne, die frische kalte Luft lässt sie sofort einen klaren Kopf bekommen. Andreas reicht ihr die Hand und hilft ihr ins Großraumtaxi, schiebt sie in die Richtung des hinteren Sitzes. Er legt seinen Arm um sie, sie kuschelt sich an ihn und genießt seine Wärme und den guten Geruch nach Kernseife. So fahren sie mit wohligen Gedanken zurück ins Hotel „Stella", wie passend.

Kapitel 2

Miami, Der Vertrag, Thomas' 27. Geburtstag

Die beiden Männer verabreden sich in einer kleinen Bar am Strand von Key Largo in Florida, weit außerhalb der Stadt. Thomas wird heute 27 Jahre alt, Victor hat ihn dringend darum gebeten, pünktlich zu sein.

Alles ist perfekt inszeniert, und Victor sitzt weit abseits von jedem Zuhörer in der hintersten Ecke der kleinen Terrasse, sein Laptop ist aufgeklappt und arbeitsbereit.

Thomas lässt, wie Victor bereits vermutet hatte, wie immer auf sich warten. Er ist schon seit über 15 Minuten überfällig.

Der inzwischen verstorbene Vater von Thomas, Adam Parker, hatte Recht behalten, denn dieser ärgerte sich schon in frühen Jahren über die Unzuverlässigkeit seines Sohnes. Nach Adams Tod kümmerte sich Victor um den Jungen, so wie er es Adam einen Tag vor seinem Tod versprochen hatte.

Victor lehnt sich gedankenverloren zurück und lässt die Vergangenheit vor seinem geistigen Auge Revue passieren. Wie schon so oft zuvor in seinem Leben spult die Geschichte der Familie Parker in einem lebendigen Film in seinen Gedanken vorbei. Zu stark sind immer noch die Erlebnisse und Gefühle, die ihn mit dieser Familie verbinden. Es kommt ihm vor, als sei alles erst gestern gewesen, so stark ist er in der Vergangenheit versunken. Sie hat ihn bis heute nicht losgelassen, und er selbst ist ein Stück von allem.

Thomas' Vater, Adam Parker Junior, wurde in Denver, Colorado, geboren. Dessen Vater wiederum, Adam Parker Senior, war ein echter Haudegen. Er hielt es nicht mit Sitte und Moral, obwohl er dies zumindest immer bei den Treffen des Ku-Klux-Klans vorgab.

Der Versuch, die fromme Fassade aufrecht zu erhalten, gelang ihm im Laufe der Zeit immer weniger, denn er war der Archetyp des halsabschneiderischen Scharlatans: Er fraß, prügelte und vögelte sich kreuz und quer durch Colorado.

Billiger Fusel und unwirksame Gesundheitswässerchen wurden als Allheilmittel für 15 Dollar die Flasche von ihm verkauft, und bei seinen Saufgelagen schwatzte er den Ureinwohnern Amerikas unter anderem ihr Land ab.

So häufte er im Laufe der Zeit ein kleines Vermögen an, das er stets bar mit sich herumtrug, denn er traute den Banken nicht. In einem kleinen Büchlein trug er jeden Cent ein, den er einnahm oder ausgab, und das passte so gar nicht zu seinem Lotterleben.

Bald begann er, auf seinem so erworbenen Grund und Boden nach Öl zu bohren und wurde schon sechs Monate später fündig. Geld fällt eben immer wieder auf den gleichen Haufen, doch der Ölfund interessierte ihn nicht wirklich. Es reichte ihm zu wissen, dass er ein Ölvorkommen auf seinem Grund und Boden besaß und jederzeit darauf zugreifen konnte, wenn er Geld brauchte oder ihm einfach danach war. Das war ein gutes, sicheres Gefühl, das er liebte.

Geld für Vergnügungen in der durch Goldfunde sich zur Metropole entwickelnden Stadt Denver auszugeben, war ein Luxus, den sich Adam Parker Senior nicht oft gestattete, er saß auf seinem Geld und brütete es sprichwörtlich aus. Lieber waren ihm die kostenlosen Dienste der vielen hübschen afro-amerikanischen Hausmädchen, die er oft und ausgiebig in Anspruch nahm.

Nachdem er sich die Hörner abgestoßen hatte und bereits vierzig Jahre alt war, heiratete er Elisabeth Smith, die nicht so ansehnliche Tochter des Bankdirektors, auf die er schon lange ein Auge geworfen hatte.

Diese Ehe blieb zunächst kinderlos, doch nach acht Jahren gebar ihm Elisabeth, im für damalige Verhältnisse hohen Alter von 28 Jahren, schließlich Adam Parker Junior, den herbeigesehnten Stammhalter. Das Familienglück dauerte nicht allzu lange, denn Elisabeth starb früh und elendig an Leukämie und ließ Vater und Sohn allein zurück.

Adam Senior verkraftete den Tod seiner Frau überhaupt nicht und begann wieder ausgiebig zu trinken. Seine negativen Eigenschaften verstärkten sich von Tag zu Tag, und so soff er sich neun Jahre später endgültig zu Tode.

Der 19-jährige Adam Junior hatte bereits seit seinem 16. Lebensjahr die Geschäfte des Vaters übernommen und sah angewidert zu, wie dieser sich ins Delirium trank.

Je schlimmer der Zustand des Vaters wurde, umso mehr strengte sich Adam an, das Vermögen zu mehren.

Hier lernte er bei einem seiner frühen Geschäfte Victor kennen, der ebenfalls in Denver geboren wurde und bereits sein Rechtsanwaltsstudium begonnen hatte. Adam konsultierte ihn seitdem bei allen rechtlichen Angelegenheiten, und Victor stand ihm immer zur Seite, reiste sogar an einigen Wochenenden eigens nach Denver an, obwohl das zur damaligen Zeit eine halbe Weltreise war. Er musste sich oft an Montagen krankmelden, da die weite Strecke in zwei Tagen kaum zu schaffen war.

Adam Junior hatte von seinem Vater die gleiche misstrauische Ader geerbt, doch Victor vertraute er blind, nicht zuletzt deswegen, weil er immer, wenn Adam rief, zur Stelle eilte. Genau genommen war er sein einziger Freund, so nahm er später auch gerne seine Anwaltsdienste in Anspruch.

Man kann sagen, dass er – Victor – nicht zuletzt wegen der Geschäfte mit Adam mächtig geworden war. Ja, Victor hatte Adam sehr viel zu verdanken.

Im Mai 1966 eröffnete Adam Junior seine erste Tankstelle, Victor erinnert sich wie heute an die ersten geschlossenen Verträge. Zwei Jahre später nannte er bereits drei Tankstellen sein Eigen und 1970 war er stolzer Besitzer einer Tankstellenkette, die über die Grenzen von Colorado hinweg reichte. Mit 22 Jahren war er, der Sohn eines Säufers, mehrfacher Millionär, ein reicher und gemachter Mann.

Auch die Ku-Klux-Klan-Zugehörigkeit hatte er von seinem Vater geerbt, nicht zuletzt das schweißte die beiden Freunde, Victor und Adam Junior noch enger zusammen. Zugegebenermaßen machten ihnen die rohen Sitten Spaß. Sie konnten sich mit den Idealen des Klans identifizieren, denn beide glaubten an ihre weiße Vorherrschaft. Es kam ihnen nicht einmal ansatzweise in den Sinn, irgendetwas zu hinterfragen. Victors Klientel waren zu der Zeit schwerpunktmäßig Klan-Mitglieder, die er bis zum heutigen Tage treu betreut – mit einigen gemeinsamen Leichen im Keller.

Außerhalb seines Geschäftes interessierte Adam Parker Junior noch eine andere Sache leidenschaftlich: der Schwimmsport, personifiziert durch die Person Mark Spitz. Adam Junior war sein größter Fan.

1968 holte Mark Spitz bei den olympischen Spielen in Mexiko zweimal Gold in der Staffel, war Dritter über 100 Meter Freistil und Zweiter über 100 Meter Delfin.

Adam verehrte ihn danach regelrecht und redete monatelang von nichts anderem. Er schwor sich selbst, bei der nächsten Olympiade dabei zu sein.

Vier Jahre später, 1972 in München, machte Adam seinen Schwur wahr, er fuhr zu den Olympischen Spielen und wurde in zweifacher Hinsicht königlich belohnt. Zum einen startete Mark Spitz in sieben Wettbewerben – und gewann alle sieben, wobei er jedes Mal einen neuen Weltrekord aufstellte! Eine Stunde nach seinem Triumph über die 100 Meter Schmetterling gewann er mit seinen Staffelkameraden die Goldmedaille über 4 x 200 Meter Kraul. Die Goldmedaille über 200 Meter Freistil war die dritte an drei aufeinanderfolgenden Tagen.

Adam Parker war euphorisch, er telefonierte mit Victor und erzählte ihm, dass das Gefühl nicht einmal durch das Attentat am Morgen des fünften September getrübt wurde. Die olympischen Spiele wurden unterbrochen und im Olympiastadion fand eine Trauerfeier für die Opfer statt. Um den Terroristen nicht nachzugeben, beschloss das Olympische Komitee nach 36 Stunden die Fortsetzung der Spiele.

Was für eine Zeit! All das interessierte Adam Parker nicht, ihn störte die Unterbrechung der Spiele, da er solang keine Wettkämpfe sehen konnte. Nach kurzer Überlegung beschloss er, in dieser Zeit einen Tagesausflug auf dem Rhein zu machen, denn er hatte auf einem Handzettel von der Loreley gelesen, auf dem es hieß:

St. Goar und St. Goarshausen, direkt am Rhein gelegen, sollte man wenigstens einmal im Leben besucht haben. Deshalb kann man einen Urlaub oder Tagesausflug zur schönen Loreley wirklich jedem empfehlen. Die Preise für die Übernachtung sind günstig.

Der Ausflug wurde von der Reiseleiterin Marie-Luise Bartels geleitet, sie war seine zweite königliche Belohnung.

Bereits im Januar 1973 wurde aus Marie-Luise Bartels Mary Lou Parker.

Das war aus der Sicht von Victor das Einzige, was für ihn selbst positiv aus Adams Leidenschaft fürs Schwimmen heraussprang. Diese wunderbare, einzigartige Frau. Noch heute kommt Victor ins Schwärmen, wenn er an sie denkt. Sie war nicht nur wunderschön mit ihren dunklen Haaren und den stahlblauen Augen, nein, sie war intelligent, hatte Esprit, sie war unterhaltsam, eine Göttin!

Sehr zur Überraschung und Freude des Vaters erblickte Thomas Parker im Januar 1985 das Licht der Welt, obwohl Adam zur Zeit des Zeugungszeitpunktes zwei Monate aus geschäftlichen Gründen nicht im Lande war. Er liebte seine Mary Lou zu sehr und hinterfragte den Ursprung des Kindes nicht, denn er erklärte sich das in seinem naiven Weltbild so: Ein Kind kann schon mal zu früh oder zu spät kommen. Er legte dann die Vaterschaftsüberlegungen zur Seite, doch insgeheim saß der Stachel der Ungewissheit tief und bohrte sich immer tiefer in seine Seele bis hin zu seinem eigenen Tode. Er hatte immer eine Vermutung diesbezüglich und sprach sie erst kurz vor seinem Tode gegenüber seinem Freund Victor aus.

Die Familiengeschichte der Parkers schien unter einem schlechten Stern zu stehen, denn obwohl Adam Parker und

Victor Terry alles daran setzten, die geliebte Frau und Ehefrau zu retten, starb Marie-Luise im Sommer 1991 an einem inoperablen bösartigen Tumor, der ihr Gehirn langsam und elendig zerdrückte.

Die Erinnerung an dieses Ereignis treibt Victor noch heute Tränen in die Augen. Was hatten sie alles versucht, alle möglichen Experten wurden konsultiert, die kostspieligen Behandlungen fraßen fast das gesamte Vermögen von Adam Parker und später auch Teile seines eigenen Vermögens auf. Das Geld war ihm egal, denn er hätte alles gegeben, um ihr Leben zu retten. Thomas war damals gerade sechs Jahre alt.

Hier zeichneten sich die Parallelen in den Gemütern der beiden Adams – Vater und Sohn – ab. Ebenso wie sein Vater, konnte Adam Junior den Tod seiner Ehefrau Mary Lou nicht verwinden. Die Reaktion auf ihren Tod war allerdings anders als die seines Vaters, denn er trank sich nicht zu Tode, sondern litt unter schweren Depressionen und zog sich immer mehr in sein eigenbrötlerisches Leben zurück.

Adam bat Victor eines Tages zu sich und er nahm ihm das Versprechen ab, sich um Thomas zu kümmern, falls ihm etwas passieren würde, und schrieb sein Testament.

Am fünften Todestag seiner Frau ging Adam Parker Junior mit einer abgeschnittenen Schrotflinte zu ihrem Grab und schoss sich in den Kopf. Er war sofort tot und bot einen schrecklichen Anblick. Sein Hirn war über Marie-Luises Grab verteilt, die Friedhofshelfer brauchten einen ganzen Tag, um das umher gespritzte Blut zu entfernen.

Thomas, der zu dem Zeitpunkt des Todes seines Vaters elf Jahre alt war, wurde erzählt, sein Vater sei durch einen Jagdunfall ums Leben gekommen. Das glaubt er bis zum heutigen Tage, der arme Junge.

Die Bedingungen für die Übertragung des Erbes auf seinen Sohn Thomas legte Adam Parker exakt fest. Victor, sein einziger Freund und Berater, wurde als Nachlassverwalter eingesetzt. Bei Nichterfüllen der von ihm festgelegten Modalitäten durch seinen Sohn Thomas würde sein restliches Vermögen in eine Stiftung zur Förderung des Schwimmsports eingehen.

Victor wird jäh aus seinen Überlegungen gerissen, denn Thomas hat sich von hinten an ihn herangeschlichen und spricht ihn laut an.

„Hi, Victor, tut mir leid, dass ich zu spät bin, ich musste im Büro noch ein paar Drinks auf meinen Geburtstag ausgeben, wie ich sehe schläfst du schon", sagt er und klopft Victor auf die Schulter.

„Ja, herzlichen Glückwunsch zu deinem 27. Geburtstag, Thomas!", schüttelt er Thomas förmlich die Hand.

„Was gibt es denn so Dringendes zu bereden?", fragt er aufgeregt.

„Dein Geschenk", entgegnet Victor kalt.

„Oh, du hast ein Geschenk für mich, lass mal sehen, kann ich da etwas auspacken oder liest du mir was vor?", fragt Thomas mit einem spaßigen Unterton.

Victor hatte sich zwar nach dem Tod seines Vaters um Thomas gekümmert, indem er ihn mit allen lebensnotwendigen Dingen ausstattete, doch auf der Gefühlsebene war es ihm nicht gelungen, zu ihm vorzudringen. Das lag weiß Gott nicht an Thomas.

Die Liebe, die ein kleiner Junge braucht, dessen Eltern grade verstorben waren, konnte er ihm nicht geben. Auch in späteren Jahren war Victor nicht in der Lage, Thomas gegenüber Gefühle zu zeigen.

Er sorgte immer für gute Lebensumstände und genügend Geld, er finanzierte seine Schulausbildung in dem angesehenen Internat einer Schule am Fuße der Rocky Mountains und sein Studium in Europa und Amerika, ja, er besorgte ihm sogar seinen Job bei einer Versicherung.

Dafür ist Thomas ihm dankbar, denn sein Vater hatte ihm nach seinem Tod nichts hinterlassen, denn alles war für die Behandlung seiner Mutter verwendet worden und das Haus war zum Schluss so belastet, dass es verkauft werden musste. Das hatte ihm Victor so erzählt, und er sollte es ja genau wissen, denn er war schließlich der Testamentsverwalter. Wenn er so recht darüber nachdachte, dann hatte er Victor nie nach einem Testament gefragt, er war einfach davon ausgegangen, dass wenn es ein Testament gäbe, ihm Victor schon davon erzählt hätte.

Na ja, er will nicht weiter darüber nachdenken und wendet sich erneut Victor zu, in freudiger Erwartung seines Geburtstagsgeschenkes.

„Dein Vater hat einen Tag vor seinem Tod verfügt, dass ich sein Testamentsverwalter sein soll und ich mich weiter um dich kümmern soll", beginnt Victor steif.

„Nun ist meiner Meinung nach der Zeitpunkt gekommen, dass ich dich mit einigen Tatsachen vertraut mache. Dein Vater hatte noch einige Ländereien und einen kleinen Erlös aus dem Hausverkauf. Das Geld habe ich clever angelegt. Es handelt sich mittlerweile um den stattlichen Betrag von zwölf Millionen Dollar."

Thomas' Augen weiten sich, zwölf Millionen Dollar, er kann es kaum fassen, wie kann das sein, es war doch nichts übrig, und jetzt ist er steinreich.

„An die Auszahlung des Erbes sind jedoch Bedingungen geknüpft", fährt Victor trocken fort, „dein Vater wollte immer, dass aus dir ein guter, redlicher und familienorientierter Mensch wird, aufgrund deiner Bevorzugung des gleichen Geschlechtes in letzter Zeit stelle ich infrage, ob du jemals eine Familie gründen wirst?"

Wie gestelzt er redet, denkt Thomas und fällt ihm ins Wort.

„Sag doch gleich, dass es dir nicht passt, dass ich schwul bin!"

„Unterbrich mich nicht, ich bin noch nicht fertig!", zischt Victor zurück.

„Es ist von deinem Vater gewünscht, dass du bis zu deinem 30. Lebensjahr eine stabile Familie mit mindestens einem Kind hast und in geordneten Verhältnissen lebst, sonst verfällt das Erbe zu Gunsten einer Stiftung für den Schwimmsport."

Thomas ist mittlerweile blass geworden, denn ihm fehlen die Worte. Das gibt es doch gar nicht, er soll heiraten. Das ist unglaublich, und einen schreienden Balg soll er sich dazu anschaffen, er glaubt seinen Ohren nicht. Diese Vorstellung ist so weit von seinem derzeitigen Leben entfernt, dass er sich selbst einfach nicht als Familienvater vorstellen kann.

Victor hat seinen Laptop dabei, um eventuelle Änderungen sofort ergänzen zu können. Da er sich recht sicher ist, dass das nicht passieren wird, hat er den Vertrag bereits aufgesetzt, den er Thomas in gedruckter Form in die Hand drückt.

„Lies das bitte zunächst einmal sorgfältig durch", denn er möchte – wenn irgend möglich – heute auch noch zum Vertragsabschluss kommen.

Vorbemerkung:
Der folgende Vertrag regelt den Nachlass von Adam Parker. Haupterbe ist sein Sohn, Thomas Parker.
Victor Terry, der ernannte Testamentsverwalter, wurde von Adam Parker beauftragt, diesen Nachlass zu regeln und sofern sich Thomas Parker bis zum Erlangen seines 27. Lebensjahres noch nicht im Hafen der Ehe befindet, nach seinem Ermessen entsprechende Maßnahmen einzuleiten, sodass Thomas Parker spätestens bis zum 30. Lebensjahr eine Europäerin ehelicht und mit ihr einen Erben gezeugt hat. Falls dies nicht gelingt, geht das Erbe in eine Stiftung ein. Victor Terry ist völlig frei in der Wahl der zur Verfügung stehenden Mittel.
Unterschrieben von: Adam Parker (das Original ist in der Akte A.P. 234009 einzusehen).

Allein das Vorwort treibt Thomas den Schweiß auf die Stirn. Verheiratet, er, das ist doch lächerlich. Er hat bislang alles andere in seinem Leben in den Fokus gerückt, aber doch nicht das Heiraten und noch dazu eine Europäerin, was soll das, ist das eine Hommage an seine Mutter, an die er sich kaum erinnern kann? Genervt liest er weiter.

Vertrag zwischen
Thomas Parker und Victor Terry

Thomas Parker verpflichtet sich, bis zu seinem 30. Geburtstag eine Europäerin zu heiraten und einen Erben zu zeugen.
Folgende Kriterien muss die Frau erfüllen:
1. Ansprechendes, gepflegtes Äußeres
2. Hervorragende Bildung
3. Fruchtbarkeit
Die Ehe muss mindestens fünf Jahre halten und glücklich vollzogen werden.

Dafür erhält Thomas Parker von Victor Terry insgesamt eine Summe von zwölf Millionen Dollar und das Testament seines Vaters, Adam Parker, ausgehändigt.
Das Geld wird während dieser Zeit fest verzinst und auf einem Treuhandkonto angelegt.
Die Auszahlung wird in drei Abschnitten vollzogen. Jeweils ein Drittel der Summe ist zu folgenden Terminen fällig:
- *Das erste Drittel wird nach der vollzogenen Eheschließung ausgezahlt,*
- *das zweite Drittel wird nach der Geburt eines Sohnes ausgezahlt,*
- *das dritte Drittel nach den fünf Jahren Ehe.*
Bei Nichterfüllung einer Bedingung, etwa der fehlenden Geburt des Sohnes, fließt die entsprechende Summe der Stiftung zu.

Am 30. Geburtstag von Thomas Parker wird der Nachlass von dem Nachlassverwalter Victor Terry eröffnet und das Testament von Adam Parker verlesen. Des Weiteren geht das von Victor Terry zur Verfügung gestellte Haus in Miami Beach nach den erfolgreich verbrachten fünf Ehejahren in den Besitz von Thomas Parker über. Die vorbereitete Schenkungsurkunde befindet sich im Anhang.

Victor Terry verpflichtet sich, die Ehefrau von Thomas Parker in seiner Anwaltskanzlei einzustellen, solang noch keine Schwangerschaft vorliegt. Er zahlt ihr ein angemessenes Gehalt von 5 000 Dollar monatlich.

Unterzeichnet:

Thomas Parker   *Victor Terry*

Thomas ist jetzt gänzlich erschlagen. Er sitzt wie paralysiert vor dem Papier in seinen Händen und liest es erneut. Nach einigen Minuten der Fassungslosigkeit beginnt er zu sprechen.

„Das ist unglaublich, du hast an alles gedacht, nur nicht daran, dass die Umsetzung sehr schwierig werden wird. Ich bin schwul und die Hürden sind hoch."

Er starrt weiter auf das Papier.

„Thomas, du wirst das schon schaffen, alle Aufgaben hast du bislang in deinem Leben bewältigt", beginnt Victor leise und doch eindringlich.

„Was meinst du denn mit Aufgaben? Doch nicht etwa Schule und Studium, das ist ja wohl was anderes, und meinen Job hast du mir besorgt."

Thomas wird lauter und fängt an lauthals zu lachen.

„Das ist ein schlechter Witz, das glaube ich nicht!", schüttelt Thomas den Kopf.

„Nimm es als sportliche Herausforderung, du liebst doch die Spannung in deinem Leben, du brauchst auf deiner allabendlichen Jagd lediglich das Geschlecht auszutauschen", lächelt Victor wohlwollend zurück.

„Frei nach dem Motto: ‚Dann nehmen wir es sportlich.' Es gibt nur das Problem, dass ich die weibliche Jagdbeute nicht als solche ansehe, die Weiber interessieren mich nicht mehr."

Andererseits ist das die Herausforderung schlechthin, zumal der Preis von zwölf Millionen Dollar plus einige Draufgaben den vorgeschlagenen Vertrag nahezu unwiderstehlich machen.

„Du musst den Vertrag nicht unterschreiben, doch denk an das viele Geld, zwölf Millionen Dollar, reizt dich das denn gar nicht?", fragt Victor etwas irritiert, denn er hat Thomas so eingeschätzt, dass er die Summe unwiderstehlich findet und fast alles dafür tun würde.

„Ja, das Geld reizt sehr, zumal ich nicht allzu viel davon habe", erwidert er immer noch völlig verwirrt.

Er denkt an sein ausschweifendes Leben, er ist maßlos in seinen Wünschen, lebt sie zu gerne aus, mit schönen Menschen, und die kosten sehr viel Geld. In seiner Lage ist die Aussicht, noch in diesem Jahr vier Millionen Dollar zu erhalten, wenn er eine Europäerin heiratet, eine super Option, dazu gibt es noch eine kostenfreie Bleibe. Es wird schon nicht so schwer sein, eine Frau zu finden und eine ordentliche Ehe hinzubekommen, zumal er ja viele heterosexuelle Erfahrungen in seinem Leben gesammelt hat.

Während seines Auslandsstudiums in Deutschland hat er die Damen reihenweise flachgelegt. Zum Schluss hat ihn das immer gleiche Ritual mit den Frauen gelangweilt und nicht mehr interessiert.

Erst nach seiner Zeit in Berlin, während der Studienzeit in Miami, hat er sein Interesse am gleichen Geschlecht entdeckt und sich schnell in den einschlägigen Kreisen einen Namen gemacht.

Er überlegt nicht mehr länger, nimmt den Stift und wendet sich an Victor:

„Okay, Victor, ich unterschreibe. Ich will es versuchen."

Kapitel 3

Teresa Mara

Thomas betrachtet die weibliche Welt seit kurzer Zeit aus einer neuen Perspektive, denn er sucht neuerdings die Frau fürs Leben. Allerdings hat er sich das Unterfangen, eine Frau anzusprechen, leichter vorgestellt. Er ist mit dem weiblichen Geschlecht total aus der Übung. Seine letzten heterosexuellen Erfahrungen liegen viele Jahre zurück.

Das Umwerben eines weiblichen Wesens läuft nach seinen Vorstellungen ganz anders ab, als das Werben zwischen Männern. Bei seinem eigenen Geschlecht kennt er sich aus, da redet er nicht lang herum, sondern kommt gleich zur Sache. Die Kontaktaufnahme zu einer Frau erfordert, wie er meint, ein anderes Werbeverhalten und muss deshalb genau vorbereitet werden.

Es läuft ritualisiert ab, etwa so: ein erster Augenkontakt, vorsichtiges Interpretieren der weiblichen Reaktion – wenn SIE zurücklächelt, dann muss ER einen guten Vorwand zur Ansprache suchen, etwa wie: „Sie lächeln so liebenswürdig, da musste ich Sie einfach ansprechen."

Danach ein gekonnt charmantes: „Darf ich Sie zu einem Kaffee einladen?"

Wenn diese Hürde erfolgreich genommen ist, dann folgt die erste richtige Verabredung zum Abendessen: „Ich würde Ihnen gerne meinen Lieblingsitaliener zeigen, der macht hervorragende Pasta, wäre Ihnen der Freitagabend recht?"

Beim Essen wird MANN gegen Ende intimer und hält FRAU die Hand, zum Abschied ein erster schüchterner Kuss auf die Wange, und dann ein weiteres Date.

Erschwerend kommt hinzu, dass die Frau fürs Leben nach seinen Vorstellungen frühestens nach dem dritten Treffen flachgelegt werden darf, der Heiratsantrag allerfrühestens nach drei Monaten fällig wird.

Angesichts dieser Zeitdimensionen nimmt für Thomas' Geschmack bei dem Umwerben von Frauen die Einhaltung des Kennenlern-Rituals viel zu viel Zeit in Anspruch, zumal er diese Zeit überhaupt nicht hat.

So kommt er letztlich zu der Erkenntnis, dass er wohl bei der Auswahl der einen Frau an seiner Seite mit mehreren parallelen Verabredungen arbeiten muss, das wird für einen ungeübten Mann wie ihn sicher sehr anstrengend.

Es ist bereits Mitte Februar. Die Zeit vergeht im Fluge, und er ist schon bei zwei Frauen, die er auf diese Weise anzusprechen versuchte, bei der ersten Hürde der Kaffee-Einladung gescheitert. Er hat nicht einmal herausfinden können, ob die beiden Europäerinnen waren, und das ist sehr frustrierend für ihn. So schwierig hat er sich die Suche nach einer geeigneten Frau nicht vorgestellt.

Erschwert wird das Unterfangen noch dadurch, dass er nicht so recht weiß, wo genau er suchen soll.

Miami Beach ist voller Menschen, doch Thomas ist immer noch stark auf die männliche Welt fixiert, ihm fallen vor allem die Beaus in South Beach auf. Dort gibt es in den Blicken eindeutige Angebote, die er sofort deuten kann. Der Reiz ist groß und so kommt es nicht selten vor, dass er nicht mit einer Frau, sondern mit einem der hübschen Männer in den Zimmern der kleinen Art Deco-Hotels landet.

Genau das muss sich jetzt ändern, denn das Rad der Zeit kann nicht zurückgedreht werden, und er kann sich dieses ausufernde Leben momentan nicht leisten.

Teresa Mara ist Italienerin und arbeitet seit einem Jahr in der Niederlassung seiner Versicherungsgesellschaft in Tampa. Sie ist Spezialistin in der Haftpflichtversicherung und hält einen Vortrag zum Thema „Prävention lohnt sich".

Ein langweiliges Thema, findet Thomas, doch der Name dieser Frau hat ihn angezogen: *Teresa Mara, wie das klingt, so wie Urlaub in der Toskana.*

Schon von dieser Vorstellung leicht verklärt, betritt er zwanzig Minuten zu früh den Vortragssaal. Eine junge attraktive Frau mit langen braunen Haaren sitzt allein vor ihrem Laptop. Sie hat scheinbar Schwierigkeiten, denn der Beamer ist nicht richtig angeschlossen, die Bildauflösung stimmt nicht. Thomas sieht seine Chance und läuft mit einem breiten Lächeln direkt auf sie zu.

„Hallo, kann ich helfen?", fragt er freundlich.

„Ja, danke", entgegnet sie höflich.

Gekonnt synchronisiert er mit einigen Tastenkombinationen die Bildauflösung zwischen Laptop und Beamer zur sichtlichen Erleichterung seines Gegenübers.

„Oh, darf ich mich vorstellen, Thomas Parker." Er reicht ihr die Hand.

„Danke für Ihre Hilfe – Teresa Mara, ich halte gleich den Vortrag, es ist mein erster Vortrag vor so einem großen Plenum, ich bin etwas nervös, und jetzt spielt die Technik nicht mit. Sie haben mich gerettet." Sie schüttelt während der ganzen Zeit Thomas' Hand.

Thomas spürt Sympathie strömen und fragt forsch: „Gern geschehen, Frau Mara, darf Sie Ihr Retter nach dem Vortrag zu einer Tasse Kaffee einladen?" Er unterstützt die Frage mit einem breiten Lächeln und leuchtenden Augen.

„Ja, gerne, Mr. Parker, doch entschuldigen Sie mich jetzt, ich muss mich noch weiter vorbereiten", entgegnet Teresa sichtlich verwirrt.

„Okay, ich setze mich nach hinten und warte nach der Präsentation auf Sie."

Teresa nickt ihm zustimmend zu.

Langsam füllt sich der Saal, und Thomas hat genügend Zeit, sich Teresa Mara genau anzusehen. Sie ist ungefähr 1,70 Meter groß und schlank, vielleicht Kleidergröße 38 oder weniger. Ein graues schlichtes, auf Taille geschnittenes knielanges Kostüm und eine weiße Bluse lassen sie elegant wirken und heben ihren braunen Teint hervor. Er schätzt sie auf Mitte oder Ende 20, das passt zu seinem Alter, er ist ja letzten Monat gerade 27 geworden.

Sie hat ein schönes Gesicht mit feinen Zügen und einen leichten Silberblick. Die Prada-Brille kaschiert dies ein wenig, doch er hat es sofort gesehen, ganz reizend, es gibt ihr etwas Erotisches. Ihre Haut ist makellos, sie hat gepflegtes langes, dunkelbraunes Haar, ja, mit dieser Frau will er Kontakt aufnehmen. Dieses Bedürfnis verstärkt sich während des Vortrages zunehmend. Sie ist zu Anfang herrlich unsicher, doch im Laufe der Zeit wird die Unsicherheit durch ihre Professionalität verdrängt.

Teresa Mara weiß, wovon sie redet und bringt das den Zuhörern entsprechend nahe, sodass selbst dieses trockene Thema interessant wird. Der Applaus ist überwältigend, und sie scheint beflügelt vom Erfolg zu sein.

Bis alle Gratulationen nach dem Vortrag vorüber sind, vergehen weitere 30 Minuten.

Thomas wartet wie versprochen auf das Ende.

Nachdem der Applaus beendet ist, geht er ganz selbstverständlich auf sie zu und beglückwünscht sie ebenfalls zu dem gelungenen Vortrag. Teresa Mara strahlt über das ganze Gesicht. Sie ist glücklich, in dieser Stimmung geht sie gerne noch einen Kaffee mit diesem hübschen Mann trinken.

Sie fragt sich, was er wohl von ihr will. Eines ist sicher, sie heiratet im nächsten Monat ihren Angelo und geht endlich zurück in ihre geliebte Heimat nach Italien, in die Toskana, den kleinen Ort Bagno Vignoni. Wie sehr sie sich danach sehnt, endlich wieder zu Hause zu sein.

Angelo ist selbstständig. Er hat ein kleines Hotel, das sehr gut läuft und genug Geld für ein angenehmes Leben einbringt. Sie wird, solang noch keine Kinder da sind, voll im Betrieb mitarbeiten und ihren Angelo tatkräftig unterstützen, dann kann sie endlich Amerika den Rücken kehren.

Doch gegen einen Kaffee ist nichts einzuwenden.

Teresa findet sich neben Thomas Parker in der Kantine wieder. Sie wird, wenn nötig, gleich die Fronten klären. Der junge Mann ist sehr charmant.

Zunächst redet er über ihren Vortrag, wie gut er ihm gefallen hat und dass das doch recht trockene Thema sehr lebhaft von ihr aufbereitet worden sei. Doch schon bald kommt er zu seinem eigentlichen Anliegen und fragt Teresa über ihr Privatleben aus. Diese Wendung passt ihr gut.

„Ich gehe nächsten Monat zurück nach Italien und heirate meinen Angelo", erzählt sie ohne große Umschweife.

Damit ist das Unterfangen für Thomas abrupt beendet, er verabschiedet sich recht schnell aus der Szene, da er angeblich einen Termin vergessen hat.

Teresa ist von der schnellen Verabschiedung überrascht. Ihre Lebenserfahrung verbucht das Geschehene unter der Rubrik „gescheiterte Anmache". Sie trinkt ihren Kaffee in Ruhe zu Ende und blendet Thomas Parker schnell aus und geht in Gedanken noch einmal die Lobeshymnen der Zuhörer durch.

Schade, sie wäre in ihrem Beruf sicher weiter gekommen, doch sie muss Prioritäten setzen und ihre Entscheidung für ihre Heirat und damit für die Berufsaufgabe in der Versicherungsbranche ist schon lange gefallen, trotzdem ist es ein schönes Gefühl zu wissen, dass sie erfolgreich gewesen wäre.

Kapitel 4

Dorris Jorgenson

Dorris Jorgenson ist 21 Jahre alt, und eigentlich ist das bereits zu alt für das, was sie sich vorgenommen hat. Im letzten Sommer war sie in Kopenhagen zur Miss Dänemark gewählt worden, das war ein aufregendes Erlebnis für die introvertierte Dänin.

Den aktuellen Modelvertrag, der auf ein Jahr begrenzt ist, gab es zum Preis als Prämie dazu. Genau dieser Modelvertrag hat sie jetzt sogar bis nach Miami gebracht.

Heute werden Fotos für einen dänischen Modekatalog in South Beach geschossen. Der Fotograf will das hervorragende Abendlicht am Strand nutzen, um sie und die anderen Models vor den Art Deco-Hotels in Aktion abzulichten.

Dorris ist ein bisschen müde, denn sie ist gestern Abend ungeplant in einer Diskothek gelandet und war erst um vier Uhr im Bett, und das ist tödlich für ein Model, denn Augenränder und sichtbare Müdigkeit bedeuten auf Dauer das Aus in diesem Beruf. Sie muss ständig ihr Gähnen unterdrücken, doch sie hat Glück, denn es ist noch nicht weiter aufgefallen.

Ihre natürliche Schönheit wird durch das sanfte Abendlicht hervorgehoben. Mit ihren 1,85 Meter Körperlänge und ihrer sehr schlanken Figur, ihrer hellen Haut wirkt sie fast elfengleich. Dieser Eindruck wird durch ihr langes hellblondes Haar und vor allem die schüchtern blickenden grünen Augen verstärkt, die ihrem Aussehen einen Hauch von Magie verleihen. Sie sieht zart und zerbrechlich aus, wie die lichten Wesen aus dem Naturreich, deshalb braucht ihre Haut fast keine Schminke, sie ist natürlich schön, eine sehr seltene Eigenschaft für ein Model. Deshalb wirkt sie auch viel jünger als 21, eher wie 16 oder 17 Jahre, wie eine zerbrechlich schöne Kindfrau, und so spielt bei ihren Engagements ihr Alter keine wirkliche Rolle. Aufgrund ihrer sinnlichen Ausstrahlung wird sie gerne für Dessous-Fotos gebucht, denn in zarter Spitze ist sie unwiderstehlich, so ist es heute ebenfalls.

Immer wieder muss sie an den großartigen Mann denken, den sie gestern kennengelernt hat. Thomas heißt er, ein wunderschöner großer Mann und dazu noch heterosexuell. Das ist in South Beach fast schon eine Ausnahme. Er hat sie in einer der aktuellen Trendbars angesprochen, als sie sich gerade einen Drink kaufen wollte und sie zum Kaffee eingeladen. Ohne zu zögern ist sie mit ihm gegangen, denn er hat sie ganz altmodisch in ein Café eingeladen. Genau das hat ihr gefallen. Sie sind im „News Cafe" ganz in der Nähe gelandet und haben sich gut unterhalten. Gegen elf Uhr hat er sich ganz wie ein Gentleman verabschiedet und sie für Sonntag zum Essen in den „China Grill" eingeladen, einen der angesagtesten Läden. Danach war sie so aufgekratzt, dass sie noch zwei Stunden in einer Techno-Disco getanzt hat, um das Koffein wieder los zu werden, Kaffee nach 18 Uhr wirkt bei ihr wie ein Aufputschmittel.

Felix ist gegen ein Uhr in die Disko gekommen. Ein kräftiger, muskulöser Afroamerikaner, den sie schon vor einigen Tagen kennengelernt hatte. Der Sex mit ihm war immer wild und animalisch, genau das brauchte sie, angeheizt wie sie war. So hat es lediglich etwa zehn Minuten gedauert, bis die beiden in seinem umgebauten Hummer verschwunden sind.

Was war sie doch für ein böses Mädchen, die süße Unschuldshülle ist der wilden Raubkatze gewichen.

Felix hatte den Hummer im Inneren für seine Zwecke umgebaut. Der riesige Innenraum war entkernt worden und ein kuscheliges Nest ist entstanden, mit einem großen Bett, das es in sich hatte. Sogar ein kleiner Tisch ist eingebaut, der sich in der Nacht noch als sehr praktisch erweisen sollte.

Nach zwei Stunden hat sie entkräftet und befriedigt das Auto verlassen und hat sich schnell, eingehüllt in ein großes Tuch, auf den Weg in ihr Appartement gemacht.

Kapitel 5

Tanya

Ein weiterer schwüler Abend in der Millionenmetropole Miami kündigt sich mit Gewitter an. Die Arbeit im vollklimatisierten Büro ist getan und nachdem die letzten E-Mails beantwortet sind, beschließt Thomas zu Tanya zu fahren. Der Feierabendverkehr ist zäh, die Blechlawine kriecht über den Highway, sein Büro-Outfit nervt ihn, glücklicherweise kann er sich gleich bei Tanya entspannen, das hält ihn hoch.

Nachdem er circa 35 Minuten gefahren ist, wird er noch zusätzlich von einer Vollsperrung auf der Autobahn überrascht. Völlig genervt steht er schließlich gegen 20 Uhr vor der Haustür.

Tanya empfängt ihn im Negligé und haucht ihm ein „Hi, Baby" entgegen. Danach ist ihm nach der langen nervenaufreibenden Autofahrt eigentlich gar nicht zumute.

„Sorry, Tanya, no way, ich muss erst mal duschen."

Für diese Bemerkung erntet er ein absolut zickiges Verhalten, Tanya läuft empört auf ihren High Heels auf und ab und schimpft wie ein Rohrspatz.

Tanya alias Timothy ist eine der angesagtesten transsexuellen Huren der Stadt.

Sie ist 25 Jahre alt, 1,90 Meter groß, hat längere Beine als ein Model und eine superschlanke Figur, um die sie die meisten Frauen beneiden würden. Sie hat schon sehr früh begonnen, Hormone zu nehmen, sodass sie eine kleine süße Oberweite schmückt, der Bartwuchs nicht mehr vorhanden ist und alle männlichen Merkmale nahezu komplett verschwunden sind – bis eben auf den „kleinen Unterschied".

Es gab Zeiten, da hatte Thomas diese Tatsache so erregt, dass er mitunter bereits in seiner Mittagspause von Tanyas Diensten

Gebrauch machte. Er ist schon immer gegenüber den vielen möglichen Spielarten der unterschiedlichen Geschlechter aufgeschlossen gewesen, sie bereicherten sein Leben. Warum sollte er die Hälfte der Menschheit von seiner Bettkante stoßen? Und Tanya vereint beide Geschlechter, das wollte er sich nicht nehmen lassen.

Heute ist allerdings alles anders, denn die exaltierte zickige Tanya nervt ihn. Eigentlich will er an diesem Abend nur seine Ruhe. Es ist eine dumme Idee gewesen, zu ihr zu fahren, denn er hat seit einiger Zeit schon bemerkt, dass er keine richtige Lust mehr auf sie hat.

Ist es nur noch die Macht der Gewohnheit? Hat er seinen Bedarf an den Tanyas dieser Welt etwa ausgeschöpft? Kann es sein, dass sich in der kurzen Zeit seiner Frauenjagd schon etwas geändert hat, was Tanya für ihn uninteressant macht?

Seine Lebenssituation in den letzten Wochen hat sich tatsächlich geändert, sein Interesse an Frauen ist wieder geweckt. Er muss zugeben, dass ihn seine neue Freundin, die zauberhafte elfengleiche Dorris, in ihren Bann gezogen hat. Ebenso hat sich sein mittelfristiges Lebensziel geändert, denn er will schließlich heiraten und einen Sohn in die Welt setzen, diesen Wunsch kann Tanya ihm ganz sicher nicht erfüllen.

Tanya reißt ihn mit einer ihrer verbalen – eher vulgären – lauten Attacken aus dem Gedankenfluss:
„What's going on? Wo warst du die ganze Zeit?"
So rattert eine ganze Flut von Beschimpfungen auf ihn nieder, und das ist eindeutig zu viel!
Es reicht ihm, er geht Richtung Flur, denn er ist mit seinen Gedanken schon ganz woanders.
Abrupt bleibt er stehen, greift ihren Arm und spricht sie in einem sehr harten, ihr bislang unbekannten Tonfall an:
„Sorry, es ist zu Ende. Ich gehe jetzt – für immer."

Das verschlägt Tanya für einen kurzen Moment die Sprache, dann beschimpft sie ihn weiter.

„Geh doch, aber lass dir nicht einfallen, morgen wieder gekrochen zu kommen! Wenn du jetzt gehst, ist es wirklich für immer." Sie spult die Plattitüden einer alternden Hollywood-Diva herunter, und dieses Gehabe ekelt Thomas mittlerweile regelrecht an. Er ist sich jetzt sicher, richtig zu handeln – die Ära der Tanyas ist für ihn endgültig vorbei.

Bereits wieder im Auto angekommen, denkt er an seine neue Freundin Dorris. Seit zwei Wochen ist sie nun schon an seiner Seite, die zarte elfenhafte Dänin. Sie ist so rein, so sauber, kennt nichts von seinem wahren Leben, seinen Spielen, Auswüchsen, Lebensexperimenten, wie er es immer so schön nennt.

Er ist von ihr entzückt. Thomas fasst den Entschluss, sich etwas stärker auf die schöne Dorris einzulassen, die Unschuld und Liebe dieser elfenhaften Schönheit tut ihm gut, und er genießt die Vorstellung, den sauberen, perfekten Freund zu spielen. Diese Rolle hat auch einen gewissen Reiz, es gefällt ihm. Es ist die erste sexuelle Begegnung mit einer Frau seit vielen Jahren, diese hat ihm sehr gefallen, obwohl er sein ausgedachtes Ritual nicht einhalten konnte.

Nachdem er Dorris wie geplant bei Kaffee im „News Cafe" kennengelernt hatte, folgte die Einladung zum Essen im „China Grill" auf der Washington Avenue am Samstag.

Sie war etwas eher als er im Restaurant angekommen. Da saß sie nun, wie ein Engel strahlend an der Bar, in einem Hauch von Nichts in Beige, das ihren zarten Körper umspielte, und sie nippte schüchtern an einem Martini. Als sie ihn sah, ging ihr Herz auf, denn er war lässig in einem schokoladenbraunen Armani-Anzug mit hellem Shirt erschienen, sodass seine Bräune hervorgehoben wurde und die stahlblauen Augen strahlten sie an wie Eisblumen. Er war so beeindruckend und unwiderstehlich, dass sie sich dazu hinreißen ließ, ihn direkt auf den Mund zu küssen, so als wären sie seit Jahren zusammen. Dieser Kuss gefiel ihm sehr und nach einem schmackhaften Essen und zwei Flaschen südafrikanischem Merlot verschwanden die beiden direkt in einem der kleinen Hotels, die er bereits sehr gut kannte.

Dorris konnte es kaum erwarten mit Thomas allein zu sein, der Wein tat sein Übriges hinzu, um diese Stimmung zu verstärken. Bis sie das Zimmer erreichten, hing sie wie eine Klette an seinem Arm und küsste die Stellen in seinem Gesicht und am Hals, die sie erreichen konnte; sehr zur Belustigung des Portiers, der Thomas' Schwierigkeiten, in diesem Belagerungszustand das Zimmer zu bezahlen, elegant übersah. Die süße Dorris machte es ihm leicht. Das elfengleiche Wesen entwickelte sich erstaunlicherweise in der Liebe zur raffinierten, in Teilen sehr leidenschaftlichen, fast wilden Gespielin. Nach dieser Nacht waren alle seine Sorgen, die er in seiner Vorstellung bei dem Gedanken hatte, mit einer Frau zu schlafen, ausgelöscht.

Eines war jetzt sicher, er stand seinen Mann, das konnte er in der Nacht mehrfach eindrucksvoll beweisen. Es erstaunte ihn noch eine Tatsache, denn der Sex mit Dorris befriedigte ihn wie lange nicht mehr und er konnte es kaum erwarten, sie erneut zu lieben.

Euphorisch sprach er ihr am nächsten Tag auf den Anrufbeantworter ihres Handys, denn er hatte weder ihre Adresse noch den vollständigen Namen. Dorris Gustavson oder ähnlich, der Nachname hatte ein „-son" am Ende, doch den Anfang wusste er nicht mehr.

Glücklicherweise meldete sie sich am späten Nachmittag, und die beiden verabredeten sich für den Abend. Die Modelagentur hielt in Miami Beach kleine Appartements für die gerade anwesenden Models vor, denn das war kostengünstiger und privater, als in einem der vielen Hotels zu wohnen. Sie hatte Glück, denn sie bewohnte ein Zweiraum-Appartement allein.

Aus dem Abholen wurde ein Bleiben, denn sie konnten nicht voneinander lassen, und so war das Verspeisen der bestellten Pizza die einzige Unterbrechung, die sie in ihrem Liebesspiel an diesem Abend zuließen.

Seitdem sieht er Dorris täglich und er ist ihrer Liebe bislang noch nicht überdrüssig, wie wunderbar. Doch gerade am heutigen Abend hat sie keine Zeit für ihn. So wollte er Tanya und seine Beziehung zu ihr noch einmal testen. Die Leidenschaft, die er einmal für Tanya empfunden hat, ist verpufft. Es ist sogar mehr als das, sie widert ihn an, und er ist froh, den Schritt der Trennung getan zu haben. Langsam reizt ihn das weibliche Geschlecht wieder, auch für die Annäherungsversuche der Männer ist er nicht mehr so empfänglich. Victor hat Recht behalten, er kann es tun, es macht ihn an mit Dorris zu schlafen, das ist jetzt die beste Erkenntnis.

Kapitel 6

Pia Hürter

Eigentlich hat Thomas keine Lust, die Geburtstagsfeier seines Chefs zu besuchen, doch wie so oft im Leben gibt es Veranstaltungen, bei denen man nicht fehlen darf. Diese zählt eindeutig dazu.

Gelangweilt steht Thomas im Türrahmen. Seitdem Dorris zurück nach Dänemark geflogen ist, genau vor drei Tagen, tut er alle Dinge nur mit halber Aufmerksamkeit. Dass sie ihm den Laufpass gegeben hatte, obwohl er sich nach seinem Geschmack rührend um sie bemühte, kann er immer noch nicht fassen.

Für Dorris war das, was Thomas mit ihr vorhatte, wesentlich zu viel. Mit ihren 21 Jahren ist sie nicht an einer langfristigen Verbindung interessiert, denn sie will sich auf keinen Fall auf einen Mann festlegen. Jetzt, wo sie endlich aus sich herauskam, fühlte sie sich von Thomas regelrecht bedrängt. So löste sie sich lieber schnell aus der enger werdenden Beziehung, bevor dieser Schritt für alle Beteiligten noch schwerer werden würde. Sie musste sowieso zurück nach Dänemark und ein Folgeauftrag in Miami stand nicht an, das erleichterte ihr die Entscheidung, sich von Thomas zu trennen.

Soviel zum Thema Dorris Jorgenson, das Buch ist abrupt zugeschlagen und bei näherer Betrachtung seinerseits wäre sie genau genommen für eine Heirat nicht infrage gekommen, denn sie ist noch viel zu jung. Älter müssen die Frauen sein, so 25 bis 30, das ist seine Erkenntnis aus dieser Affäre.

Neues Spiel, neues Glück. Er würde weiter nach einer geeigneten Frau suchen.

Thomas Blick schweift in Richtung Eingangstür und bleibt an dem zarten Gesicht einer jungen dunkelhaarigen Frau hängen. Angestrengt zerbricht er sich sofort den Kopf darüber, wie er sie ansprechen soll, denn das würde er auf jeden Fall tun. Schließlich und endlich entscheidet er sich gegen die „Kaffee-Variante" und für die „Ich-bin-ein-natürlicher-Typ-Variante", frei nach dem Motto: Sei du selbst und SIE wird sich in dich verlieben.

Diese Methode funktionierte in so vielen Filmen, die er gesehen hat, deshalb beschloss er, sie in sein Repertoire aufzunehmen.

Thomas organisiert zwei Gläser Sekt und geht von hinten auf die junge Frau zu.

Vermeidlich unbemerkt stellt er sich hinter sie und betrachtet mit großem Entzücken ihr dunkles, hoch zu einem Zopf gebundenes Haar. Er atmet ihren verlockenden Duft ein. Plötzlich dreht sie sich um und blickt ihm mit einem frechen Grinsen mitten ins Gesicht.

„Gehen Sie immer so schnell auf Körperkontakt oder was soll die Tuchfühlung?", spricht sie ihn direkt an.

Wie gerne würde er sie direkt in seine Arme schließen, nur der warmen Berührung wegen, nur für einen kurzen Augenblick.

Mit der direkten Ansprache hat Thomas nicht gerechnet, und so herrscht in seinem Kopf für einen Moment eine ihm unbekannte verwirrende Leere.

„Nun sagen Sie doch endlich was oder sind Sie stumm?", löst sie das Schweigen.

Er versucht es auf die witzige Tour, denn Humor kommt immer gut an.

Könnte er sich in diesem Moment beobachten, er würde wohl alles in Bewegung setzen, um seinem Mundwerk wieder Einhalt zu gebieten.

„Sie überwältigen mich und rauben mir die Stimme", entschuldigt er sich bei ihr mit einem Lächeln.

Sie muss lachen und fasst es wohl als Kompliment auf. Sanft hat sie ihm dabei ihre Hand auf seinen Arm gelegt.

„Ich nehme den Sekt gerne oder war der nicht für mich ge-dacht?" Ihre Hand rutscht weiter in Richtung Sektglas.

„Natürlich, Entschuldigung, Sie verwirren mich total, die Gläser hatte ich bereits vergessen", entgegnet er schüchtern. Die Berührung ihrer Hand ist kaum spürbar, dennoch brodeln in Thomas unzählige kleine Vulkane bei dieser zaghaften Berührung, er verspürt eine Gänsehaut. Wow, das ist eine seltene Erfahrung – das dringende Bedürfnis, sie zu küssen und in sie einzudringen übermannt ihn.

Thomas nimmt ihre Hand und zieht sie in Richtung Terrasse. Das Haus ist sehr groß, mit einem riesigen Garten und einem romantischen Pool. Sie sind allein und stoßen an. Nachdem jeder einen großen Schluck genommen hat, küsst Thomas sie auf die Wange. Die Reaktion ist eindeutig: Sie ergreift die Initiative und küsst ihn sanft auf den Mund. Ihre Lippen schmecken besser als jeder Nachtisch, und sie duftet köstlicher als jede Rose. Die weichsten Lippen, die er in seinem Leben bislang gekostet hat. Behutsam fährt er mit der Hand unter ihre Bluse, gleitet ihren Rücken hinab und zieht sie vorsichtig zu sich heran. Es ist ihm nur recht, dass sie seinen Mordsständer spürt. Ihm bleibt kaum noch Luft zum Atmen, so heiß ist die Situation. Er zieht sie weiter in Richtung Gebüsch, sie lieben sich direkt und heftig, ohne sich richtig ihrer Kleidung zu entledigen. So etwas hat er noch nicht erlebt. Es sind nicht einmal drei Sätze gesprochen und sie lieben sich im Gebüsch.

Anschließend richten sie schnell die Kleider und peilen die Lage. Zum Glück sind sie immer noch allein.

Nach dem rasanten Liebesspiel will er mehr über sie wissen. Pia Hürter ist gebürtige Schweizerin aus dem Kanton Waadt und in der Hauptstadt Lausanne geboren. Ihr Amerikanisch hat einen reizenden französischen Akzent. Sie ist die Nichte von Thomas' Chef, er hat sie in der Niederlassung in Tampa untergebracht, nachdem sie eine Ausbildung zur Versicherungskauffrau bestanden hatte.

Na, das kann ja heiter werden, die Nichte des Chefs, davon hat Thomas nicht geträumt, denn er kann seinen Chef, Rene Vadrain, nicht wirklich ausstehen. Er ist laut, fett und riecht ständig stark nach Zigarren, einfach unangenehm.

Im Berufsleben hat Thomas wenig mit ihm zu tun, die wenigen Male im Jahr, die er ihn geschäftlich trifft, sind durchzustehen.

Doch seine Nichte zu heiraten, das ist eine ganz andere Sache, plötzlich sind Pias Reize verflogen, und er sieht ihren Onkel bedrohlich in seine Nähe kommen. Bei dieser Vorstellung wird ihm schummrig, denn was er auf keinen Fall will, ist ein privater Kontakt zu seinem Chef. So stiehlt er sich von der Party, ohne sich zu erkennen zu geben, denn seinen Namen hat er noch nicht genannt.

Pia hat die ganze Zeit ohne Pause von sich erzählt, welche Parallele zu Rene Vadrain. Das tut er auch ständig, er redet ohne Unterlass von sich selbst, einfach widerlich.

Vielleicht hat Thomas noch mal die Kurve gekriegt, indem er jetzt verschwandt. Er würde alles abstreiten, wie absurd, er würde wohl kaum die Nichte seines Chefs in seinem Garten vernaschen, und sie würde das nicht behaupten, denn das Licht, das auf sie fallen würde, wäre nicht das beste. Und wenn, würde er alles abstreiten.

Kapitel 7

Anna

In den letzten drei Monaten ist Thomas ständig auf der Suche nach *der* geeigneten Frau gewesen. Ganz Miami hat er unsicher gemacht und dabei rausgekommen ist nichts anderes als diverse One-Night-Stands, die nichts weiter als ein schales Gefühl bei ihm hinterlassen haben. Warum funktioniert es nur nicht? Gutes Aussehen, Charme, Witz, Humor und reichlich Geld reichen anscheinend nicht aus, um die Frau kennen zu lernen, die ihm nicht nach ein paar Tagen schon so auf die Nerven geht, sodass er sie gleich wieder loswerden will. Es ist wie verhext. Was macht er nur falsch?

In seiner Verzweiflung hat er sogar eine Annonce im Miami Herald aufgegeben:

Junger attraktiver, heterosexueller Mann sucht stilvolle und doch zugleich natürliche europäische Frau, mit der er sowohl auf gepflegte Empfänge gehen als auch Pferde stehlen kann, Heirat erwünscht.

Wie lächerlich er sich bei dieser Art der Partnersuche vorgekommen ist und dazu kommt noch die Tatsache, dass die Ausbeute der Annonce geradezu niederschmetternd war: Fünf Zusendungen erreichten ihn, wobei sich drei Frauen mit Bild vorstellten. Alle drei waren so hässlich, dass ihre Briefe gleich im Papierkorb landeten, eine Dame war bereits über 40, und die fünfte Frau schrieb so schlecht, dass den beiden Damen ebenfalls das Schicksal der Entsorgung in die „runde Ablage" nicht erspart blieb.

Er ist nach dieser Aktion ernüchtert und hat sogar zwischenzeitlich überlegt, Tanyas Dienste wieder in Anspruch zu nehmen, um seinen Frust abzubauen. Doch so richtig interessant findet er die Vorstellung dann doch nicht, sich mit Tanya einzulassen, denn er stellt erstaunlicherweise eine Veränderung an sich fest, er interessiert sich jetzt für Frauen!

Männer oder Transsexuelle sind nicht mehr in seinem Interesse. Verdammter Victor, er hat wohl doch Recht behalten, denn genauso wenig, wie er sich zu Beginn seiner Frauensuche vorstellen konnte, wieder mit dem weiblichen Geschlecht sexuelle Verhältnisse einzugehen, genauso wenig reizt ihn jetzt die Vorstellung, mit Tanya zu schlafen. Das hat sein vermeintliches Erbe jedenfalls bereits bewirkt.

Doch wie soll er es nur schaffen, die Frau fürs Leben kennen zu lernen? Für ihn scheint dies mittlerweile eine fast unlösbare Aufgabe zu sein.

Das Café in Miami Beach ist zu dieser frühen Stunde noch leer, denn es ist erst zehn Uhr. Er sitzt vor seinem Latte Macchiato und dem warmen duftenden Croissant und liest vertieft die Kontaktanzeigen.

„Möchtest du noch etwas bestellen?", spricht ihn die Kellnerin mit einem niedlichen Akzent an. Die Stimme animiert ihn, von der Zeitung abzulassen und aufzusehen, und er blickt in zwei stahlblaue Augen, die ihn verschmitzt anlächeln.

„Noch einen Kaffee?"

Etwas zögerlich antwortet Thomas:

„Ja, gerne, gib mir die Karte bitte noch mal."

Schon ist die blauäugige Schönheit in Richtung Innenraum verschwunden, er schaut ihr ungläubig nach, denn die junge Dame hat nicht nur wunderschöne Augen, sie ist groß, schlank und blond und für Thomas' Geschmack ist dieser Typ Frau die optimale Besetzung. Er liebt mittlerweile den blonden Frauentyp, der auch etwas Farbe annimmt und nicht ganz bleich daherkommt.

„Genau das Richtige", freut er sich innerlich und legt schon einmal die Strategie für seinen Annäherungsversuch fest.

Sie kommt mit der Karte wieder und legt sie zu Thomas auf den Tisch.

„Kannst du mir etwas empfehlen?"

Eigentlich ist diese Frage überflüssig, so etwas würden, so glaubt er, nur Touristen fragen, doch das ist ihm egal. Die Art und Weise, wie sie ihn vorhin angesehen hat, lässt ihn hoffen.

Seine Vermutung war richtig, denn er bekommt eine sehr exaltierte Antwort, man könnte meinen, sie spielt Theater mit ihm.

„Kommt ganz drauf an, was der Herr möchte, die Säfte sind sehr gut und frisch, deshalb empfehle ich einen Orangensaft", kokettiert sie.

Diese Antwort macht ihn mutig.

„Wenn der Orangensaft so frisch ist wie du, dann nehme ich einen Liter."

Sie verbeugt sich und entgegnet:

„Jawohl, der Herr, kommt sofort."

Wenige Minuten später bringt sie eine Karaffe Orangensaft an seinen Tisch.

„Hier ist die geballte Ladung Vitamine."

„Das ist ja prompte Bedienung, ich bin begeistert, möchtest du ein Glas mit mir trinken?"

„Nein, danke, das sind momentan zu viele Vitamine für mich", entgegnet sie mit einem breiten Lächeln, das noch mehr ermutigt, und Thomas wagt sich vor.

„Vielleicht später? Etwas anderes? Heute Abend? Einen Cocktail? Im ‚Art Cafe'?"

Die Antwort überrascht ihn nicht:

„Gerne, um acht, holt der Herr mich denn auch ab?"

Während ihrer Antwort schreibt sie ihren Namen und die Adresse auf einen Bierdeckel:

Anna, Washington/Ecke 30. Straße ☺

Er liest den Zettel, er soll sie an einer Straßenecke abholen, denn sie ist nicht so leichtsinnig, einem Fremden gleich ihre Adresse zu verraten.

„Okay, ich bin pünktlich um acht Uhr da."

So schnell kann man an eine Verabredung kommen, und die Hoffnung ist wieder bei ihm aufgekeimt. Man muss das Glück halt unterwegs suchen, nicht am Ziel, denn da ist die Reise zu Ende.

Pünktlich um 20 Uhr fährt er die Washington entlang und sieht Anna bereits von Weitem.

Sie ist ein hübsches Mädchen und nicht zu übersehen, obwohl sie sich nicht sonderlich aufgestylt hat. Die Jeans, die sie trägt, sitzt locker, nicht zu eng, das Top ist in unauffälliger Creme-Farbe gehalten. Sie ist dezent geschminkt und kommt sehr natürlich rüber. Das gefällt Thomas sehr gut. Er hält an der Ecke an, sie erkennt ihn sofort und klettert in sein Auto.

„Hallo, der Herr, du bist wenigstens pünktlich." Ohne das obligatorische oberflächliche Küsschen reicht sie ihm zur Begrüßung die Hand, die er gerne entgegennimmt.

„Wozu hast du Lust?", fragt Thomas.

„Am liebsten würde ich in die Keys fahren und ‚Crab meat' essen", erwidert Anna spontan.

Die Dame weiß, was sie will.

„Okay, dein Wunsch ist mir Befehl, ich kenne da ein schnuckeliges kleines Lokal, allerdings fahren wir bestimmt eine Stunde."

„Ich fahre gerne Cabrio, die Nacht ist lau, was will man mehr", entgegnet Anna leise. So fahren sie in die Nacht hinein und einem unkomplizierten Gespräch entgegen. Seit drei Monaten ist Anna in Miami. Nach dem Abitur ist sie aus München gekommen, um – wie sie sagt – die Zeit vor dem Studium noch mal zu nutzen, denn sie weiß nicht, ob sie in ihrem Leben noch mal die Gelegenheit hat, für ein Jahr zu verreisen. Thomas ist bereits etwas enttäuscht, denn er stellt fest, dass Anna erst 20 Jahre alt ist, sie wirkt doch sehr viel älter und erwachsener und jetzt stellt sich heraus, dass sie so ein Küken ist.

„So jung bist du noch?"

„Ja, bin ich, ist das ein Problem für dich?"

„Nein, nein, du wirkst nur älter."

Sie erzählt lebhaft weiter. Ihren Lebensunterhalt bestreitet sie durch das Kellnern und so hat sie genügend Zeit, tagsüber am Strand zu liegen, ihre neuen Freunde zu treffen und einfach Miami Beach zu genießen. Als nächste Station wollte sie nach New York, doch es gefällt ihr in Florida so gut, dass sie erst einmal beschlossen hat, in Miami zu bleiben. Sie erzählt begeistert von den Partys der letzten Monate, sie war sogar durch Zufall auf einer der angesagtesten Partys von ganz Miami Beach.

Ein Partygirl, denkt Thomas und hakt sie bereits als Heiratskandidatin in seinen Gedanken ab, doch sie ist süß und gefällt ihm. So beschließt er zu testen, was mit dem niedlichen Küken möglich ist, wo er doch schon einen solchen Aufwand betreibt und mit ihr zum Abendessen in die Keys fährt, da könnte sie sich doch erkenntlich zeigen.

Diesbezüglich hat er die Lage richtig eingeschätzt. Nach einem romantischen Krebsessen und einigen Drinks zu viel wird Anna ganz anschmiegsam. Er nutzt die Gunst der Stunde und vernascht sie direkt auf dem Parkplatz in seinem Auto. Die ganze Aktion hat nur einen Haken, denn sie entspricht so gar nicht seinen Vorstellungen von Frauen im Bett, sie ist passiv und angetrunken. Somit ist er um die Erfahrung eines weiteren schalen unvollendeten One-Night-Stands reicher, denn er bricht die Aktion angeekelt vorzeitig ab.

Anna ist das egal, denn sie ist sowieso sehr locker in ihren Sexualkontakten und so ist er ein Mann unter vielen Männern in Miami Beach, mit dem sie nach einem guten Essen angetrunken geschlafen hätte. So fahren sie wortlos zurück, er lässt sie an der gleichen Ecke aus dem Auto steigen, an der er sie aufgelesen hat.

Das war Anna.

Kapitel 8

Berlin

„Hi, Renate, nice to be here, meine kleine cousin. Lass uns mal – wie sagt ihr? – richtig drauf machen."

„Nein, Thomas, das heißt ‚richtig einen drauf machen'", korrigiert ihn Renate sofort.

Thomas hat zwar zwei Semester am Institut für Bank-, Börsen und Versicherungswesen in Berlin studiert, doch das war in den 90ern, es ist lange her und perfektes Deutsch spricht er immer noch nicht, besser gesagt, er ist nicht darum bemüht. Er kennt die Wirkung seines amerikanischen Akzentes auf das weibliche Geschlecht, so ist zumindest Renates Interpretation dieses Zustandes. Sie kennt ihn erst persönlich, seitdem er zum Studieren nach Deutschland gekommen ist.

Ihre Tante Marie-Luise heiratete einen Amerikaner aus Denver, Colorado, den sie während eines Rheinausfluges kennen und lieben lernte.

Es passierte klassisch – wie im Film: Junge deutsche hübsche Reiseleiterin trifft auf den amerikanischen Haudegen und es funkt.

Aus dieser Verbindung ging dann ein süßer kleiner Bengel hervor, der sich zu einem stattlichen „Sonnyboy" entwickelte, und während seines Studiums keine Gelegenheit ausließ, den Frauen nachzustellen. Er war stets Hahn im Korb der Damenwelt, immer einer großen Anzahl von Studentinnen zugetan. Das weibliche Geschlecht himmelte ihn an und ließ sich reihenweise von ihm abschleppen. Er genoss diese Tatsache. Während dieser Zeit war der Kontakt zu Renate rege. Das war nun einige Jahre her, seitdem ist er das erste Mal wieder nach Deutschland gekommen.

„What's up in Berlin? Gibt es einen guten Laden, wo wir etwas essen und später tanzen können?"

„Ja, klar, das können wir machen", entgegnet Renate.

Renate ist attraktiver als zu seiner Studienzeit, denn sie trägt die Haare länger und hat ordentlich an Gewicht verloren. Nach den ganzen Pias, Teresas, Annas, Dorrises und diversen anderen europäischen Frauen, mit denen er in Miami erfolglos in den letzten Monaten angebandelt hatte, brauchte er einfach nur Ruhe. Er ist ein bisschen müde von den viele Treffen so bietet seine liebe Cousine Renate eine gute Gelegenheit, da würde er vielleicht nicht nein sagen, doch sie ist nun gar nicht Thomas' Typ. Sonst wäre es für ihn leicht, er könnte sie einfach heiraten.

Seine Geschäfte sind erledigt, denn er hat einige Museumsverwaltungen, die Versicherungsnehmer bei ihm sind, in Berlin besucht. Das war lange überfällig und nach getaner Arbeit bleibt ihm eine Woche, um die Arbeit mit dem Amüsement zu verbinden, um an die alten Zeiten anzuknüpfen. Zunächst hat er sich bei seiner Renate gemeldet, seiner ersten Anlaufstelle, sie gehört schließlich zur Familie als seine Cousine.

Wehmütig denkt er an das zurück, was er sich von seiner Familie bewahrt hat.

Seine Mutter, die er nur sterbenskrank und elendig in Erinnerung hat, sie ist an einem Hirntumor langsam dahinvegetiert und gestorben. Sein Vater hatte nie den Verlust der geliebten Frau verkraftet und war schwermütig geworden und kein großer Halt für einen kleinen Jungen. So vermisste er ihn nicht sehr, als er fünf Jahre später bei einem Jagdunfall ums Leben kam. Der einzige Freund des Vaters übernahm seine Vormundschaft. Victor Terry, ihm war er zu Dank verpflichtet, denn er hatte dafür gesorgt, dass Thomas sich niemals in materieller Not befand und eine gute Ausbildung genoss. Zunächst brachte er ihn an der privaten Schule unter. Eine nette Familie, die Rudolfs, betreuten ihn während dieser Zeit.

Dann, nach den acht Jahren, ging er auf ein Internat in der Nähe von Denver. Die Schule befand sich auf einem großen Campus mit wunderbarem Blick auf die Rocky Mountains.

Dort wurde aufgrund der Nähe zu den Bergen das Skifahren besonders großgeschrieben, im Sportbereich außerdem Reiten, Schwimmen und Radfahren angeboten und von Thomas ausgiebig betrieben. Immer die Nase vorn, gehörte er stets zu den leistungsbesten Schülern und wurde deshalb mit Gleichgesinnten separat unterrichtet und gefördert.

Victor sollte es nicht bereuen, sein ganzes Geld in ihn investiert zu haben, denn er wollte ein guter Schüler für Victor sein, er hatte doch niemanden mehr. Während seiner gesamten Schulzeit blieb Thomas allerdings ein Einzelgänger, nicht fähig, anderen Menschen wirklich zu vertrauen. Das mag ursächlich mit dem frühen Verlust der Mutter zu tun haben, das hatte er nie genau ergründet, denn der enge Kontakt zu seinen Mitschülern fehlte ihm nicht.

Er war nun mal der introvertierte Typ, mit einer virtuellen Mauer um den Kopf, durch die nichts unkontrolliert gelangen konnte. Ab und zu öffnete sich einmal ein kleines Fenster, durch das die Außenwelt kurz eindrang. Thomas hatte einen guten Kontakt zu seiner Innenwelt, deshalb konnte er auch problemlos einsam sein.

In Berlin öffnete er sein Fenster einen kleinen Spalt weit für die Damenwelt. Dort hatte er ein gutes Jahr, denn die zwei Semester waren von seinem Vormund Victor als Geschenk für sein zuvor in Rekordzeit abgeschlossenes Studium arrangiert worden.

Thomas' MBA (Master of Business Administration) wurde von ihm in der vorgesehenen Zeit in Denver abgeschlossen. Die zwei Semester in Berlin waren sozusagen als Draufgabe zu sehen, er sollte sein Wissen im Versicherungs- und Risikomanagement ausbauen, dazu konnte das Auslandstudium in Berlin nur förderlich sein.

Das war eine schöne Zeit, die Vorlesungen zum Privatversicherungsrecht und zum Risikomanagement hatte er alle regelmäßig interessiert besucht, es fiel ihm leicht, dem Stoff zu folgen.

So blieb ihm noch genügend Zeit, um das Berliner Nachtleben und die Frauen ausgiebig zu genießen.

Renates Stimme reißt ihn aus seinen Gedanken.

„Wir gehen zu Tonino, das wird dir gefallen, er ist ein erstklassiger Koch und macht die sogenannte ‚New Cuisine‘, von allem das Beste. Ein ganz neues, frisches Konzept, ist in der Nähe der Hackeschen Höfe, da gehen wir später noch in eine angesagte Bar.“

Leckere Vorspeisen, ein knackiger Salat, dann Sushi und zuletzt ein leichter Knurrhahn machen den Anfang eines gelungenen Abends. Thomas ist begeistert, denn so gut hat er schon lange nicht mehr gegessen. Renate hat ihm nicht zu viel versprochen, es schmeckt wunderbar, und obwohl es auf den ersten Blick nicht wirklich zusammen zu passen scheint, ist dieser Eindruck nicht richtig. Es passt sehr gut zusammen und Tonino reicht zu jedem Gang das passende Getränk, vom Rosen-Kir über einen leichten Pflaumenwein bis hin zum herrlich leichten südafrikanischen Weißwein.

Anschießend sehen sie sich die Hackeschen Höfe an. Thomas ist von der Architektur begeistert, denn Altes und Neues sind in einem stimmigen Konzept in Szene gesetzt. Mit vielen kleineren Geschäften, Restaurants und Bars, sogar einem Theater arrangiert – das gibt es nur in Berlin. Nach einigen Metern stehen sie vor der „American Bar“, wie passend.

Nachdem zwei „Frozen Margaritas“ getrunken sind, geht’s in die Disco im Keller, doch Thomas hat keine Ahnung, was mit ihm los ist, er ist sehr müde und könnte auf der Stelle einschlafen, vielleicht steckt ihm ja der Jetlag noch in den Knochen. Sein anstrengendes Leben geht auch nicht mehr ohne Spuren an ihm vorbei, er ist halt keine 20 mehr.

„Renate, I am really tired, let’s go home.“

Renate ist verwundert, ihr geht es jedoch ähnlich wie ihm, und sie fahren zurück zu ihr nach Hause. Dort hat sie Thomas in ihrem hübschen Gästezimmer einquartiert.

„Okay, my one and only cousin, schlaf schön." Er drückt sie noch mal herzlich und wendet sich zum Gehen.

„Gute Nacht, Thomas, wenn du etwas brauchst, dann nimmst du es dir."

Am nächsten Morgen wird er von Sonnenstrahlen geweckt. Es ist ein herrlicher Tag, und er hat so gut geschlafen wie schon lange nicht mehr, die Sonne scheint ihm direkt ins Gesicht und kitzelt seine Wangen. Eine Zeit lang liegt er noch wach im Bett, als es leise an der Tür klopft. Er tut so, als schlafe er noch.

Renate tritt ins Zimmer und spricht ihn leise an, keine Reaktion seinerseits, sie kommt auf ihn zu und rüttelt leicht seine Schulter. Thomas tut sehr verschlafen und dreht sich zu ihr.

„Good morning", raunt er verschlafen.

Sie plappert gleich los.

„Eine Freundin ist am Telefon, sie fragt, ob wir mit zum Wannsee zum Baden wollen. Hast du Lust?"

„Good idea, ich habe Lust dazu, gerne." Renate rauscht wieder ab.

Es ist bereits zehn Uhr, er freut sich auf ein ausgiebiges Frühstück, der Duft von frischem Kaffee strömt ihm entgegen und verstärkt sein Verlangen nach einer guten Tasse Kaffee. Renate scheint schon länger wach zu sein, gemeinsam frühstücken sie ausgiebig.

Nach dem relaxten Frühstück packen sie die Badesachen ein, gehen vor das Haus und warten auf die Freundin.

Kapitel 9

Myriell

Sie liegt in den letzten Zügen ihrer zweiten juristischen Staatsprüfung. Die klassische juristische Ausbildung ist zweistufig. Sie umfasst ein Studium der Rechtswissenschaft an einer Universität und eine zweijährige praktische Ausbildung, das Rechtsreferendariat in verschiedenen juristischen Tätigkeitsfeldern. Beide Abschnitte enden mit einer staatlichen Prüfung, dem ersten und dem zweiten Staatsexamen.

Ein Bachelor of Laws kann an einigen deutschen „Law Schools" nach zehn Semestern erworben werden, dieser steht allerdings einer klassischen juristischen Ausbildung nicht gleich, deshalb kam dieser Studiengang für Myriell nicht in Frage. Sie möchte Anwältin werden, da ist sie sich ganz sicher.

Die einzelnen Stationen, die sie durchlaufen hat, wurden von ihr in den letzten Wochen noch einmal minutiös durchgearbeitet, denn in diesen Schwerpunkten wird sie bei der Kammer geprüft.

Am Amtsgericht, ihrer ersten und gleichzeitig auch interessantesten Station, hat sie in der Zivil- und Verbraucherinsolvenzabteilung gearbeitet. Danach folgte eine weitere Ausbildung beim Verwaltungsgericht, anschließend war sie bei Rechtsanwalt Andreas Terres und zuletzt am Kammergericht, dort mit Spezialzuständigkeit für Insolvenz- und privatem Baurecht. Schwerer Stoff!

Sie musste auf ihre Referendariatsstelle sieben Monate warten, und so hat sie die Zeit genutzt, um den Aufbaustudiengang Master of Laws, LL. M. (Legum Magister-Studium) anzuhängen. Sie ist ein so strebsamer Mensch, dass sie sich manchmal selbst zu viel ist. Das Magisterstudium kann nach dem ersten Staatsexamen oder ähnlichem Abschluss absolviert werden, und es dient zur Vertiefung der Fachkenntnisse und der Anwendung in Wissenschaft und Praxis.

Sie ist sehr ehrgeizig und fleißig. Das Studium im Allgemeinen und das LL. M. im Besonderen wollte sie in der kürzesten Zeit schaffen, da es auch eine Menge an Gebühren kostet.

Ihr Abitur legte Myriell, nachdem sie sogar eine Klasse übersprungen hatte, im zarten Alter von 17 Jahren in Berlin Mitte mit einem Schnitt von 1,2 ab, dumm ist sie bestimmt nicht.

Ihre Eltern verunglückten bei der Fahrt in den Skiurlaub beide tödlich auf der Brennerautobahn im Jahr darauf, kurz vor Ostern. Es war das erste Jahr, in dem sie nicht mitfahren konnte, denn ihr erstes Semester an der Juristischen Fakultät hatte begonnen. Das war hart für sie, denn der jähe Verlust ihrer Eltern war doppelt tragisch, denn es war im Alter von 17 Jahren schwer, plötzlich allein in der Welt zu stehen und dann noch ein so anspruchsvolles Studium zu beginnen. Sie war nicht einmal volljährig, so übernahm ihr Onkel bis zu ihrem 18. Geburtstag die Vormundschaft.

Seit dieser Zeit ist sie immer arbeitsam und fleißig gewesen, hat alle Prüfungen mit Bravour bestanden. Sie ist sich auch sicher, ebenfalls das zweite Examen gut zu schaffen, sie war immer ein wirklich willensstarker Mensch.

Doch langsam ist sie es so leid, ständig nur zu lernen. Sie will endlich auch einmal die Kurzweil eines Urlaubes oder das fröhliche Zusammensein mit Freunden genießen, und nach einer ganzen Woche trockener Literaturrecherche freut sie sich jetzt auf einen reichlich verdienten Badeausflug am Wannsee.

Sie schaltet also den PC aus und begibt sich in die Küche. Der Blick in den Kühlschrank erinnert sie daran, dass sie auf den Einkauf vergessen hat. Eine halbe angefaulte Gurke und ein Becher Joghurt schauen sie öde an. Mist! Die Gurke pfeffert sie direkt in den Müll und das Joghurt – Glück gehabt, es ist noch nicht abgelaufen – wird eingepackt.

Badetuch, Badelatschen, Sonnenöl, Bikini, alles perfekt. Jetzt muss sie noch kurz ihre Freundin Anna anrufen.

„Hallo, Anna, es kann losgehen."

„Sorry, Myriell, ich kann nicht mitkommen, ich bin total verschnupft und habe leichtes Fieber. Scheint eine Sommergrippe zu sein."

Was macht sie denn jetzt bloß, eigentlich hat sie keine Lust, allein zum Wannsee zu fahren. Soll sie ihren Freund Peter anrufen, nein, der nervt sie dann wieder nach einiger Zeit mit seinen blöden unnützen Anmachversuchen. Er hat immer noch nicht verstanden, dass sie nicht interessiert ist.

Sie überlegt: *Wen gibt es denn noch?* Sie versucht es mal bei Renate und wählt gleich ihre Telefonnummer.

„Hallo, Renate, super Wetter heute, hast du Lust, mit zum Wannsee zu kommen?"

„Hi, Myriell, lass mal überlegen, mein Cousin aus Miami ist seit gestern da, er liegt noch im Sumpf, warte mal einen Moment."

Renate hat das Telefon an die Seite gelegt, im Hintergrund hört Myriell eine Tür schlagen. Es dauert ungefähr fünf Minuten, dann ist Renate zurück.

„Mein Gott, ist der lahm, will aber wohl auch mit, ist das okay?"

„Ist dein Cousin in Ordnung, Renate?", fragt sie etwas gelangweilt, denn sie hat an ihrem einzigen freien Tag nach so langer Zeit keine Lust auf nervige Leute.

„Ja, ist ganz okay, vielleicht etwas im Overdrive, ganz lustig, er ist Amerikaner und hat einen amerikanischen Akzent, sieht fantastisch aus, er heißt Thomas."

„Das kann ja heiter werden, ich hole euch in einer Stunde ab."

Renate ist die größte Plaudertasche, die Myriell kennt, doch nach so viel Theorie die ganze Woche hat sie richtig Lust, mit Renate über die Berliner Männer abzulästern und das Neuste über die Beaus dieser Stadt zu hören. Als Zugabe ein Cousin aus Amerika, das könnte interessant werden. Sie kann mindestens ihr Englisch etwas auffrischen.

Super Aussichten und schönes Wetter, was will man mehr, und sie liebt diese Stadt, Berlin. Hier ist viel los und sie möchte in Zukunft auch an dem bunten Leben teilhaben, nicht immer nur lernen. Es gibt so viele neue Lokale und der Tourismus boomt, was sie allerdings auch mal nicht so gut findet, wegen der vielen, ihrer Meinung nach zu vielen Menschen. Außerdem wird in Berlin unglaublich viel gebaut.

Das ist aufregend und inspirierend, denn sie liebt die neuen architektonisch anspruchsvollen Gebäude, ebenso zieht sie auch ein gut restauriertes Gebäude in neuem Style an.

Fasziniert vom großstädtischen Flair würde sie zukünftig gerne den Duft der modernen supererotischen und doch intelligenten Frau versprühen, zumindest in ihrer Vorstellung ist das so. Zugegeben, das gelingt ihr momentan nur sehr eingeschränkt, denn die fehlende Erfahrung in fast allen Bereichen, die ein solches Flair ausmachen würde, lässt sich nur schwer verleugnen. Sie will nach dem Examen verstärkt an der Umsetzung ihrer neuen Vorstellung von sich selbst arbeiten. Mal sehen, wie die neue Myriell dieses Vorhaben umsetzen kann. Sie träumt auch davon, sich endlich mal zu verlieben.

Es gab mal jemanden im Studium: Klaus-Peter. Komisch, gerade heute denkt sie wieder an ihn, die Intervalle werden deutlich länger. Es passiert nur noch einmal in der Woche.

Sie war sehr verliebt in ihn, doch leider war dieses Gefühl nur einseitig von ihr ausgegangen, ohne dass Klaus-Peter es gemerkt hätte.

Klaus-Peter war eigentlich gar nicht ihr Typ. Er war nicht besonders groß, hellblond und sehr von sich überzeugt, ja, auf viele Menschen wirkte er eingebildet und egozentrisch. Sie waren in einer Referendar-Arbeitsgemeinschaft, lernten zusammen für das erste Staatsexamen, das ist durchaus üblich. Zunächst war es eine leidenschaftslose Lernbeziehung. Sie trafen sich mehrfach die Woche zum Büffeln. Dabei hat er ihr von seinem Leben erzählt, er war so unsicher und zerbrechlich, so ungerecht behandelt worden, das berührte sie tief im Inneren und so schlich er sich Tag für Tag stärker in ihre Realität und Tagträume stellten sich ein.

Dank ihrer Unterstützung hat er ein gutes Examen hingelegt, darauf war sie stolz. Er wusste genau, dass er ohne ihre Hilfe nie zu einem so großen Erfolg gelangt wäre. Zum Schluss haben sie sich noch einmal getroffen, dieses Treffen war in ihrer Erinnerung ein einziges Desaster. Er hatte sehr schnell im Anschluss an sein Examen einer Referendarstelle in München zugesagt und zum Abschiedstrunk einige Studenten in eine In-Kneipe geladen. Sie hatte es kaum ertragen und zum vermeintlichen Abschied Fotos gemacht und sonst teilnahmslos in einer Ecke gestanden.

Zu allem Übel hatte Klaus-Peter noch eins draufgesetzt. Leicht angetrunken verkündete er vor versammelter Mannschaft, dass er sich am letzten Wochenende in München verliebt hätte. Nach der Vorstellung in der Kanzlei habe er München erkundet und seine Traumfrau kennengelernt, er hätte nicht gedacht, dass es ihn einmal so erwischen könnte.

Da wünschte sie sich, die Erde ginge auf und sie könnte in dem Loch versinken.

Von da an war Funkstille, er hatte zwar gelobt sich zu melden, doch aus den Augen, aus dem Sinn. Sie hatte ihre Schuldigkeit getan und er lebte sein Leben ohne sie weiter, einfach so.

Für sie war die Zeit danach nicht leicht, denn Liebe macht ja bekanntlich blind und vermeintliche Liebe stockblind.

Sie hatte doch tatsächlich vorausgesetzt, dass er genauso für sie empfindet. Sie schrieb unzählige Briefe, die ihre Situation erklärten, zerriss sie wieder und einen Monat später schrieb sie das letzte Gedicht für sich selbst:

Es tut so weh, immer noch, immer mehr,
die Tränen der Erinnerung trocknen nicht,
verzweifelt, verflucht und ungeliebt zurückgelassen,

dich vergessen – der Wunsch,
die Erfüllung misslingt,
je mehr ich nicht mehr an dich denken will,
umso mehr kommst du wie Bodennebel über mich,

hyperaktiv mache ich alles auf einmal,
Ablenkung zählt, um Verzweiflung zu unterdrücken,
doch je mehr ich tue, umso größer wird das Verlangen,
egal, was ich tue, du bist immer bei mir,

es gibt keine Hoffnung,
es gibt nur die Zeit, sie soll alle Wunden heilen,
wie soll das nur gehen?
Ich liebe dich – du nicht mich,
das passt nicht zusammen, nie wird es gehen
Verzweiflung bleibt und Leiden.

Erstaunlicherweise stehen Renate und Thomas bereits vor dem Haus. Myriell versucht, möglichst rasant mit ihrer schlecht restaurierten Cabrio-Ente vorzufahren, um das, was sie dort sieht, zu beeindrucken.

Gutaussehend, das ist ja wohl untertrieben! Thomas ist eine wahre Schönheit. Groß, gut gebaut, dunkelhaarig, Eintagesbart, stahlblaue Augen, lehnt er lasziv an einer Mauer, betont cool raucht er eine Zigarette. Die lebendig gewordene Marlboro-Werbung.

Sie ist elektrisiert und fährt die beiden mit ihrer Ente fast über den Haufen.

„Myriell! Bist du wahnsinnig geworden oder bist du blau?"

„Sorry, ich bin wohl etwas zu schnell gefahren!", ruft sie durch das geöffnete Fenster.

Thomas und Renate bewegen sich auf das Auto zu. Sie steigt aus und küsst Renate zur Begrüßung auf beide Wangen.

„Darf ich vorstellen: Thomas."

Die Zahnpasta-Reklame strahlt sie an und kommt auf sie zu.

„Nice to meet you, I'm Thomas. Vielen Dank für die nice idea mit dem Badetag."

Er gibt auch brav Küsschen, rechts und links auf die Wange, wie er es zuvor bei Renate gesehen hat. Sie ist perplex und errötet plötzlich.

Das scheint ihm zu gefallen, und er setzt noch einen drauf. „Du bist sehr hübsch."

Um sich etwas abzulenken, plappert sie munter darauf los.

„Am Wannsee kenne ich eine Stelle, die ist großartig, der Einstieg ins Wasser ist ganz flach, es gibt einen kleinen Sandstrand, dort fühle ich mich immer ein bisschen wie am Meer, wir müssen uns an der Tankstelle noch etwas zu trinken besorgen."

Sie steigen ein, Thomas vorne neben ihr, da er mit seiner Größe doch etwas mehr Platz braucht, seine Knie stoßen fast an das kleine Armaturenbrett. Nach den ersten Worten ist er stiller geworden, zumal er vom Vortag noch nicht wieder fit ist und eigentlich bis gerade eben recht müde war. Renate hat fluchend auf dem Rücksitz Platz genommen. Sie vermittelt deutlich, dass ihr das Gefährt nicht gefällt, egal „de nada". Myriell ist eben noch Referendarin. Berlin ist eh schon so teuer, ihre finanziellen Mittel sind nicht so eingeschränkt, dass sie sich nicht ein anderes Auto leisten könnte, aber die Ente gefällt ihr und ist mittlerweile eine Rarität.

An der nächsten Tankstelle mit einem kleinen SB-Shop hält sie an. Thomas steigt gönnerhaft aus dem Auto und fragt: „What drinks?"

Renate ruft vom Rücksitz: „Ein Wasser und einen Rotwein", sie ergänzt, „und 'ne Coke."

Nachdem der Einkauf getätigt ist, fahren sie ihrem Ziel entgegen.

Am Wannsee angekommen breiten sie an der von Myriell beschriebenen Stelle eine Decke aus.

Zugegeben, sie hat etwas übertrieben. Ganz so idyllisch ist es nicht. Nachdem sie die Umgebung etwas von dem verstreuten Müll befreit haben, lassen sie sich auf der Decke nieder. Thomas zieht langsam sein Shirt und seine Jeans aus.

In diesem Augenblick bleibt ihr der Mund offen stehen, Renate boxt sie leicht in die Seite: „Hallo, Baby, bleib mal cool."

Thomas hat gemerkt, wie beeindruckt Myriell ist, und lässt sich betont lässig auf der Decke nieder.

Jetzt ist sie mit dem Ausziehen dran und voller Entsetzen bemerkt sie, dass sie leider ihr Bikinioberteil nicht anhat beziehungsweise gar nicht vorhatte, es anzuziehen. Die Lage gestaltet sich jetzt jedoch anders, denn sie will den Teufel tun und gleich mit nackten Tatsachen aufwarten, also verabschiedet sie sich kurz in die Büsche und zieht sich um – wie prüde!

Als sie wiederkommt, tut Thomas so, als ob er eingeschlafen wäre. Myriell sieht jedoch genau, wie er aus den Augenrändern blinzelt und einen Blick von ihr zu erhaschen sucht.

Das geht gut los. Sie haben nicht einmal einen zusammenhängenden Satz miteinander gesprochen; normalerweise ist das überhaupt nicht ihre Art, denn sie ist doch sonst immer nur intellektuell an Männern interessiert. Ein guter Body und ein hübsches Gesicht machen sie noch lange nicht an, dazu gehört normalerweise sehr viel mehr, viele interessante Gespräche, viele Dates und zusätzlich mindestens ein gutes Examen, und sie macht sich gerne rar.

Hat er ein Examen? Was macht er? Keine Ahnung!

Sie könnte sich auf ihn stürzen und ohne ihn zu kennen mindestens heftig küssen – wie ist sie denn heute drauf? –, kommt da etwa das neue Lebensgefühl geballt auf sie zu?

Renate wird es zu warm, sie verabschiedet sich ins Wasser.

Thomas tut so, als döse er vor sich hin, Myriell befindet sich neben ihm und schaut in den sonnigen Himmel, ohne Sonnenbrille ganz schön hell.

Ups, er dreht sich und sein Arm landet auf ihrer Hüfte. Sie liegt verkrampft auf der Decke und harrt der Dinge, die jetzt folgen.

Es ist unwirklich, sie hat Recht gehabt, er schläft nicht, denn seine Fingerspitzen beginnen ganz vorsichtig, ihren Bauch zu berühren – berühren ist zu viel gesagt, es kommt mehr der Berührung einer Feder gleich. *Wie macht er das?*

Ein entrücktes „Wow" entgleitet ihr.

Er reagiert sofort, beugt sich über sie, lächelt sie mit seinen blauen Augen, umrahmt von langen Wimpern, für die ihn jedes Model beneiden würde, an. Bevor sie etwas machen kann, beginnt er mit der gleichen sanften Berührung ihr Gesicht zu streicheln.

Getoppt wird das Unterfangen durch einen zärtlich gehauchten Kuss auf ihre Augen, ihre Wange und dann auf den Mund.

Er hat sie völlig bewegungs- und willenlos „gehaucht-geküsst", zumal sich der Kussdruck jetzt verstärkt, und nun übertreibt er ein bisschen und setzt ganz sanft die Zunge ein.

Was soll sie jetzt nur tun?

Okay, es gefällt ihr, also macht Myriell mit, die beiden sind ganz entrückt und werden jäh von der aus dem Wasser springenden Renate unterbrochen.

„Was ist denn hier los, sind wir im Kitschroman?" Sie setzt sich deutlich entnervt auf ein Handtuch.

Myriell ist noch ganz durcheinander und sie hat den Eindruck, Thomas geht es ebenso.

Sie sagen beide kein Wort, sehen sich mit einem kleinen Lächeln an. So liegen sie eine halbe Stunde nebeneinander in der Sonne. Thomas hat sich auf den Bauch gedreht und streichelt sanft ihre Hand.

Renate scheint eingeschlafen zu sein.

Sie können nicht voneinander lassen, es ist wie Magnetismus.

Kapitel 10

Berlin, erste Woche

Sie haben kaum drei zusammenhängende Sätze miteinander gesprochen – nie zuvor ist Myriell so schnell mit einem Mann im Bett gewesen, so etwas ist ihr noch nie zuvor passiert. Ins Bett ist genau genommen falsch, denn bis zum Bett haben sie es erst gar nicht geschafft. Kaum war die Wohnungstür zu, haben sie sich aufeinander gestürzt und heftig geküsst. Im Eiltempo haben sie die wenigen Sommersachen vom Körper gestreift. Thomas macht sie wahnsinnig an und schließlich schlafen sie spät in der Nacht eng umschlungen ein. Sie kann sich nicht daran erinnern, jemals so guten Sex gehabt zu haben – was für ein Mann!

Thomas hat nach den ganzen Experimenten mit den vielen Frauen in den letzten Monaten nicht mehr daran geglaubt, noch einmal auf ein solches weibliches Exemplar zu treffen. Sie zieht ihn an, er will sie, schnell, ohne Regeln oder Spiele, keine Kaffee-Einladungen, Abendessen, Wartestellungen, nein, er will sie sofort.

Sie ist die Richtige, das weiß er schon nach der ersten Minute.

Ungläubig, nach einer Erklärung suchend, wirkt er auf sein Gegenüber noch anziehender, sehr verletzlich.

Er, der introvertierte Denker, hat sich auf den ersten Blick verliebt, so etwas gibt es doch gar nicht.

Wo er sonst nur auf schnellen Sex aus ist, steht er nun das erste Mal in seinem Leben seinem eigenen Empfinden ehrlich erstaunt gegenüber. Die dicke Mauer, die er um seine echten Gefühle gebaut hat, hat einen Riss bekommen. Er ist überrascht, wie angenehm die Gefühle sind, die durch diesen Riss zu ihm durchdringen. Die Angst vor menschlicher Nähe ist dem Gefühl des „Mehr-davon-haben-Wollens" gewichen.

Hat er die Chance erkannt, die diese Frau ihm geben könnte?

Wäre es tatsächlich möglich, dass diese Frau ihn verstehen und einen Zugang zu seinem sich nach Liebe sehnenden Unterbewusstsein finden kann, um endlich die Leere seines Seins aufzusprengen und seinem Leben einen Sinn zu geben?

Was für Gedanken, solche Gedanken hat er zuvor noch nie zugelassen. Er wusste zwar über die verschiedenen menschlichen Typologien Bescheid – es gab Zeiten, in denen er sich ausgiebig mit Freud und Jung beschäftigte – doch die Erkenntnisse auf sich selbst zu übertragen, das hatte er sich nie erlaubt.

Myriell scheint unbewusst zu registrieren, wie er fühlt, denn sie ist auch eine eher introvertierte Persönlichkeit. Obwohl sie bislang kaum miteinander geredet haben, verbindet sie viel. Es ist die Art der stillen Verbundenheit, in der jeder die natürlichen Grenzen des anderen respektiert, sie erspüren einander. Dieser Reiz lässt sie auch in den nächsten Tagen nicht los.

Die ausgesprochenen Worte werden von Tag zu Tag mehr, sie erzählen einander von ihrem Leben. Thomas verschweigt zu Anfang viele Dinge, er war es bislang nicht gewohnt, über sich zu sprechen, doch Myriell hinterfragt die Zusammenhänge. Er ist gefordert, sich über die unausgesprochenen Wahrheiten Gedanken zu machen, die er bislang selbst gekonnt verdrängt hat.

Etwa auf die Frage „Wie war das denn bei deiner Pflegemutter, Mrs. Rudolf?" musste er zu seiner Schande gestehen, dass er nicht einmal mehr wusste, wie Mrs. Rudolf ausgesehen hatte. Er kann sich nur noch daran erinnern, dass er immer genug zu essen bekam und es ihm bei ihr schmeckte. Weder an sein Zimmer noch an das Haus kann er sich genau erinnern, die Zeit ist wie weggelöscht. Vielleicht liegt das auch daran, dass er nach der Zeit bei den Rudolfs an diese Leute keinen Gedanken verschwendet hatte, denn er ist nie wieder dort gewesen.

Myriell findet diese Tatsache seltsam, und wenn er genauer darüber nachdenkt, muss er ihr Recht geben. Immerhin vier Jahre seines Lebens hatte er bei den Pflegeeltern gelebt. Die Schuljahre, die er nach dem Tod des Vaters auf der Schule verbrachte.

Victor Parker hielt einen frühen Schulwechsel nach dem Tod seines Vaters für ungünstig, denn Thomas sollte wenigstens im bekannten Umfeld der Schule bleiben.

An die Schule kann er sich allerdings noch erstaunlich genau erinnern, an die Farbe der Wände, die Stellung der Schulbänke, die Tafel, die große Landkarte der USA, doch die Frage nach seinen Schulfreunden fällt wieder mau aus. Er weiß nicht mehr, ob er Freunde hatte oder neben wem er die vielen Jahre gesessen hatte. Daraus schließt er, dass es wohl kaum Freunde in seiner frühen Kindheit gegeben hatte, sonst würde er sich doch an sie erinnern. Thomas kann nur spekulieren, wahrscheinlich saß er auch allein, das erklärt zumindest sein fehlendes Erinnerungsvermögen.

Ebenso ist es mit seiner Mutter, denn wenn er nicht ein Bild von ihr hätte, dann würde er nicht mehr wissen, wie sie ausgesehen hatte.

Diese Frau ist ihm fremd.

Sie soll eine Schönheit gewesen sein und sehr clever, das hatte ihm zumindest Victor berichtet. Der hatte ihm genau genommen auch nicht viel von seiner Familie erzählt. Thomas hatte ihn auch nicht weiter nach seinen Eltern gefragt. Es ist alles so lange her und interessiert ihn nicht wirklich, zumindest war er bisher dieser Überzeugung.

Tatsache ist, dass sich niemand wirklich für Thomas interessierte. Diese Tatsache wird ihm erst jetzt langsam bewusst, da Myriell ihm all die ungeklärten Fragen stellt und sich ehrlich für ihn und seine Vergangenheit interessiert.

Dieses Gefühl kannte er bislang nicht und es gefällt ihm, im Mittelpunkt ihrer Aufmerksamkeit zu stehen. Was für ein Glück, diese Frau getroffen zu haben.

Kapitel 11

Hochzeit

Die vier Monate ohne Thomas sind für Myriell eine Berg- und Talfahrt der Gefühle. Jeder Tag ohne einander ist ein großer emotionaler Verlust für sie beide. Sie telefonieren jeden zweiten Tag und schreiben sich zusätzlich fast täglich über WhatsApp, Facebook oder E-Mail, sodass sie bestmöglich weiter an ihrem gegenseitigen Leben teilhaben können. Doch all das ersetzt den gerade erst gewonnenen geliebten Partner nicht, doch es hilft, die neue Liebe besser kennen zu lernen und die langweiligen und öden Lerntage für ihr Examen zu ertragen. Doch nun ist die Prüfung endlich bestanden. Sie hat ihr zweites Staatsexamen in der Tasche und dazu noch mit „voll befriedigend", ein super Ergebnis für ein juristisches Examen. Thomas ist sehr stolz auf sie.

Sie denkt noch einmal verzückt an den Vorabend seiner Abreise, an dem er sie ins Berliner Savoy Hotel ausführte, in ein elegantes und teures Ambiente. Das Essen war unübertroffen lecker, sie ließen sich ein Vier-Gänge-Menü schmecken und tranken einen dunkelroten Shiraz dazu. Beim Dessert angelangt sah Thomas sie mit seinen blauen Augen verheißungsvoll an, nahm ihre Hand und küsste sie zart.

Ein riesiger Strauß von dunkelroten Rosen wurde vom Kellner an den Tisch gebracht.

Was kam denn nun? Da war der tränenreiche Abschied bei ihr schon vorprogrammiert, denn sie dachte, dass er ihr zum Abschied rote Rosen schenken wollte.

Wie romantisch er doch eigentlich war, das coole Äußere war doch nur Show, zugegeben eine gut in Szene gesetzte Show.

Thomas stand auf, nahm die Blumen, ging auf die Knie und sah ihr ganz tief und eindringlich in die Augen und fragte:

„Myriell, Darling, willst du meine Frau werden?"

Stille.

Hatte sie richtig gehört?

Meinte er, er will sie heiraten, so richtig mit Brautkleid und Kirche, bis der Tod sie scheidet?

Ja, sicher wollte sie ihn nach dieser traumhaften Woche heiraten, jeden, der so war wie er, würde eine Frau heiraten wollen, diesen Supermann.

Immer noch Stille, sie sah wohl ziemlich überrascht aus.

Dann sagte er erneut sehr leise und inbrünstig:

„Will you marry me, honey?"

Pause – und noch leiser:

„Again, will you marry me, honey?"

Was sollte sie nur sagen, dieser Blick von ihm, sie schmolz dahin und seufzte.

Sie entgegnete kaum hörbar:

„Ja, ich will dich heiraten."

Doch bereits als sie den Satz ausgesprochen hatte, kamen ihr Zweifel, und sie fuhr fort:

„Wie soll das gehen, du fährst doch gleich nach Miami zurück, und ich bin in Berlin. Ich kann ja so schnell nicht mitkommen, ich muss doch mein Examen machen …"

Er lächelte sie an.

„Das geht schon, you know, du machst das examination, und dann komme ich wieder und wir heiraten. Ich habe schon darüber nachgedacht und im September oder November wäre doch schön, Myriell", antwortete er auf ihre spontanen Bedenken.

„Bist du ganz sicher, Thomas, wir kennen uns doch erst eine Woche?"

„Myriell, nach dem ersten Blick in deine Augen war mir sofort klar, you are the one and only for me, ich liebe dich."

Er küsste sie sanft und alle ihre Zweifel waren verflogen. Sie würde diesen tollen Mann heiraten, würde Mrs. Thomas Parker werden, wunderbar, wie doch ein Moment im Leben alles verändern kann.

Und jetzt steht sie aufgeregt am Flughafen, denn ihr Thomas wird gleich kommen.

Endlich ist es so weit, sie kann ihren geliebten Mann gleich in die Arme nehmen. Wie sehr hat sie diesem Termin entgegengefiebert. Extra für diesen Tag hat sie sich im Prüfungsstress sogar noch ein neues Outfit zugelegt. Das rote Kostüm, das ihre Figur dezent betont, steht ihr ausgezeichnet, richtig aufregend sieht sie darin aus.

Gleich trifft sie den Mann wieder, den sie in drei Tagen heiraten wird.

Ihre Examensvorbereitungen haben ihr den Spielraum für Zweifel genommen, denn es gab schlicht keine Zeit, sich Gedanken darüber zu machen, ob es richtig ist, einen Mann, mit dem sie genau genommen nur eine Woche zusammen war, zu heiraten.

Die Zeit mit ihm war so traumhaft schön, dass sie sich keine negativen Gedanken machen wollte. Sie war vom Tage der ersten Begegnung an total in Thomas verliebt, und allein, wenn sie an ihn denkt, ist sie glücklich. Diesen Glückszustand hat sie bislang nicht gekannt, die Schmetterlinge in ihrem Bauch machen sie ganz sicher, dass er derjenige für sie ist, mit dem sie ihr Leben verbringen will.

Da steht sie nun, in ihrem roten Kostüm und strahlt die Welt an. Das Wetter ist erstaunlich gut und unterstreicht ihre glückliche Stimmung, Thomas müsste gleich kommen.

Aufgeregt geht sie in kleinen Schritten vor dem Ankunftsterminal hin und her, ihr Blick ist in Vorfreude in die Richtung seiner Ankunft fokussiert. Auf keinen Fall möchte sie ihn und einen ersten Blick auf ihn verpassen. Da geht die Tür auf, und eine Menschenmenge strömt den Ausgang hinaus. In der Ferne sieht sie ihn, denn mit seinen 1,90 Metern ragt ihr geliebter Mann unübersehbar aus der Menge heraus.

Ihr Herz schlägt bis zum Hals, sie glaubt, sich nicht mehr bewegen zu können. Die Vorfreude ist schier grenzenlos, sogar eine Träne des Glücks benetzt ihre Wangen.

Er kommt immer näher und hat sie erblickt, ihre Beine gehorchen ihr nicht mehr und laufen los, direkt auf das über alles strahlende Gesicht zu.

Der Magnetismus schlägt wieder zu.

„Darling, ich habe dich so vermisst, endlich. You are wonderful."

Eng umschlungen verlassen sie den Flughafen und fahren mit dem Taxi nach Hause. Der Taxifahrer hat wohl selten erlebt, dass zwei Menschen 20 Minuten ausschließlich damit beschäftigt sind, sich ungeniert zu küssen.

Sie sprechen nicht miteinander, sie lieben sich die ganze Nacht, bis das gegenseitige Verlangen befriedigt ist und schlafen erst in den frühen Morgenstunden total geschafft nebeneinander ein.

In den nächsten zwei Tage berichten sie einander gegenseitig, wie es ihnen in den letzten Monaten ohne den anderen ergangen ist. Thomas hat ein Haus in Miami Beach gemietet, dort will er mit ihr zusammenleben.

Einer seiner Freunde hat eine Anwaltskanzlei Downtown. Er hat ihr einen Job angeboten. Ihr gutes Examen und der LL. M. (Master of Laws) zahlen sich aus und ermöglichen ihr diesen Start. *Ja! Dafür haben sich die Strapazen gelohnt.*

Thomas hat gute Vorarbeit geleistet, alles in drei Monaten organisiert, Respekt.

Möchte sie das denn eigentlich?

Im Stillen hat sie sich häufig gefragt, wie und wo wird die gemeinsame Zukunft sein?

Mit Miami hat sie zugegebenermaßen geliebäugelt, denn es muss wohl herrlich sein, mit diesem Mann in Miami Beach zu leben. Wunderbar, im sonnigen tropischen Miami, sie liebt diesen Gedanken von Anfang an.

In ihrer Vorstellung lebt sie zukünftig in einem wunderschönen Land unter Palmen, in dem andere Leute Urlaub machen.

So heiraten sie am dritten Tag seiner Rückkehr in einer kleinen Kirche nahe dem Wannsee. Sie hat diesen Ort deshalb ausgesucht, weil sie sich dort kennen gelernt haben. Die kleine Feier richten sie in einem netten Gartenlokal in der Nähe aus. Weil das Wetter nicht so schön ist, bleiben sie in der kleinen Gaststätte. Einige wenige Freunde sind eingeladen und Myriells Onkel Arno. Ihre Eltern sind ja schon lange tot und der Patenonkel ist der einzige familiäre Kontakt, auf den sie noch Wert legt. Ihre Freunde Peter und Renate sind die Trauzeugen.

Sie schmelzen dahin, und bei der entscheidenden Frage fängt sie an zu weinen, und schafft es gerade noch, ein „Ja, ich will" heraus zu flüstern. Thomas ist gefasster und schafft die Antwort ohne Zögern klar und deutlich:

„Ja, ich will dich heiraten, Myriell."

Was für ein Tag! Das Leben ist schön!

Am nächsten Tag gehen auf einem eigens für Thomas eingerichteten Schweizer Nummernkonto vier Millionen Dollar ein, nachdem er die Heiratsurkunde an Victor gefaxt hat. Es ist ein schönes Gefühl, reich zu sein.

Kapitel 12

Ankunft Miami

Die Reise haben sie relativ entspannt überstanden, die neun Stunden sind sprichwörtlich im Fluge vergangen. Renate hat die beiden Turteltauben zum Berliner Flughafen gebracht, und es waren dort einige Abschiedstränen bei Myriell geflossen. Sie kann nicht sagen, dass es ihr nicht schwergefallen wäre, Berlin zu verlassen, denn sie liebt diese turbulente Stadt und ihre gesamten Kontakte und Freunde bleiben dort zurück. Das bedeutet auch, dass sie in Miami ganz von vorne anfangen muss. Doch auf der anderen Seite ist da auch der Reiz des Unbekannten in dieser brodelnden Metropole unter Palmen und am Meer.

Thomas' Familie lebt nicht in Miami, er ist ursprünglich aus Denver, Colorado, und da seine Eltern ebenfalls beide tot sind, erwartet Myriell in ihrem neuen Zuhause keine familiäre Atmosphäre und die neue Schwiegertochter kann nicht mit offenen Armen in der Fremde aufgenommen werden, da es schlicht und ergreifend keine Familie gibt.

Na ja, da gibt es einen Vormund, doch über ihn weiß sie nicht viel und bei gründlicherer Betrachtung hat Thomas ihr bislang auch noch nicht viel von seinen Freunden erzählt. Es gibt bestimmt zumindest Arbeitskollegen, mit denen er sich geschäftlich trifft, denn Thomas arbeitet für eine große Versicherung im Management und reist deshalb auch sehr viel durch die Staaten und ist gelegentlich sogar im Ausland tätig.

Ursprünglich hat er Wirtschaftswissenschaften studiert. Victor Terry, sein Vormund, betreibt in Miami eine große Anwaltskanzlei und hat angeboten, dass Myriell dort arbeiten kann. Er ist vielleicht für Thomas eine Art Familienbande, da Victor in der

Vorstellung von ihr so etwas wie ein Ersatzvater für Thomas sein muss. Ein bisschen Respekt hat sie vor ihrem neuen Job, denn das amerikanische Recht unterscheidet sich vom deutschen Recht.

Da wird sie wohl noch mal die Schulbank drücken müssen, um das nötige Wissen zu erlangen. In der kurzen Zeit, in der sie und Thomas sich kennen – gerade einmal vier Monate – war es ihr natürlich neben ihrem Examen nicht möglich, sich auch noch das amerikanische Recht einzuverleiben. Glücklicherweise hat sie bereits die Ausbildung zum LL. M. (Master of Laws) während ihres Studiums gemacht, und diese Tatsache könnte jetzt hilfreich sein. Für die amerikanische Zulassung braucht sie allerdings das sogenannte „Bar Examination", und wie sie diese Ausbildung am besten in Florida machen kann, will sie in den nächsten Wochen klären.

Der Job beginnt am ersten Dezember, da hat sie noch gute drei Wochen Zeit, um sich etwas einzugewöhnen. Dieser Victor wird ihr bei den nötigen Formalitäten sicher helfen.

Außerdem muss das Haus, das Thomas in Miami Beach gemietet hat, noch hergerichtet werden. Die Amerikaner haben oft einen schwülstigen Geschmack, außerdem möchte sie sich nach dem Lernstress der letzten Wochen in Ruhe an das Klima und die Leute gewöhnen, sich ein paar Tage zur Entspannung gönnen, und ein neues Haus einzurichten scheint ihr genau das Richtige zu sein.

Am Airport angekommen wollen sie sich ein Taxi nehmen. Obwohl es bereits November ist, kommt ihnen, nachdem sie das stark klimatisierte Flughafengebäude verlassen haben, warme schwüle Luft entgegen. Es hat gefühlte 30 Grad Celsius und Myriell entgleitet ein „Wow", denn damit hat sie nicht gerechnet.

Und erst die Fauna: Selbst am Flughafen gibt es reichlich Palmen, die Luft, das Licht, die pastelligen Farben, alles wirkt leicht beschwingt und tropisch.

„Gefällt es dir, Honey? Warte erst mal, bis du Miami und Miami Beach siehst!"

Sie nickt zustimmend und überwältigt und sie steigen ins Taxi. Die Koffer sind bis auf ein wenig Handgepäck schon vorgeschickt.

Der Wagen fährt langsam los, aufgeregt und fasziniert nimmt sie die Eindrücke durch das Fenster in sich auf.

Alles ist so anders! Selbst die Flughafengegend ist irgendwie anregend, doch vor allem beeindrucken sie die Farben. Die Häuser, selbst die Schuppen sind Pastellfarben.

Die Töne variieren von hellem Gelb, über Ocker, Rot, Grün, Blau, Türkis, Rosa und Pink.

Diese Farben sind in Deutschland in dieser extremen Ausprägung nicht vorstellbar, ihr gefällt die Vielfalt sehr. Sie erkundigt sich bei Thomas, ob das überall in Miami so ist.

„Warte erst einmal ab, bis du das Art Deco-Viertel in Miami Beach siehst, da ist das hier noch gar nichts dagegen", verspricht er ihr begeistert, denn es gefällt ihm, sie so beeindruckt zu sehen.

Weiter geht es über den Highway, dann landen sie nach einigen Meilen im Stau.

Der Taxifahrer flucht, doch ihr passt die erzwungene Verlangsamung sehr gut, denn sie befinden sich gerade mitten in Miami Downtown, und so hat sie Zeit genug, sich die Skyline genau anzusehen.

Thomas weist sie auf ein großes Hochhaus hin: „Dort ist der Sitz meiner Versicherung and there is my Büro."

Das Hochhaus ist riesig, die Front reflektiert die Sonnenstrahlen beeindruckend.

„In welchem Stock bist du?"

„31st floor. Wusstest du, dass in Amerika immer der 13th floor in den Häusern fehlt?" Sie schüttelt den Kopf.

„Die Amerikaner sind abergläubig, die 13 ist schlecht fürs Geschäft." Sie lachen sich an und er küsst sie ganz sanft auf die Wange.

Die Fahrt geht schleppend weiter, die Skyline ist beeindruckend.

Eine Bahn, die auf Stelzen aufgehängt ist, fesselt ihren Blick.

Weiter geht die Fahrt am Hafen vorbei, er erklärt ihr, dass dort ein großes touristisches Einkaufszentrum ist, die so genannte „Bayside Shopping Mall" und eine große Arena: „American Airlines Arena", kurz „AAA", eine Sportarena, in der vor allem Basketball gespielt wird und die Miami Heat zu Hause sind.

Bislang hat sie sich nicht sonderlich für Basketball interessiert, doch hier in Miami scheint das ein Muss zu sein.

Entdecke die Möglichkeiten, denkt sie.

Dann geht es weiter über eine gigantische Brücke, links der Brücke sind kleine Inseln und rechts der Brücke liegen die Ozeanriesen im Hafen, es sind die großen Kreuzfahrtschiffe, die von Miami aus die Kreuzfahrten in die Karibik starten.

Der Anblick dieser Szenerie verschlägt ihr die Sprache, Thomas beobachtet sie amüsiert.

„Es ist wunderbar", flüstert sie. Diese Stadt mit ihrem geliebten Mann zu erleben erfüllt sie mit tiefen, ehrlichen Glücksgefühlen.

Hier muss man sich einfach wohl fühlen. Lebensfreude und grenzenlose Freiheit machen sich in ihr breit, sie genießt diesen Augenblick sehr und versinkt in Andacht.

Herausgerissen aus dieser Versunkenheit wird sie, als Thomas lautstark mit dem Taxifahrer klärt, dass sie die Collins Avenue entlangfahren wollen. Am Ende der Brücke biegen sie in eine kleine Straße mit dem Hinweisschild „Art Deco District" ein.

Art Deco ist eine Stilrichtung, die in den 20er Jahren aufkam, die Gebäude sind sehr streng und klassisch ausgerichtet, haben an den Fassaden reichhaltige Verzierungen.

In dieser Zeit hatte dieses Viertel am Meer schon einmal eine Blütezeit, verfiel dann später – aber wie alles, was vergeht, wurde auch Miami Beach in den 60er Jahren mit seiner reizenden Architektur wiederentdeckt, allerdings von den Menschen „im besten Alter", wie man heute so schön sagt.

Die Gebäude waren bis zu dem Zeitpunkt schon sehr heruntergekommen, die Rentner waren nicht in der Lage, den angefallenen Renovierungsstau zu bewältigen.

So schlief das schöne Miami Beach noch ein paar Jahre den Schlaf der Vergessenen, und nach und nach haben vereinzelte Touristen das Leben nach Miami Beach zurückgebracht. Vor allem das schwule Leben hat in Miami Beach, im sonst so prüden Amerika, eine Heimat gefunden. Heutzutage mischen sie sich mit Heterosexuellen und schaffen ein buntes Bild multikulturellen Lebens.

Weiter geht die Fahrt auf einer breiten Einfahrtstraße Richtung Meer. Am Ende schmälert sich die Straße und wird zur Einbahnstraße – „One-way road" –, die links abbiegt und Myriell gehen die Augen über.

Rechts von ihnen ist das Meer und auf der linken Seite die perfekt restaurierten Art Deco-Gebäude, die in allen nur denkbaren Pastellfarben im Sonnenlicht glänzen.

Unterstützt wird dieser Eindruck noch durch überall angebrachte Lichtreklamen, die auch schon am Tag leuchten.

Jedes Gebäude hat im Erdgeschoß ein Restaurant oder eine Bar, überall ertönen heiße Latino-Rhythmen.

Das Taxi bewegt sich im Schritttempo vorwärts, denn sie sind nicht alleine mit der Idee, über die Collins Avenue zu fahren. Es ist sehr voll, die Autos stauen sich auf der engen Straße.

Dann passieren sie das „News Cafe", hier sitzen die Leute, die gesehen werden wollen.

Das Café ist legendär und total in. Sie erhaschen einen Blick auf die „nice society" von Miami Beach. Hier ist es genauso überfüllt wie auf der Straße, das Leben pulsiert und die Schönen und Reichen geben sich ein Stelldichein.

Langsam fahren sie an einer großen Villa vorbei, sie ist beeindruckend und komplett eingezäunt. Es folgen einige nicht restaurierte Gebäude, die werden bestimmt auch bald noch im neuen Glanz erstrahlen.

Diese vielen Eindrücke erschlagen sie, sie muss wohl etwas konfus aussehen, deshalb bricht Thomas das Sightseeing ab. Sie fahren einige Straßen weiter inseleinwärts. Auf der Höhe der 23. Straße halten sie vor einem rosa Haus mittlerer Größe an.

Zwei Säulen und zwei große Palmen laden zum Eintreten ein. Der Vorgarten macht einen gepflegten Eindruck, der Weg zum Haus besteht aus schönem hellen Naturstein, ist mit einer Buchsbaumhecke umsäumt – Myriell liebt Buchsbaum, in Miami hätte sie diese Pflanze allerdings nicht erwartet.

„Honey, wir sind zu Hause angekommen. Dies ist unsere neue Bleibe, you like?"

„Thomas, es ist fantastisch, so gepflegt und eine tolle Farbe."

„Myriell, warte erst bis du es von innen siehst. Ich habe Möbel gekauft – hoffentlich gefällt es dir, sonst machen wir das Innere anders."

Das Haus ist traumhaft.

Es hat einen großen Flur mit einer ausladenden Treppe, die Küche ist relativ klein, allerdings sehr praktisch eingerichtet.

Den Küchenschränken sieht man ihr Alter an, denn die Fronten sind etwas abgenutzt, mit Holzpolitur wird Myriell die Küche schon wieder aufmöbeln können, da hat sie reichlich Erfahrung aus den Renovierungsaktionen in ihren Studentenwohnungen.

Das Wohnzimmer ist gemütlich, dicke Sessel in einem Naturton und ein Sofa sind um einen niedrigen Tisch drapiert und stehen auf einem langflorigen Teppichboden.

Es gibt einen Kamin, der wohl nur zur Zierde mit Holz gefüllt ist, denn wer wird ernsthaft bei diesem warmen Klima einen Kamin anmachen und heizen?

Im Inneren ist es im Verhältnis zur Außentemperatur relativ kühl, deshalb nimmt Myriell an, dass es eine Klimaanlage gibt.

Das Erdgeschoss beherbergt ein kleines Badezimmer mit einem Waschbecken und einer Toilette, alles in Mintfarben gehalten. Im Obergeschoß sind drei Schlafzimmer und ein größeres Badezimmer, sie lernt, dass sie ein „Three bedroom house" bewohnen. Das ist schon was in Amerika.

Nur was sollen sie mit drei Schlafzimmern?

Mindestens eines wird sie in ein Büro umwandeln, das andere als Gästezimmer beziehungsweise Multifunktionszimmer benutzen, denn sie werden wohl nicht ständig Besuch haben.

Zuletzt besichtigen sie den Garten.

Es gibt einen kleinen Pool, vielleicht drei Meter breit und viereinhalb Meter lang, der total verwildert und ohne Wasser einen erbärmlichen Eindruck macht.

Hier muss mal jemand mit einer Machete Ordnung schaffen und richtig sauber machen, dann ist es bestimmt ganz romantisch.

Über die Natursteine, die um den Pool gelegt sind, geht Myriell weiter in den Garten.

„Thomas, was ist denn das? Das glaube ich nicht! Hier ist ein Fluss und ein Steg!"

„Oh ja, Honey, das ist der Intercoastal Waterway, nicht der richtige, aber ein Nebenarm. Wenn wir hier mit dem Boot um ein paar Ecken fahren, können wir parallel zur Küste bis nach Fort Lauderdale schippern und noch weiter, vielleicht können wir später ein Boot kaufen."

Sie ist überwältigt und aufgekratzt, doch sie müssen noch einkaufen und steigen deshalb in Thomas' Auto, einen Chrysler.

Das Auto gefällt ihr nicht so gut, es ist sehr groß und klobig, es sieht so gediegen aus, und man könnte es wohl auch mit 70 noch ganz gut fahren.

Der Firmenwagen wird gestellt, da will sie mal nicht so kritisch sein.

Es stellt sich heraus, dass der Supermarkt vielleicht 300 Meter von ihrer Wohnung entfernt ist. Doch das ist in Amerika kein Hinderungsgrund, mit dem Auto zu fahren, denn hier wird alles mit dem Auto bedient, Amerikaner gehen in der Regel nicht zu Fuß, sie fahren.

Genau das wird sie zukünftig ändern, denn sie muss ja nicht alle Gewohnheiten der Amerikaner für gut befinden und übernehmen. Doch heute ist ihr das Autofahren auch für 300 Meter ganz recht, denn sie haben ja schließlich nichts mehr im Haus und die Einkäufe möchte sie nicht unbedingt schleppen müssen.

Die Auswahl im Supermarkt ist – wie könnte es anders sein – ebenfalls gigantisch, es gibt alles, was das Herz begehrt.

So werden reichlich Lebensmittel gekauft, auf ihr Drängen hin kaufen sie noch eine Garten- und eine Putz-Grundausstattung.

Nachdem alles zu Hause verstaut ist – mittlerweile ist es 18 Uhr –, stellt sich langsam ein heftiges Schlafbedürfnis bei ihnen ein.

„Thomas, ich bin sehr müde und könnte auf der Stelle einschlafen. Bist du nicht auch kaputt?"

„Sure, aber du musst mindestens noch drei Stunden durchhalten, sonst wirst du morgen früh mitten in der Nacht wach und kriegst den Rhythmus nicht hin. So, lass uns was essen gehen." Gesagt, getan.

Sie gehen zu einem kleinen Italiener an der Collins Avenue, weil Myriell so begeistert von den Farben des Art Deco-Distrikts ist.

Mittlerweile ist es dunkel geworden, die Lichtreklamen tun ihr Möglichstes, um ihre Überwältigung zu komplettieren. Die Stimmung, das Licht, die Farben, es ist perfekt – schöner kann ein Abend wohl nicht sein. Sie sieht ihren geliebten Mann an, bei Chianti und Pasta rollen dann hemmungslos die Tränen vor Rührung, Glück und Müdigkeit die Wangen herunter.

Thomas ist ganz verschreckt, doch als sie ihm erklärt, dass es Freudentränen sind, küsst er sie ganz sanft.

Sie beenden den Abend, sie lieben sich im neuen Bett trotz Müdigkeit und Myriell fühlt sich, als ob nichts ihr Glück stoppen könne.

Am nächsten Morgen muss Thomas früh raus, denn er hat um neun Uhr einen Termin im Büro. Seinen Jahresurlaub hat er schon lange verbraucht, die Amerikaner haben maximal zwei bis drei Wochen Urlaub pro Jahr.

Also stehen sie um sieben Uhr auf und Myriell macht Frühstück für Thomas: Kaffee, Eier, Bacon, Toast.

„Wann kommst du nach Hause?"

„Sorry, Honey, es kann spät werden, ich war lange weg und muss nach dem Rechten sehen. Warte mit dem Essen nicht auf mich. Du kommst klar?"

„Ja, ja, mach dir keine Sorgen, ich verstehe das, ich nehme mir mal den Garten vor."

Das fängt ja gut an, aber er hat wohl Recht, sie kann nicht verlangen, dass er sich noch ein paar Tage frei nimmt – zugegeben, erwartet hat sie es schon. Na ja, sie ist schon erwachsen und muss wohl allein klarkommen.

Nachdem Thomas aus dem Haus ist, räumt sie die Küche auf und anschließend macht sie sich an die Gartenarbeit.

Die Heckenschere, die sie unter Protest ihres Mannes gekauft hat, tut gute Dienste und nach zwei Stunden Kahlschlag sind ihre Hände um einige Blasen reicher, doch zugegeben, das Ergebnis lässt sich sehen.

Die Gartenfläche ist viel größer als gedacht, denn die abgeschnittenen Äste ergeben viel freie Fläche und landen zunächst im leeren Pool, denn der ist bis auf eine kleine Wasserlache komplett ausgetrocknet.

Mit der Harke entfernt sie die Reste und fegt die Natursteine um den Pool ab.

Ein sehr schön gepflegtes Bild bietet sich ihr nach dieser Aktion.

Plötzlich wird sie durch ein lautes Rufen aus dem Nachbargarten aus ihren Gedanken gerissen.

„Hello, hello, who is so fucking noisy?"

Wen hat sie denn da gestört, es ist mittlerweile 14 Uhr geworden, und in der Mittagszeit, das kennt sie aus Deutschland, ist Ruhe vorgeschrieben. Ist das im Zweifel in Amerika genauso?

Sie geht in die Richtung, aus der gerufen wurde und gibt ein leises schüchternes „Sorry" von sich.

Daraufhin teilen sich die Zweige und ein kleiner, durchtrainierter, braungebrannter älterer Mann steht vor ihr.

„Hi, I'm Dan, your neighbour. What are you doing, you destroying the jungle?", entgegnet er ihr mit tiefer Stimme.

Ein so kleiner Mann mit einer so tiefen Stimme, denkt sie.

„Sorry, ich bin die neue Nachbarin." Sie plappert einfach auf Deutsch los.

„Eh, eine deutsche Nachbarin", entgegnet er in recht gutem Deutsch mit amerikanischem Akzent.

„Sie sprechen Deutsch?"

„Ja, ich bin vor 20 Jahren ausgewandert und lebe seitdem in den Staaten, in Miami Beach lebe ich seit neun Jahren. Was macht ein hübsches blondes Mädchen in der Hitze im Garten und rodet die Büsche?"

„Ja, Thomas und ich haben geheiratet, er ist zur Arbeit. Wir haben das Haus gekauft und sind gestern angekommen. Da sah ich den Garten und habe gleich angefangen."

So erzählt sie Dan über ihr Leben der letzten fünf Monate in Kurzfassung, froh darüber, sich endlich austauschen zu können.

„Das ist typisch deutscher Aktionismus, Mädel, hast du mal darüber nachgedacht, wie die ganzen Äste aus dem Pool rauskommen sollen, und wo der Müll hin soll?"

Er hat Recht, sie hat einen ganzen Pool voller Äste und Gartenabfall erzeugt, aber wohin mit dem Zeug?

„Dan, hast du eine Idee?"

„Of course, ich habe einen Häcksler, damit kannst du das Zeug kleinmachen und unter die Beete streuen, den Müll packst du in Säcke, die kann die Müllabfuhr mitnehmen, kostet dich allerdings ein paar bucks tip extra."

Der Nachbar erweist sich als recht hilfreich, sie lädt ihn erst einmal auf einen Drink ein. Bei einem schönen kühlen Glas Eistee kommen sie ins Plaudern und er erzählt ihr, dass er eine Bar an der Collins Avenue betreibt, deshalb immer sehr lange schläft und ihn ihre Gartenarbeit aus den Träumen gerissen hat. Doch dann bietet er ihr spontan seine Hilfe an. Sie häckseln den ganzen Pool leer, harken, fegen etwa zwei Stunden, und der Garten erstrahlt in neuem Glanz.

„Well done", nickt Dan zufrieden.

„Nächste Woche machen wir meinen Garten, dann hilfst du mir. Myriell, ich muss jetzt gehen, heute Abend kommen ein paar Freunde zum Barbecue, wenn du Lust hast, komm doch auch mit deinem Thomas vorbei."

„Thomas kommt heute erst später nach Hause, er muss nach dem Urlaub alles nacharbeiten."

„Okay, dann komm allein vorbei, you will love it."

Nach einer kurzen Überlegung sagt sie zu, denn für heute hat sie genug geschafft und auch keine Lust, den Abend allein in diesem ihr noch fremden Haus zu verbringen.

Sie kennt sich, denn wenn sie das tun würde, dann würde das doch nur in einer Putzaktion enden.

Dan hat ihr auch noch einen Tipp wegen der Poolreinigung gegeben, deshalb ruft sie die Firma „Rock around your pool" an und vereinbart einen Besichtigungstermin für den nächsten Tag.

Über den Preis wollen sie sich einigen, nachdem Mr. Willes gesehen hat, was zu tun ist. Super, sie wird ihren eigenen Pool haben, davon hat sie geträumt. Nach dem Telefonat geht sie duschen.

Das ist auch dringend nötig, denn sie ist total durchgeschwitzt. Sie hat ihr Oberteil ausgezogen und ist verdreckt. Ein leichter Sonnenbrand ziert ihre Schultern, die Arme und das Gesicht.

An Sonnenschutz hat sie in ihrem Aktionismus natürlich nicht gedacht, das hat sie nun davon. Zum Glück hat sie wenigstens die Hose anbehalten.

Eine ausgepresste Zitrone lindert den Sonnenbrand ein wenig und kühlt die Haut, da hat sie noch mal Glück gehabt, es ist noch nicht ganz so schlimm.

Nach dem Duschen fühlt sie sich immer noch voller Energie. Sie findet, dass der leichte Sonnenbrand ihr ganz gut steht, es macht frisch. Nachdem sie eine legere Hose und ein Shirt angezogen hat, geht sie rüber zu Dan, ihrem neuen deutschen Nachbarn.

Komisch, da fliegt man tausende von Meilen weit von zu Hause weg, und wer ist der neue Nachbar? Ein Deutscher.

Sie beschließt, Dan über die Vordertür zu besuchen, der kleine, drahtige, braungebrannte und ebenfalls frisch geduschte Mann öffnet ihr galant die Tür.

„Schön, dass du schon da bist, dann kannst du mir mit dem Barbecue helfen."

„Bin ich zu früh?"

„Nein, nein, alles perfekt. Der Rest der Meute kommt in einer halben Stunde. Du wirst noch einige schräge Typen kennen lernen, ich habe auch noch einige deutsche Freunde, you will see."

Dan schmeißt den Grill an, sie legt derweil schon mal das Fleisch auf ein Tablett und macht den Salat an.

„Soll ich das Brot schon auf den Grill legen, dann ist es knuspriger?"

„Gute Idee, mach mal."

Die Türglocke klingelt, die ersten zwei Freunde treffen ein. Sie stellen sich vor – es sind Kasper und Theo. Ganz locker angezogen, um die 30 und stark exaltiert mit einem interessanten Small Talk auf den Lippen fällt Kasper Theo ständig ins Wort, das kann Theo gar nicht gut haben. Er boxt Kasper daraufhin leicht in die Seite, die beiden wirken sehr schwul.

Weitere Freunde folgen, eine bunte Schar von ebenfalls Homosexuellen, wie es zu sein scheint.

Für sie ist das okay, sie empfindet die Gesellschaft als Bereicherung. Der Abend ist sehr ausgelassen, das Essen schmeckt wunderbar, zumal sie feststellt, dass es das Erste ist, was sie heute zu sich nimmt.

Gegen 21 Uhr verabschiedet sie sich und geht wieder in ihr neues Zuhause, in freudiger Erwartung auf Thomas. Total müde und glücklich beschließt sie, sich auf dem Sofa bequem niederzulassen und auf ihn zu warten.

„Hi, Baby." Ein sanfter Kuss weckt sie. Sie muss wohl auf dem Sofa eingeschlafen sein.

„Wie spät ist es?"

„Midnight." – „Oh, so spät!"

„Puh, schlaf weiter, ich trage dich nach oben."

So wird sie wortlos ins Bett getragen und sie schlafen ineinander verschlungen ein.

Kapitel 13

Miami, erste Woche

Die ersten Tage vergehen wie im Fluge. Es gibt so viel zu tun. Der Fachmann von der Poolreinigung hat sich die Anlage angesehen, zu Myriells Erstaunen ist er zu der Erkenntnis gekommen, dass der Pool nicht kaputt, sondern lediglich verdreckt ist.

Die Reinigung kann bereits am nächsten Tag durchgeführt werden und so ist sie jetzt im Besitz einer voll funktionsfähigen, mit herrlich sauberem Wasser gefüllten Poolanlage.

Diesen Umstand hat sie bereits reichlich ausgenutzt, sie planscht jeden Tag mehrfach genussvoll im Wasser.

Ihr Thomas hat leider noch nicht das Vergnügen gehabt, denn er arbeitet fast rund um die Uhr, hoffentlich bleibt das nicht so. Morgen ist Sonntag und er hat ihr versprochen, wenigstens dann nicht zu arbeiten und den ganzen Tag mit ihr zu verbringen.

Diese Tatsache macht sie euphorisch, angesichts der schönen Erwartung ist sie beschwingt und glücklich.

Küche und Wohnzimmer hat sie auch schon auf Vordermann gebracht, denn nach einigem Suchen ist die Politur wieder zum Vorschein gekommen, jetzt sind sogar die leichten Schrammen an den Küchenfronten ausgeglichen.

Die Fronten sehen nach der Behandlung wie neu aus, und sie ist sehr stolz auf das Ergebnis.

Kleine Änderungen haben das gesamte Wohnzimmer sehr viel wohnlicher gemacht, selbst Dan ist stark von ihren Renovierungsfähigkeiten beeindruckt.

Am meisten gefällt Thomas, dass sie fast kein Geld ausgegeben hat und trotzdem ein fantastisches Ergebnis erzielt hat. Nicht dass es auf das gesparte Geld angekommen wäre, ihn freut die Tatsache, dass sie so sorgsam mit den finanziellen Mitteln umgeht, obwohl es nicht unbedingt nötig wäre. Sie hätte die Küchenfronten auch von einem Fachmann renovieren lassen können, doch sie hat das Geld gespart und selber Hand angelegt und das gefällt ihm.

All die anderen Frauen zuvor hätten wohl anders gehandelt. Er hat eben eine tolle Frau geheiratet, das wird ihm jeden weiteren Tag, den er mit ihr verbringt, aufs Neue klar.

Am Sonntag plant sie ein ausgefeiltes Verwöhn-Abendessen für ihren Mann und nach einem perfekten Sonnentag, kombiniert mit einem Strandausflug, wird sie Thomas mit einem Vier-Gänge-Menü überraschen, so ist der Plan.

Alles ist bereits perfekt vorbereitet, inklusive der von ihr selbst geschriebenen Menükarte und einem 94er Shiraz Rosemount aus Australien, der wird entkorkt bereitstehen.

Das Menü sieht folgende Leckereien vor:

Menü

Kräuter-Kürbiskernsüppchen
Rucolasalat an Krebsschwänzen
Balsamico-Hähnchenroulade auf Basmatireis im Zucchinibett
Quark-Mandarinen-Kuppeltorte

Die Kochkünste hat sie in Berlin verfeinert und sie findet, dass Kochen eigentlich ganz einfach ist. Sie schafft es immer wieder par excellence, hochwertige Speisen aufregend zu kombinieren. Lediglich ein gut durchdachter Plan muss zuvor gemacht werden, dann läuft das Kochen wunderbar. Die meisten Speisen lassen sich zudem sehr gut vorbereiten, sodass am „Menü-Präsentationstag" fast der gesamte Ablauf und das eigentliche, genießerische Essen fast ohne Aufwand für sie selbst zu regeln ist.

Mit dieser Einstellung hat sie in Berlin schon häufig Fünf-Gänge-Menüs für zwölf Personen vorbereitet, ohne groß ins Schwitzen zu geraten.

Das macht sie zu Recht stolz, denn die von ihr vorbereiteten Speisen passen problemlos in fünf Frischhaltepacks.

Lediglich den Salat muss sie morgen kurz vorm Servieren säubern, denn er soll ja knackig sein, das Brot wird noch kurz aufgebacken.

Thomas hat eine gute Köchin und unkomplizierte Frau geheiratet. Er lobt ihre Kochkünste immer sehr, auch wenn sie nur einfache Gerichte kocht, schmeckt es ihm immer hervorragend.

Liebe geht eben auch durch den Magen. Es geht schon so weit, dass er nicht mehr essen gehen will, und das schmeichelt ihrem Hausfrauenego, auch wenn sie es nicht zugeben will.

Sie schlägt zwei Fliegen mit einer Klappe, denn wenn er immer so viel arbeitet, können sie die wenige, verbleibende Zeit in trauter Zweisamkeit zu Hause verbringen und müssen nicht in ein Restaurant gehen. Die Küche ist dort meistens leider auch nur mittelmäßig.

Für Thomas ist zu Hause essen eine neue Erfahrung, dem ebenso gefällt, was sie in kürzester Zeit aus dem Haus gemacht hat.

Die 2 000 Dollar, die er ihr gegeben hat, sind in eine schöne Teak-Gartenmöbel-Garnitur, einen großen cremefarbenen Sonnenschirm, einige große Terracotta-Töpfe, die sie mit tropischen blühenden, duftenden Pflanzen ausgestattet hat, investiert worden. Der Garten ist zu einer wirklichen Urlaubsoase erblüht und sieht jetzt ganz wunderbar aus. Romantisch brennende Fackeln tun ihr Übriges und verzaubern die milden Abende mit einer sehr anheimelnden Stimmung.

Es gibt jetzt ein Zuhause für die beiden, eine noch sehr ungewohnte Erfahrung, doch eine Erfahrung, die Thomas unglaublich gut gefällt.

Dan hat sie in dieser Woche bereits zweimal für einige Stunden besucht und sie glaubt, dass er die neue Wohlfühl-Atmosphäre ebenfalls sehr genossen hat, denn er hat die Entwicklung des Gartens und der Terrasse sehr gelobt.

Die Zeit seit der Ankunft in Florida ist im Fluge vergangen, alles ist so aufregend gewesen und sie ist jetzt ganz begeistert, den

Schritt gewagt zu haben. Sicher hat sie ihr glückliches Ankommen auch ein Stück weit ihrem netten Nachbarn zu verdanken, mit dem sie sogar Deutsch sprechen kann. Das hat ihre Eingewöhnungsphase wohl noch zusätzlich erleichtert.

Was ist sie nur für ein glücklicher Mensch!

Thomas ist am Samstagabend schon wieder spät nach Hause gekommen. Myriell hat sich am Sonntagmorgen ganz früh aus dem Bett geschlichen und ist gerade dabei, das Frühstück vorzubereiten.

Durch den herzhaften Geruch von Eiern mit Speck und Kaffee wird Thomas geweckt und kommt verschlafen die Treppe herunter.

„Good morning, Honey, das riecht ja köstlich!"

Sie frühstücken ausgiebig auf der neuen Terrasse und planen derweil den freien Tag.

Thomas möchte gerne zum Strand, so verbringen sie einige Stunden am herrlich sonnigen Meer. Das Wasser ist zwar recht kalt, doch das hält sie nicht davon ab, ein Bad in der Brandung zu nehmen.

Am Abend serviert Myriell ihrem Mann das tolle Menü und er ist hellauf begeistert.

Was für ein glücklicher, harmonischer Tag.

Das Leben ist schön!

Kapitel 14

Erster Arbeitstag

Es ist der perfekte Tag. Etwa 21 Grad Celsius warm, etwas bewölkt. Heute ist es also so weit, ihr steht ihr erster Arbeitstag in der Anwaltskanzlei Terry & Partner bevor.

Äußerlich wirkt sie locker. Sie steht etwas früher auf, duscht ausgiebig, schminkt sich sorgfältig, obwohl das bei ihrer leichten Bräune und dem insgesamt sehr ansprechenden Erscheinungsbild wirklich nicht nötig wäre.

Das lange blonde Haar bändigt sie in einem lockeren Knoten und zieht eine Locke heraus, die ihr Gesicht umschmeicheln soll.

Ein dezentes Nadelstreifenkostüm unterstreicht den Eindruck einer Businessfrau.

Sie will sehr professionell aussehen, das Outfit gibt ihr zum Selbstvertrauen das richtige äußere Erscheinungsbild, um die nun folgenden unbekannten Stunden und Situationen zu überstehen.

Wie eine Rüstung, die vor Gefahren abhalten soll, es gibt ihr Halt, sie fühlt sich gut.

Getoppt wird dieser Eindruck noch durch ein dezentes Parfüm von Jil Sander, es gibt ihrem Erscheinungsbild die sehr passende edle Note. *Gerüche sind wichtig, du musst dein Gegenüber riechen können*, denkt sie.

Thomas hat sich derweil auch fertig gemacht und ihre Wandlung zur Businessfrau mit Interesse und einem breiten Grinsen beobachtet. Nach der erfolgreichen endgültigen Verwandlung verschlägt es ihm fast die Sprache, sie schreitet elegant die Treppe herunter.

„Na, wie gefällt dir deine neue Frau? Bin ich so okay für Victor Terry?"

„Baby, du verschlägst mir die Sprache, I am impressed", entgegnet er, indem er mit einer ernsten Miene ihre Hüfte umschlingt und sie zu sich heranzieht.

„Nicht, Thomas, Vorsicht, mein Make-up! Du hast es gleich im Hemd." Ihr Make-up interessiert ihn herzlich wenig, er zieht sie noch näher an sich heran und küsst sie, erst zart, dann heftiger, langsam wird seine Erregung deutlich spürbar und sie hat Mühe, ihrem fordernden Mann Einhalt zu gebieten.

„Nicht so wild, Thomas, ich muss gleich einen guten Eindruck machen."

„Sollst du auch, wir sind eh eine Stunde zu früh dran, du bist so wunderbar."

Erneut küsst er sie und beginnt ihr die Bluse aufzuknöpfen, streichelt sie zärtlich und sie kann ihrem Mann nicht widerstehen, sie lieben sich direkt im Flur.

Nachdem sie sich wieder hergerichtet hat, sieht sie noch viel schöner aus. Ihre Anspannung ist komplett verflogen. Was soll ihr denn auch schon großartig passieren, sie hat nun erst recht das Gefühl, wirklich begehrt und geliebt zu werden. Was gibt es Schöneres, zumal sie das Gleiche für Thomas empfindet.

Die Fahrt zur Kanzlei dauert etwa eine halbe Stunde, denn sie müssen von Miami Beach nach Downtown Miami fahren. Die Kanzlei befindet sich im 15. Stock des Towers gegenüber der Bayside in Downtown Miami mit Blick auf den Hafen, also mehr oder weniger direkt am Meer. Die Nähe zum Gericht ist unübertroffen, es liegt nur fünf Gehminuten von der Kanzlei entfernt. Insgesamt arbeiten hier 18 Personen, davon sind zwei Partner, zwei angestellte Anwälte und fünf freie Mitarbeiter. Victor Terry hat eine ganze Etage angemietet, obwohl der Platz für die Anzahl der Mitarbeiter eigentlich überdimensioniert ist.

Doch wie pflegt er immer zu sagen:

„Ich brauche Platz zum Atmen und um gute Einfälle zu haben. Ideen lassen sich nicht einzwängen, sie brauchen Raum, um sich zu entwickeln."

Diese Einstellung findet sich in seinem ganzen Umfeld wieder und so eben auch in seinem Büro. Außerdem gilt in der Kanzlei ein bestimmter Dresscode, es gibt keinen „casual friday" wie in anderen Büros. Am Freitag kann in der Regel die Krawatte zu Hause gelassen werden, dies gilt nicht in dieser Kanzlei.

Hier wird zu jeder Zeit Krawatte getragen!

Die Anwälte sind breit aufgestellt und auf allen Rechtsgebieten tätig, die Palette umfasst das amerikanische und deutsche Zivilrecht, vom Vertrags- über Steuer- und Gesellschaftsrecht bis hin zum Familien- und Grundstücksrecht.

Des Weiteren gibt es eine Kooperation mit einer Kanzlei in Hamburg. Das Übersetzen von Briefen, Erstellen von Gutachten und Schriftsätzen ist das tägliche Brot. Der Schwerpunkt liegt allerdings auf der beratenden Tätigkeit, vor allem Firmenberatungen und Firmengründungen.

Diese Strategie hat sich ausgezahlt: Die Kanzlei Terry & Partner ist eine der angesagtesten und teuersten Kanzleien der Stadt.

Ja, Victor Terry ist reich – Thomas sagt immer steinreich –, er weiß nicht, wohin mit seinem ganzen Geld.

Eine Villa auf Fisher Island und ein Penthouse in Miami nennt er sein Eigen. Falls es abends zu spät wird, schläft er gleich um die Ecke in seinem 200 Quadratmeter großen Appartement. Da wäre dann noch das Weingut in Napa Valley, Kalifornien. Ein Weingut zu besitzen hat gewisse Vorteile, denn so kann er seinen eigenen Wein trinken und ist nicht auf die minderwertigen Produkte anderer Produzenten angewiesen – wie dekadent! Vom Wein versteht er mittlerweile eine Menge.

Erwähnenswert ist noch die Jacht, inklusive eines Jeeps auf dem Deck.

Urlaub macht er – wie könnte es anders sein – natürlich auf der traumhaften Insel St. Bath, Mauritius oder in Jamaika, gelegentlich fährt er unter anderem nach St. Anton oder St. Moritz zum Skifahren.

„Thomas, ich bin mal gespannt, was für ein Typ mich da erwartet?"

„Du wirst überrascht sein", antwortet Thomas, „er sieht gut aus, hat brillante Umgangsformen und ist sehr gebildet. He is a very smart guy."

Nachdem sie in die Tiefgarage gefahren sind und das Auto geparkt ist, entscheidet Myriell sich doch dafür, dass Thomas ihr Geleitschutz geben soll, obwohl sie zuvor ganz mutig gesagt hat, dass sie es natürlich allein schaffe.

Der Mut ist verschwunden und sie ist dankbar dafür, dass Thomas sie begleitet.

So stehen sie beide im Mahagoniaufzug, sie lächelt ihn etwas verlegen an.

„Keine Angst, mein Schatz, es wird schon alles wunderbar laufen", ermutigt Thomas sie.

Mittlerweile ist ihr ihre Anspannung anzusehen und ein dicker Kloß blockiert ihre Stimme.

Sie hat das Gefühl, keinen Satz mehr sprechen zu können und eine leichte Röte zieht sich über ihre Wangen und die Halspartie ist mit kleinen hektischen Flecken übersäht.

Der Aufzug hält in der 15. Etage. Sie treten in einen eleganten Vorraum, der in warmen Vanilletönen gestrichen und mit dunklen schlichten Edelholzmöbeln ausgestattet ist.

Hinter einem eleganten Schreibtisch sitzt eine noch viel eleganter aussehende, elfenhafte, hellhäutige Dame mit einer dezenten dunkelbraunen Hochsteckfrisur und einem ebenfalls vanillefarbenen Kostüm mit hellbraunen Paspeln. Sie ist vielleicht 30 Jahre alt oder älter – das kann Myriell schlecht einschätzen. Die Dame kommt ihnen entgegen.

Thomas begrüßt sie herzlich mit einem „Hi, Nancy, you look wonderful today" und stellt Myriell vor.

Nancy – der Name passt so gar nicht zu ihrem Aussehen – begrüßt Myriell mit einer federgleichen Handberührung, schiebt sie dezent freundlich auf eine Sitzecke zu. Thomas folgt seiner Frau und wartet die Anmeldezeremonie ab.

Das zarte Wesen verschwindet hinter einer großen Mahagonitür und erinnert an das Idealbild einer Geisha – nur die extreme Schminke und der Kimono fehlen, wie außergewöhnlich und extravagant!

Myriell lässt ihre Blicke schweifen, bleibt an einem sehr aufwendigen Bild hängen.

Ein Chagall, wenn sie sich recht entsinnt, aus der blauen Phase, oder gab es bei Chagall keine blaue Phase?

Sie kann sich nicht mehr erinnern, der Grundton des Bildes ist in jedem Fall ein tiefes Blau.

Ein Mann tritt in den Raum, nachdem die Elfe verschwunden ist. Ein sehr gut aussehender, gepflegter Mann.

Das leichte Grau seiner Haare wird durch eine dezente Bräune und einen perfekten Schnitt außerordentlich gut in Szene gesetzt. Seine Zähne leuchten im Kontrast dazu, und sein Lächeln ist unwiderstehlich.

Da hat Thomas wohl untertrieben, er sieht nicht gut aus, er sieht fantastisch aus. Ein leichter hellgrauer Anzug, ein weißes Hemd und eine dezente Krawatte von Versace komplettieren seinen Auftritt. Die Menschen in diesem Büro legen großen Wert auf ihr äußeres Erscheinungsbild, das gesamte Szenario ist aufeinander abgestimmt.

Kein Wunder, dass hier viele reiche Mandanten ein- und ausgehen. Automatisch erheben sie sich von ihren Sitzen. Victor kommt mit offenen Armen und einem warmherzigen Lächeln auf sie zu.

„Hallo, mein Freund, das ist sie also! Ich freue mich, Ihre Bekanntschaft zu machen, Myriell." Er reicht ihr die Hand.

Wow, das Deutsch ist nahezu perfekt, wie alles an diesem Mann, denkt Myriell.

„Ich freue mich ebenso." Mehr ist bei ihr nicht möglich, sie ist so beeindruckt und der Kloß hat sich in ihrer Kehle festgesetzt und blockiert nun alles.

„Thomas, was hast du denn da für eine Schönheit geheiratet, sie ist wunderbar, ich gratuliere dir, mein Freund."

„Ja, Victor, sie ist wunderbar und verdammt clever, du wirst es sicher bald feststellen, wenn sie deine Kanzlei tatkräftig unterstützt, ich überlasse Myriell jetzt deiner Obhut, und hole sie heute gegen 18 Uhr wieder ab", meint Thomas zu Victor.

„Bis heute Abend, mein Schatz", haucht Thomas Myriell entgegen und küsst sie leicht auf die Wange, gibt Victor noch verschwörerisch die Hand und steigt in den Aufzug.

„Okay, Myriell – ich darf doch Du zu dir sagen? – dann werde ich dich mit den Räumlichkeiten bekannt machen. Um 14 Uhr haben wir ein Meeting mit allen Partnern und angestellten Anwälten, du lernst dann alle kennen." Er geht voran und hält ihr galant die Tür auf.

Sie schwingt sich leichtfüßig an ihm vorbei, die Räumlichkeiten scheinen sich auf ihre Haltung und Ausstrahlung zu übertragen. Sie fühlt sich jetzt schon viel sicherer, der Kloß im Hals ist auch fast verschwunden.

Ein breiter Korridor, an dem sich rechts und links große Mahagonitüren befinden, führt nach einer Rechtsbiegung direkt in ein Büro.

Victor öffnet die Tür und sagt beim Hineingehen:

„Wir möchten, dass sich unsere angestellten Anwälte vom ersten Tag an als ein Teil der Gemeinschaft fühlen, deshalb haben wir allen Anwälten entsprechende Zimmer eingerichtet."

Sie lässt ihre Blicke schweifen und schaut in ein riesiges Zimmer, circa 60 Quadratmeter groß, das ebenso im Stil der Eingangshalle mit eleganten Möbeln eingerichtet ist. Eine riesige Palme teilt den Arbeitsbereich von einer Art Wohnbereich mit gemütlicher Sitzgruppe ab, ein relativ großer Konferenztisch krönt den Eindruck eines gut durchdachten Arbeitszimmers.

„Wir haben keinen Wartebereich für unsere Mandanten. Termine werden so geplant, dass keine Wartezeiten entstehen, denn wir nehmen uns eben Zeit für unsere Mandanten und planen großzügig. In der Regel bieten wir in der Sitzecke einen Kaffee an und besprechen die wesentlichen Dinge direkt in der gemütlichen Atmosphäre oder wechseln zum Konferenztisch. Myriell, ich werde dich morgen früh an einem Mandatengespräch teilhaben lassen, damit du siehst, wie hier die Kontakte laufen."

„Wow, Victor, es ist toll, ich bin überwältigt, was für ein riesiges Zimmer und wie geschmackvoll es eingerichtet ist!", entgegnet sie ihm.

„Ich freue mich, dass es dir gefällt. Möchtest du zunächst einen Kaffee?", Victor fühlt sich geschmeichelt.

„Ja, gerne."

Er greift zum Telefon und bestellt Kaffee, anschließend erklärt er Myriell die internen Telefonnummern, zeigt ihr das Diktiergerät und die ansehnliche Sammlung von Büchern – die Rechtssammlung, wie er sie liebevoll nennt.

Sie begreift schnell, sodass er sich nicht wiederholen muss.

Die Tür öffnet sich dezent und Nancy betritt mit einem Tablett, auf dem sich der Kaffee, aufgeschäumte Milch und eine erlesene Gebäckauswahl befinden, den Raum.

„Danke, Nancy, bitte servier den Kaffee in der Sitzecke."

Sie bewegt sich leise und präzise auf die Sitzecke zu und baut die Kaffeetafel auf, schenkt zwei Tassen ein und verschwindet genauso lautlos, wie sie gekommen ist.

Victor bittet Myriell zur Tafel und sie plaudern weiterhin ganz entspannt über die letzten Monate in ihrem Leben.

Der Kloß in Myriells Hals ist komplett verloren, sie erzählt bereitwillig und begeistert.

So verplaudern sie eine gute Stunde und kommen dann zu dem Thema der zukünftigen Aufgaben und Einsatzbereiche von ihr. In dem ersten Monat soll sie bei Victor hospitieren und sich in das amerikanische Recht einlesen.

Glücklicherweise hat Myriell in Deutschland bereits ihren LL. M. gemacht, das kommt ihr jetzt in Florida zugute, denn in einigen amerikanischen Bundesstaaten wie Kalifornien, Florida und New York können ausländische Rechtsanwälte als „Foreign legal consultants" zugelassen werden. Voraussetzung hierfür ist nicht die erfolgreiche Teilnahme an einer weiteren Prüfung, sondern lediglich die Registrierung an der „State Bar". Die Befugnisse beschränken sich allerdings auf die anwaltliche Beratung von Mandanten in der Heimatrechtsordnung des ausländischen Rechtsanwaltes.

Das ist schon mal ein Anfang, Victor hat die Registrierung für sie bereits vorgenommen. Auf Dauer wird sie das amerikanische „Bar"-Examen ablegen müssen, das eine hervorragende Abrundung ihres LL. M.-Studiums ist. Hier muss sie zusätzlich gewissen charakterlichen Anforderungen entsprechen, das dürfte kein Problem sein.

Heute Nachmittag wird sie ihre neuen Kollegen kennen lernen.

Sie findet diese Entwicklung sehr aufregend und ist von Victor begeistert. Als er sich zum Gehen wendet, bedankt sie sich noch mal ganz herzlich für die entgegengebrachten Aufmerksamkeiten.

Nun ist sie allein in dem neuen großen Büro und lässt den Raum überglücklich auf sich wirken. Die Zeit vergeht wie im Fluge. Es ist ungefähr 12.30 Uhr, als es dezent an ihrer Tür klopft.

Victor tritt ein:

„Myriell, ich möchte dich zum Essen abholen, möchtest du mit mir essen gehen?"

„Ja, gerne", entgegnet sie, steht auf und geht ihm entgegen.

„Mittags gehen wir meistens zu einem kleinen Italiener, der macht eine gute und leichte mediterrane Küche."

Im Aufzug lobt Victor noch mal ihr hübsches Aussehen und kurz darauf findet sie sich in einem kleinen eleganten italienischen Restaurant wieder.

Eine leichte Vorspeise – „Vitello Tonnato", hauchdünn geschnittenes Kalbfleisch mit einer Kapern-Thunfischsoße – und als Hauptgang eine kleine Portion Nudeln Vongole (Venusmuscheln) werden gereicht.

Das Essen ist köstlich, Victor lässt es sich nicht nehmen, dazu noch einen vorzüglichen Chianti vom Weingut Antinori in der Toskana zu bestellen.

Sie ist nicht zuletzt durch den ungewohnten Weinverzehr in einer fast ausgelassenen Stimmung, sie lachen viel und herzlich zusammen.

Victor erzählt von seinem Weingut in Napa Valley, Kalifornien. Dort sei der Wein noch um Klassen besser als dieser schon recht hochwertige Chianti.

„Ihr müsst unbedingt mit mir einmal ein Wochenende nach Napa Valley kommen. Ich gebe dort für dich eine kleine Willkommensparty mit ein paar Freunden, das wäre doch wunderbar!"

„Ja, das wäre wunderbar", antwortet Myriell in Gedanken versunken, erwidert aber dann:

„Das geht doch nicht! Du kennst mich doch kaum, da kannst du unmöglich eine Party für mich organisieren!"

„Kann ich, kein Problem, du bist so süß und mir jetzt schon ans Herz gewachsen. Ich kann alle Partys der Welt für dich ausrichten, und Thomas wird auch begeistert sein, wir werden einen passenden Termin finden."

Diesem Mann kann man schlecht widersprechen, außerdem findet sie den Gedanken, für ein Wochenende auf ein Weingut nach Kalifornien zu reisen ausgesprochen reizvoll. Die Zeit ist schnell vergangen, sie sind erst gegen 14 Uhr mit dem Essen fertig.

Victor hat die Kanzleibesprechung kurzerhand auf den nächsten Tag verlegt, ohne es ihr zu sagen, denn er hat Gefallen an Myriells Gesellschaft gefunden.

Sie ist so frisch, frei und spontan, das inspiriert ihn und er will ihre Gesellschaft heute nicht missen, er hat beschlossen, sie weiterhin zu seinen noch anstehenden Terminen mitzunehmen.

„Victor, wir müssen gehen, die Kanzleibesprechung", bemerkt sie.

„Oh, die Besprechung ist auf morgen Nachmittag verlegt, ich habe vergessen, das zu erwähnen. Du wirst mich heute zu meinen Terminen begleiten, so bekommst du einen Eindruck von unserer Klientel."

Etwas verwundert stimmt sie ihm zu.

„Wir werden gleich zu einem großen Mandanten von mir fahren, der ist außerdem über die Jahre noch ein guter Freund geworden. Er hat eine der bedeutendsten Import-Export Firmen in Florida. Momentan hat er einige Probleme mit dem Zoll."

Victor bestellt noch zwei Espresso, sie genießen das wunderbare Aroma.

Nebenbei bewirkt der starke Kaffee, dass der Alkohol sich neutralisiert und einen klaren Kopf garantiert.

„Das tat gut, jetzt bin ich wieder fit", bemerkt Myriell.

Beim Verlassen des Lokals wundert sie sich, dass Victor nicht zahlt.

„Müssen wir nicht zahlen?"

„Nein, das geht auf die große Kanzleirechnung, mach dir keine Gedanken, du bist selbstverständlich inklusive aller Essen bei uns eingestellt. Das ist inklusive."

„Trotzdem vielen Dank für das vorzügliche Essen", bedankt sie sich.

Victor nickt ihr wohlwollend zu.

Draußen angekommen wartet erstaunlicherweise schon ein dicker Mercedes der S-Klasse mit Chauffeur vor dem Lokal.

„Wie hast du das schon wieder so schnell arrangiert?"

„Ich habe einen Piepser, das ist in Amerika üblich, ich habe den Wagen kurz angepiepst, jetzt ist er da, ganz praktisch, nicht wahr?"

„Ich bin beeindruckt, Victor, das Ganze ist wie ein Traum. Alles ist so perfekt, vielen Dank."

„Keine Angst, du wirst schon noch zum Arbeiten kommen, lass dir etwas Zeit, dich an die neue Situation zu gewöhnen, du wirst das schnell schaffen, du hast Klasse. Es ist eine Investition in die Zukunft, der „Return on investment" wird sich einstellen, dafür habe ich einen Riecher."

Wenn er sich seiner Sache so sicher ist, dann wird es wohl so sein.

Myriell beschließt, sich über die für ihren Geschmack reichlichen Vorschusslorbeeren keine weiteren Gedanken zu machen, zumal sie noch keine Vorstellung davon hat, was sie denn in Zukunft für gewinnträchtige Fälle für ihn lösen könnte.

Sie beschließt, die neue Situation zu genießen, denn sie fühlt sich in Victors Gegenwart sehr wohl und sicher.

Warum sollte er sich ausgerechnet mit ihr solche Mühe geben, sie ist eine verheiratete Frau – dazu noch mit seinem Freund, also wird er sie wohl nicht anbaggern.

Wenn doch, würde sie schon eine Möglichkeit finden, das zu unterbinden.

Welch komische Gedanken gehen ihr durch den Kopf, das muss sie gleich wieder ausblenden.

Sven Stevenson hat zum Geschäftskaffee geladen. Der Chauffeur fährt Richtung Miami Beach und biegt dann aber ungefähr auf der Hälfte der Strecke links auf eine kleine Insel ab.

Mr. Stevenson nennt dort eine riesige Villa mit Liegeplatz und einer großen Jacht sein Eigen. Gerne zeigt er, was er hat, denn er ist stolz darauf. Seine Familie ist vor drei Generationen aus Norwegen nach Amerika eingewandert, sein Vater und vor allem er haben dieses riesige Import-Export-Imperium aufgebaut.

Der Wagen fährt auf ein großes Tor zu, das sich wie von Geisterhand öffnet. Eine Baumallee führt zum Haus, das an eine kleine Nachbildung französischer Schlösser erinnert.

Myriell hat es sich abgewöhnt, sich über den Prunk zu wundern, der ihr in den letzten Stunden begegnet ist. Ihre Verwunderung ist einem ehrlich gemeinten Interesse gewichen. So erstaunt es sie auch nicht mehr, als sie von einem Butler ins Anwesen geführt werden. Innen ist das Schlösschen recht karg eingerichtet, so wie man sich eine nordische Burg von innen vorstellt, sogar einige Ritterrüstungen haben ihren Platz gefunden. Der Butler führt sie in einen großen schönen, hellen Raum mit ansprechenden dicken Ledermöbeln und einem großen Kamin, der in Betrieb ist.

Obwohl es draußen recht warm ist, liegt die Raumtemperatur bei angenehmen vielleicht 22 Grad Celsius.

„Sven liebt es nordisch oder das, was er sich darunter vorstellt. Im Garten hat er sich ein Wrack eines Norwegerschiffes nachbauen lassen, es ist gewaltig", erklärt Victor stolz.

Ein großer blonder, leicht gebräunter Mann Mitte dreißig betritt den Raum. Er ist leger gekleidet, mit khakifarbener Hose und Leinenhemd.

„Hi, Victor, wen hast du denn da mitgebracht?" Er kommt auf die beiden mit einer freundschaftlichen Geste zu.

„Hi, Sven, darf ich vorstellen, Myriell, meine neue Mitarbeiterin. Sie ist die Frau von Thomas, kommt aus Deutschland und hat dort gerade ihr juristisches Examen gemacht. Ich habe sie eingestellt und nun begleitet sie mich und assistiert mir. Sie könnte recht hilfreich für deine Geschäfte in Deutschland sein."

„Myriell, das ist ja super, das hat Victor noch gefehlt, eine deutsche Juristin, perfekter Schachzug, meine Hochachtung."

Jetzt wird ihr langsam der Nutzen klarer, den Victor aus ihrer Einstellung ziehen will.

Es scheint ihr logisch, natürlich, sie soll die Kanzlei bei Geschäften in Deutschland unterstützen, da hätte sie auch selbst darauf kommen können.

Sie trinken einen vorzüglichen Milchkaffee und plaudern ein wenig über ihre letzten Monate. Nach circa einer Stunde verabschieden sie sich und steigen in den Mercedes.

„Victor, wir haben gar nicht über das Geschäft geredet", flüstert sie ihm entgegen.

„Das war Gesichtspflege, ich wollte nicht über das Geschäft reden, sondern dich ins Geschäft bringen, und das ist uns hervorragend gelungen. Sven hat in letzter Zeit seine Beratung in Deutschlandsgeschäften wohl von einer anderen Kanzlei machen lassen, nun sind wir wieder im Gespräch; dank dir, du hast ihn wohl nachhaltig beeindruckt."

„Victor, mir ist aufgefallen, dass er ebenfalls gut Deutsch spricht."

„Ja, das ist richtig. Es ist besser die Sprache des Landes zu kennen, mit dem man viele Geschäfte macht."

Diese Erklärung leuchtet ihr ein und sie hinterfragt es nicht weiter.

„Ich werde dir morgen seine Akten bringen lassen, dann kannst du dich einlesen."

Sie fahren langsam weiter in Richtung Miami Zentrum. Der Verkehr ist bereits stockend, und so brauchen sie fast eine Stunde. Mittlerweile ist es schon fast 18 Uhr. Thomas wollte Myriell gegen 18 Uhr abholen. So staunt sie nicht schlecht, als er bereits in ihrem neuen Büro auf sie wartet.

„Hallo, Darling, ich bin etwas eher fertig geworden und warte schon sehnsüchtig auf dich, wie ist es dir ergangen?"

„Es war ein wundervoller erster Tag. Victor ist ein sehr beeindruckender Mann und deine Beschreibungen treffen voll auf ihn zu. Ich habe heute schon den ersten Mandanten kennen gelernt. Ich werde mich morgen bereits in die Akten einlesen."

Sie ist angetan und erzählt Thomas jede Einzelheit, während sie den Aufzug nehmen und sich mit dem Auto auf den Weg machen.

„Wollen wir eine Kleinigkeit essen? Ich sterbe vor Hunger!"

Obwohl Myriell noch gesättigt ist, willigt sie schnell ein, denn sie möchte ihren hungrigen Mann nicht lange auf das Essen warten lassen.

So hat sie an diesem Tag bereits zum zweiten Mal ein ausgiebiges Mahl.

Kapitel 15

Napa Valley

Vier Tage Urlaub! Nun ist es endlich so weit. Zusammen mit einigen gemeinsamen Freunden werden Myriell und Thomas Silvester feiern. Victor Terry hat sie bereits am Tag ihrer ersten Begegnung auf sein Weingut nach Napa Valley eingeladen. Da Silvester in diesem Jahr günstig liegt, nutzen sie das lange Wochenende und fliegen am Samstag los.

So gibt Victor die versprochene Willkommensparty für Myriell eben an Silvester. Was für eine gelungene Idee.

Es kommt ihr so vor, als ob sie schon monatelang in Florida lebe, obwohl sie erst wenige Wochen dort ist. Sie hat so viele neue Eindrücke gesammelt, die in diesem Tempo für einige Monate in einem normalen Leben reichen würden. Jetzt steht die erste gemeinsame kleine Urlaubsreise mit Thomas an und sie freut sich sehr darauf. Zugegeben, sie wäre lieber mit ihrem Mann allein irgendwo hingefahren. Allerdings konnte sie Victors charmante Einladung nicht ablehnen. Die Winter in Kalifornien sind recht kalt, ein Trip in die Karibik hätte ihr besser gefallen.

Sie fliegen in Victors Privatjet, das macht die Reise sehr angenehm. Mit von der Partie sind Sven Stevenson samt Freundin, Michael Morada, er ist ein Freund von Thomas und Victor, den Myriell noch nicht kennen gelernt hat, ebenso Manolo Madres. Die beiden haben jeweils ihre Freundin dabei, die Thomas ebenfalls nicht kennt.

Thomas hat Myriell erzählt, dass die beiden letztgenannten Herren ihre Begleitungen häufiger wechseln und zudem Mandanten von Victor sind.

In Amerika ist es üblich, dass reiche Anwälte ihre zumindest genauso reichen Mandanten gelegentlich zu kleinen Events einladen. Dieses Treffen soll wohl so etwas werden, zumal Myriell die Mandanten in speziellen Europageschäften betreuen soll. Frei nach dem Motto: „Business as usual." Der Wochenendausflug ist also halb geschäftlich. Ihr ist das ganz recht, denn über zu viel Arbeit in der Kanzlei kann sie momentan nicht klagen.

Das luxuriöse Leben ist ganz schnell auch zu ihrer Normalität geworden, so beeindruckt sie nicht einmal mehr der Privatjet und sie hinterfragt den Reichtum nicht, denn er ist einfach da. Sie nimmt ihn als angenehme Nebensache nicht mehr wahr. Nicht, dass sie den Reichtum brauchen würde oder sonderlich darauf bestünde, er ist da, nicht mehr und nicht weniger – wie eine attraktive Mitfahrgelegenheit, die sich ihr bietet.

Sie landen in San Francisco. Auf dem Flughafen stehen bereits drei riesige Range Rover zum Transport bereit. Die Männer lassen es sich nicht nehmen, die Autos selber zu fahren.

Nach etwa einer Stunde Fahrt werden die Hügel sanfter und eine kleine Hochebene eröffnet den Blick auf das Weingut. Was sie dann sehen können, ist beeindruckend.

„Welch eine traumhafte Farm, die Lage, der Blick auf das entfernte Meer, einfach umwerfend!", ruft Myriell begeistert aus.

„Victor, wie hast du dieses Juwel gefunden?", fragt sie mit einer nicht überhörbaren Erregung in der Stimme.

„Es freut mich, dass es dir gefällt. Wie ich zu dem Schmuckstück gekommen bin, das ist eine lange Geschichte."

In verkürzter Version berichtet er, dass der Besitzer ihm sehr, sehr viel Geld schuldete und dafür sein Anwesen an ihn verpfändete. Letztlich konnte er seine Schulden nicht begleichen, der Besitz ging auf Victor über. Myriell hinterfragt mal wieder das genaue Prozedere der Besitzübernahme nicht und nickt Victor Terry wohlwollend zu.

„Wirklich wunderschön, das alte große Steinherrenhaus und der Blick aufs Meer. Es ist hier wie in einer Filmkulisse eines der alten Herz-Schmerz-Filme", führt Myriell weiter aus.

„Ja, man könnte meinen, es ist ein bisschen kitschig, von innen ist es ganz modern, ich mag den alten Plunder nicht, wie du weißt. Ich habe es gerne modern."

Kitschig ist das falsche Wort für die Beschreibung des alten Herrenhauses.

Ein wunderbar gepflegter englischer Garten mit unzähligen Buchsbaumhecken wird sichtbar, die zurückgeschnittenen Rosen und Lavendelbüsche lassen die Pracht im Sommer erahnen. Sie parken die Rover vor der ausladenden Eingangstür, zwei Butler eilen sofort herbei und kümmern sich um das Gepäck.

Die Paare verabreden sich in einer Stunde zum Kaffee und werden auf ihre Zimmer geführt.

Thomas und Myriells Zimmer ist riesengroß, es besteht genau genommen aus zwei Zimmern und einem Salon, der mit holländischen Designermöbeln ausgestattet ist.

Sie weiß das, denn Myriell hatte sich genau für solche Möbel in Berlin interessiert.

Es handelt sich um zwei Récamieren, die eine moderne Schildkrötenform haben und zwei kleine Sessel, alles zweifarbig in Rosé und hellem Beige. Zudem hat der Tisch die Form einer abstrakten Fliege.

An der Wand steht eine hüfthohe Vitrine aus Pflaumenholz. Die beiden Räume sind durch einen großzügigen Durchgang von circa drei Metern offen verbunden. Eben diesen Durchgang schmückt ein schwenkbarer Hi-Fi/TV-Rundschrank, der so konzipiert ist, dass er in die Richtung beider Zimmer gedreht werden kann und diese Tatsache ermöglicht auch das Fernsehen vom Bett aus.

Das Bad ist mit eben diesem Pflaumenholz im Fußbodenbereich ausgelegt und mit edlen weißen Waschbecken in Kelchform ausgestattet.

Eine große weiße freistehende Badewanne rundet das Bild ab. Des Weiteren befinden sich noch eine Dusche, Toilette und Bidet in einem Nebenraum, welch ein Luxus: Schöne dicke Bademäntel und reinweiße Handtücher in allen Größen liegen bereit.

„Ich habe dir nicht erzählt, dass es ein Schwimmbad gibt mit der Möglichkeit, in den Außenpool zu schwimmen. Victor hat im Winter das Wasser auf 32 Grad Celsius geheizt und mit Meersalz versehen", säuselt Thomas Myriell ins Ohr.

„Schade, ich habe keinen Badeanzug dabei", entgegnet sie.

„Baby, das ist kein Problem, du kannst nackt baden, es wird sich eine Gelegenheit bieten."

Nackt baden, das ist genau das, was sie ganz sicher nicht will, doch sie wendet nichts ein, um allen Diskussionen im Moment aus dem Weg zu gehen. Thomas hat sich bereits vorher schon einmal über ihre angebliche Prüderie ausgelassen und sie will ihm keinen erneuten Anlass geben.

Zur Not geht es ihr eben nicht gut oder sie möchte andere Aktivitäten machen oder sie geht in BH und Höschen schwimmen, die sehen einem Bikini eh zum Verwechseln ähnlich, also keine Panik.

Nachdem alles ausgepackt ist und sich alle eingerichtet haben, trifft man sich im Wohnbereich. Die geschmackvolle Inneneinrichtung wird ausgiebig gelobt.

Der moderne Stil der Inneneinrichtung ist stringent im ganzen Haus durchgehalten. Alle Räume sind mit holländischen Designermöbeln ausgestattet, lediglich die Modelle variieren ein wenig. Dann führt Victor die Gesellschaft in den Wintergarten, wo der wunderbare Blick auf das Meer ungetrübt ist.

Ein riesiger geölter Tisch aus Pflaumenholz mit bequemen Stühlen aus naturweißem Leder und eine wunderschöne Tischdekoration aus Ranunkeln laden zum Bleiben ein.

Der Tisch ist geschmackvoll gedeckt, es wird frischer Apfelkuchen mit Schlagsahne serviert.

Dieses Kuchenrezept hat Victor von seiner letzten Europareise mitgebracht und extra backen lassen, es schmeckt wunderbar, Myriell fühlt sich an Europa erinnert.

Sie plaudern angeregt über die weitere Wochenendplanung.

Nachdem der Kaffee getrunken und der Kuchen verzehrt ist, machen sie einen kleinen Spaziergang durch die Weinberge.

Eigentlich sollte das Wetter kälter sein, doch es sind angenehme 15 Grad Celsius, viel zu warm für diese Jahreszeit. Den

Abend rundet ein opulentes Mahl ab. Ihr fällt auf, dass sich die anderen Frauen nicht sehr viel zu erzählen haben, sie ist es immer, die von sich erzählt. Alle vier Männer hängen an Myriells Lippen. Der Abend wird lang, denn Victor serviert seinen eigenen, unbeschreiblich guten Rotwein, auch das Essen ist hervorragend. Ja, je später der Abend wird, umso lustiger wird die Runde. So fällt Myriell weit nach Mitternacht angetrunken ins Bett und schläft sofort ein.

Thomas ist noch bei seinen Freunden geblieben.

„Was sagt ihr?", fragt Thomas mit einem stolzen Unterton.

„Außergewöhnlich, wo hast du die Frau nur gefunden?", entgegnet Manolo.

Victor setzt noch einen drauf: „Sie ist gebildet, clever und sehr schön, eine seltene Kombination, und mittlerweile bin ich der Meinung, dass sie uns tatsächlich beraten kann. Sie muss für uns nach Deutschland fliegen, Thomas, hast du damit ein Problem?"

„Nein, aber sie wird mir fehlen." Alle vier Männer stimmen in schallendes Lachen ein.

Am nächsten Morgen machen sie nach dem Frühstück einen Ausflug nach San Francisco. Das Wetter ist gut und so staunt Myriell nicht schlecht, als sie den Flughafen ansteuern.

„Wo fahren wir hin, ich dachte, wir wollen eine Stadtrundfahrt machen?", fragt sie erstaunt.

„Lass dich überraschen, Victor ist immer für so etwas gut", entgegnet ihr Thomas.

Das findet sie doch sehr aufregend und bekommt wieder die kleinen hektischen Flecken am Hals. Sie besteigen erneut Victors Privatjet und eine dreiviertel Stunde später überfliegen sie die Skyline von Las Vegas. Sie traut ihren Augen nicht und ist total angetan von dieser Idee – die Männer wollen spielen.

Das kann man hier in jedem der verrückten Hotels. Nicht nur, dass es unzählige Möglichkeiten des Spielens gibt, jedes Hotel hat mindestens eine Attraktion. Das Angebot reicht über den klimatisierten Freizeitpark, Riesenachterbahnen, die um die Hotels gebaut sind, ganze Flotten werden hier in künstlichen Seen versenkt und Vulkane brechen aus.

Myriell möchte nicht spielen und nutzt die Gelegenheit, die Hotels abzulaufen.

Eigentlich ist das für amerikanische Verhältnisse undenkbar, es wird nicht gelaufen, man fährt Auto. Doch ihr ist das egal, sie will sich nach dem ganzen Essen bewegen, sie findet sogar einen Verbündeten.

Sven Stevenson schließt sich ihr als einziger Laufwilliger an. So verbringen sie den Nachmittag damit, sich viele der Attraktionen anzusehen. Sven genießt ihre Gesellschaft sehr, lobt mehrfach ihre Spontaneität und Lebensfreude.

Sie haben sich um 18 Uhr zum Abendessen in einem schicken Sushi-Restaurant verabredet, und als Sven und sie endlich ankommen, tun ihnen zwar die Füße weh, doch der Spaziergang hat sich gelohnt, sie strahlen über beide Ohren.

„Es war ein herrlicher Spaziergang, Myriell ist sehr erfrischend und von den vielen neuen Eindrücken begeistert. Es macht wirklich Spaß, Zeit mit ihr zu verbringen, Thomas, du bist zu beneiden!", ruft Sven in den Raum.

„Ja, sie ist wunderbar, ich habe sie schon vermisst und bin froh, dass ihr heil angekommen seid. Komm zu mir, mein Schatz, und lass dich küssen!" Thomas zieht sie zu sich und gibt ihr einen zärtlichen Kuss.

Nach dem Essen fliegen sie zurück. Myriell ist so erschöpft, dass sie in Thomas' Armen einschläft.

Der dritte Tag wird nicht weniger anstrengend. Ein Skiausflug in die Rocky Mountains steht auf dem Programm. Damit die Anreise nicht so lange dauert, stehen zwei Helikopter bereit.

Die anderen Damen streiken, sie können oder wollen nicht Ski fahren, ebenso Sven Stevenson. Michael Morada und Manolo Madres warten schon im Ski-Outfit im Wintergarten.

Ein Skianzug in Myriells Größe liegt bereits für sie bereit, sie wundert sich jetzt über gar nichts mehr.

„Hi, Darling, das sollte eine Überraschung für dich sein, wo du doch so gerne Ski fährst. Ich habe Victor deine Größe durchgegeben und er hat alles besorgt, inklusive der Carvingski." Er lächelt ihr zu.

„Das ist toll, ich bin zwar noch müde, doch so eine Gelegenheit gibt es so schnell nicht wieder." Sie lächelt zurück.

Der Tag ist ein Erlebnis!

Zunächst fliegen sie mit den Helikoptern über die Rocky Mountains und alleine der Anblick der verschneiten Berge entschädigt die folgende körperliche Anstrengung.

Weiß bedeckte Gipfel, dazu strahlender Sonnenschein und Pulverschnee laden zum Skifahren ein.

Die Pisten in Amerika sind ganz anders als in den Alpen, viel länger und breiter, weniger gut präpariert, und der Schnee ist pulvriger und großflockiger.

Sie fliegt förmlich mit den vier Männern über die langen Pisten. Sie ist sehr sportlich und eine gute Skiläuferin, denn sie fährt schon lange regelmäßig.

Nachdem sie die ersten zwei Stunden ohne Pause gefahren sind, steuert Victor eine kleine Ranch an. Hier essen sie zünftig Bratkartoffeln mit einem deftigen, gegrillten Burger und trinken ein kühles Bier dazu.

Es ist herrlich, welch ein Glück, unter solchen Freunden zu leben, die sich alle aufrichtig um ihre Gesellschaft bemühen, und dann noch einen solchen Ehemann zu haben. Sie fühlt sich wie auf einem Schulausflug mit enormer Gruppendynamik.

Anschließend fährt sie mit Michael Morada noch zwei Pisten zusammen, während die anderen Männer in der Sonne vor der Ranch in Liegestühlen sitzen und vor sich hin dösen.

Gut gelaunt geht's anschließend per Helikopter zurück ins Napa Valley. Was für ein Trip!

Es ist Montagabend und Silvester. Im Weingut wieder angekommen beschließt Myriell, sich noch zwei Stunden auszuruhen, um halbwegs fit für den Abend zu sein und geht aufs Zimmer. Thomas folgt ihr zu ihrer Verwunderung nicht. Sie legt sich hin und schläft sofort ein. Die Männer trinken noch einen Absacker in der Bar.

Manolo Madres hat jetzt einige Zeit alleine mit Myriell beim Skifahren verbracht und ist ebenfalls von ihr begeistert.

„Welch ein schönes Spielzeug hast du uns da ausgesucht, es könnte nicht besser ausgefallen sein. Gute Wahl, es wird nicht langweilig mit ihr, sie ist nicht so fade wie die meisten Schnecken. Respekt, mein Freund, Respekt."

„War das nicht das Ziel der Aktion?", fragt Thomas in den Raum.

Alle Männer prosten ihm zustimmend zu und Victor antwortet:

„Ziel erreicht, wer hätte das gedacht, so ein schwuler Typ wie du! Nun geh mal das Baby an, das erhöht die Spannung!"

„Immer mit der Ruhe, Freunde, Rom wurde auch nicht an einem Tag erbaut", entgegnet Thomas.

Nachdem Thomas Myriell gegen 20 Uhr liebevoll geweckt hat und sie noch eine halbe Stunde geschmust haben, wird es Zeit, sich für den Silvesterabend fertig zu machen. Sie hat ein zauberhaftes, farbintensives und mit Pailletten besticktes Abendkleid mit rosa Grundton mitgenommen, das ihren leicht gebräunten Teint unterstreicht und sie noch hübscher und attraktiver macht.

Thomas sieht in seinem dunklen Anzug mit strahlend weißem Rüschenhemd auch nicht übel aus. Was für ein schönes Paar!

Thomas führt sie langsam die ausladende Treppe herunter und neidvolle Blicke folgen ihnen. Ein ausgefallenes Büffett steht bereit. Victor hat keine Kosten und Mühen gescheut und eine Jazzband engagiert, die im Vorraum aufgebaut hat und einen durchaus tanzbaren melodischen Mix aus Funk-/Soul-/Jazzmusik spielt.

Die Musik passt wie alles andere in dieses durchgestylte Haus, eben perfekt arrangiert.

Nachdem das köstliche Essen ausgiebig genossen ist, wird das Tanzbein geschwungen. Jeder der Herren ist brennend daran interessiert, mit Myriell zu tanzen, sodass sie nach der ungefähr zehnten Aufforderung passen muss und ihrem eigenen Mann einen Korb gibt.

„Sorry, Thomas, ich brauche mal eine Pause."

Sie wundert sich etwas darüber, dass die anderen Damen überhaupt nicht tanzen.

Sie hat bislang mit keiner der Damen auch nur ein Wort gesprochen, denn die Männer haben sie komplett in Beschlag genommen. Die Damen scheinen nur gelangweiltes Beiwerk zu sein.

Sie empfindet diese Tatsache als etwas seltsam und beschließt, später mit Thomas darüber zu reden, doch momentan ist sie so beschäftigt, dass sie den Gedanken ganz schnell wieder verwirft.

Sie fühlt sich wohl, und die Damen sprechen sie nicht besonders an. Sie sehen eher etwas billig aus und wirken nicht sehr intelligent. Diesen Beziehungen gibt sie nicht viel Zukunft.

Um Mitternacht wird das neue Jahr ausgezählt, anschließend küssen sich alle anwesenden Gäste ausgelassen.

Sie fühlt sich etwas überfordert, da sie von allen Männern dreist auf den Mund geküsst wird und eigentlich gar nicht von ihnen geküsst werden will.

Victor und Sven benehmen sich ja noch ganz okay, denn ihre Küsse sind flüchtig. Doch die Küsse von Michael und Manolo sind ihr zuwider, da beide versuchen, ihr die Zunge in den Mund zu schieben.

Sie weicht zurück und schreibt dieses Verhalten dem Alkoholkonsum der beiden Männer zu.

Schnell wendet sie sich Thomas zu und flüchtet sich in seine Arme.

„Happy new year, Darling, lass uns im neuen Jahr ein Baby machen", flüstert Thomas ihr ins Ohr und küsst zärtlich ihren Hals.

Damit hat sie nun gar nicht gerechnet und sieht ihn entgeistert an.

„Habe ich dich erschreckt? Sorry, das war nicht meine Absicht, ich dachte nur, es wäre schön, unsere Liebe mit einem süßen Baby zu krönen."

„Nein, nein, ich liebe Kinder, es ist nur so, deine Freunde haben gerade versucht mich abzuknutschen, und mit einem solchen Wunsch habe ich heute Abend nicht gerechnet. Ein Baby wäre toll, lass uns nachher in Ruhe darüber reden", entgegnet sie verstört.

„Überbewerte die Küsserei nicht, sie mögen dich und haben zu viel getrunken", beruhigt Thomas sie.

In der gleichen Nacht lieben sie sich leidenschaftlich. Er will ein Baby von ihr, wie wunderbar!

Kapitel 16

Kunstraub

In der kleinen Bar am Strand nahe Key Largo weit außerhalb der Stadt ist heute recht viel los. Es sitzen einige Touristen an der Bar und trinken ein kühles Bier. Eine Frau hat sich eine Piña colada bestellt und bereits halb leergetrunken. Sie macht den Eindruck, als ob es nicht die erste Piña colada gewesen wäre.

Victor ist heute ganz lässig angezogen und beschließt, auf der Terrasse Platz zu nehmen. Er ist ein wenig zu früh und bestellt sich deshalb, angeregt durch die Touristin, ebenfalls einen Cocktail. Eigentlich ist das nicht sein Getränk, doch gelegentlich mag er es süß. Sein Gesprächspartner wird erst in einer halben Stunde eintreffen, also genießt er den Ausblick auf die untergehende Sonne. Florida kann so schön sein, in der Regel hat er keine Zeit dazu, die Sonnenuntergänge zu genießen.

Der Anlass, der ihn heute dazu gebracht hat, sich mit Thomas zu treffen, ist heikel genug, er kann keine Zuhörer gebrauchen. So ist er froh, dass bereits nach kurzer Zeit die meisten Gäste verschwunden sind.

Gegen 18.30 Uhr erscheint Thomas. Er hat die Unterlagen, die Victor benötigt, dabei.

„Hi, Victor, es ist ganz unproblematisch gelaufen. Hier sind die Akten, arbeite sie bitte durch und lass uns überlegen, wie wir weiter vorgehen", begrüßt ihn Thomas.

„Ja, da hast du recht, es hätte nicht besser laufen können", entgegnet Victor, indem er Thomas' Hand schüttelt und die dicke Akte, die ihm gereicht wird, entgegennimmt.

Mittlerweile sind alle Touristen verschwunden, die beiden sind allein in der Bar. Thomas bestellt sich auch eine Piña colada.

„Die Versicherungssumme beträgt 500 000 Dollar. Wenn wir das Bild tatsächlich unversehrt wiedererhalten, dann kann man mit der Hälfte, also 250 000 Provision, wenn es schlecht läuft mit 150 000 Dollar rechnen", führt Thomas aus.

„Wie schwierig wird die Rückführung werden?", fragt Victor.

„Wir sollten zunächst über dein Büro mit den Entführern in Verhandlung treten."

„Okay, Thomas, ich werde für diesen Fall Myriell einsetzen, langsam wird sie unruhig, weil ich keine echten Fälle für sie habe. Dann kann sie sich etwas einarbeiten und so eine kleine Sache wird sie wohl schaffen. Sie muss dann allerdings in der nächsten Woche nach Berlin fliegen. Hast du ein Problem damit? Wir vertreten dann dort die Interessen deiner Versicherung."

„Nein, nein, das ist schon okay, obwohl sie mir fehlen wird."

Thomas und Victor reichen einander die Hände und mit einem „Okay, so machen wir es" ist die weitere Vorgehensweise beschlossen.

Myriell soll am nächsten Tag die Akte erhalten, sich einarbeiten und anschließend nach Berlin fahren, um dort mit den ermittelnden Stellen und dem Museum Kontakt aufzunehmen. Victor wird parallel dazu versuchen, mit den Kunstentführern Kontakt aufzunehmen und zu verhandeln.

Die Zusammenarbeit von Victor und Thomas in diesen Fällen klappt hervorragend. Sie haben es bereits in diversen Fällen geschafft, entführte Kunst unversehrt in die Hände der Besitzer zurückzuführen.

Die Provision in diesen Rückführungsfällen beträgt 50 Prozent der Versicherungssumme. Der Anwalt zahlt davon seine Kosten, die meistens recht hoch sind und mindestens die Hälfte ausmachen, sodass unterm Strich bei diesem Fall circa 50 000 Dollar übrigbleiben.

Mit diesem Geld kann er das Gehalt von Myriell fast ein Jahr bezahlen. Der Fall ist nach seiner Einschätzung ein Selbstläufer, so hat Myriell dann ihre Kosten locker wieder eingespielt. „Business as usual."

Victor ist zufrieden mit seinen Überlegungen.

Kapitel 17

Aktenübergabe Kunstraub

Langsam werden Myriell die Tage im Büro lang. Sie hat mit dem Studium des amerikanischen Rechtes begonnen und gelegentlich an Terminen mit Mandanten teilgenommen.

Um zum „Bar"-Examen zugelassen zu werden, braucht man normalerweise ein abgeschlossenes Hochschulstudium des amerikanischen (angelsächsischen) Rechtes, das normalerweise mit dem akademischen Grad des Juris Doctor (J.D.) abgeschlossen wird.

Bewerber, die in Deutschland Jura studiert haben, können sich das Studium nicht als ausreichend anrechnen lassen.

Es gibt jedoch Ausnahmen: Bewerber mit einem abgeschlossenem ersten Staatsexamen können zum „Bar"-Examen zugelassen werden, wenn sie außerdem den akademischen Grad des LL. M. (Master of Laws) an einer anerkannten amerikanischen Hochschule erworben haben. Myriell hat in Deutschland das LL. M.-Studium gemacht, dies ist jedoch in Amerika nicht zulässig. So muss sie dieses Studium an der University of Miami School of Law aufnehmen.

Dieses Vorhaben ist alles andere als einfach, denn das Examen umfasst mehrere Stufen und diverse Prüfungen.

Zusätzlich zu den Wissensprüfungen muss noch eine Hintergrunduntersuchung – der sogenannte „Moral Background Check" – absolviert werden, bei dem nicht nur Vorstrafen untersucht werden, sondern auch das Verhalten bei vorherigen Arbeitgebern genau unter die Lupe genommen wird.

Das kann sie allerdings nicht aus der Ruhe bringen, denn Myriells erster Arbeitgeber ist Victor, und der ist von ihr begeistert.

Vielmehr hat sie sich erhofft, nun nicht mehr so viel lernen zu müssen, doch da lag sie mit ihrer Einschätzung komplett falsch, denn die Durchfallquote ist hoch, sie möchte das Examen nicht nur schaffen, sondern auch exzellent schaffen – wie alle Prüfungen bisher auch.

Nach dem Examen wird dann irgendwann die Vereidigung als Mitglied der Rechtsanwaltschaft für den Bundesstaat Florida erfolgen. Als Mitglied der „Bar" ist dann eine Zulassung an den ordentlichen Gerichten des Landes die Folge. Für Bundesgerichte und oberste Gerichte wird dann allerdings wieder eine separate Zulassung verlangt. Um rechtsberatend tätig zu werden, muss eine Zulassung vorhanden sein.

Eine Ausnahme gibt es allerdings wie bereits erwähnt in Florida, wo eine gesonderte Zulassung erworben werden kann, um als Rechtsberater für deutsches Recht arbeiten zu können.

Dafür konnte Myriell mit ihrer Ausbildung in Deutschland die Grundlagen bereits legen und die Zulassung hat Victor ihr schnell besorgt. Allerdings hat Victor sie noch nicht selbstständig auf seine Mandanten losgelassen, denn einen echten Fall hat sie bislang noch nicht bekommen. Das führt sie auf ihre wenige Erfahrung und die fehlende Kenntnis des amerikanischen Rechtssystems zurück. Heute will sie mit Victor reden und ihm signalisieren, dass sie für ihren ersten Fall bereit ist.

Victor sieht seinen Kalender durch und stellt mit Erstaunen fest, dass Myriell einen Termin bei ihm eingetragen hat. Das passt ihm gut, denn er will ihr heute die Kunstraub-Akte geben.

Er hat sich entschieden, zunächst einmal zu hören, was Myriell ihm sagen will, denn er genießt den Gedanken, sie könne sich beschweren oder irgendwelche Forderungen an ihn stellen, denn es macht ihm großen Spaß, mit den Gefühlen anderer Menschen zu spielen. Er wird ihr süffisant seine Macht demonstrieren und sie, wenn sie es aushält – sie wird es aushalten –, mit einem interessanten Fall belohnen.

Mit Myriell wird dieses Spiel zur Königsdisziplin, sie ist seiner würdig und schwer zu verunsichern und Victor genießt den Umgang mit ihr in vollen Zügen. Er ist Thomas dankbar dafür, eine so hochkarätige, bemerkenswerte Frau ausgewählt zu haben.

Welch ein gelungener Deal.

Sie hat ihm schon viel Zerstreuung gebracht und ihn gekonnt unterhalten. Kurzweil in sein oft so langweiliges Leben gebracht, wo ihn doch der normale Alltag so oft gefangen hält, die Investition hat sich jetzt schon ausgezahlt. Er mag noch gar nicht daran denken, welche Freude ihm das noch ausstehende Kind bringen wird.

Die Entwicklung in diese Richtung ist fast genauso spannend, wie die Vorstellung, Myriell in einem echten Fall einzusetzen und zu beobachten, was sie alles anstellen wird, um diesen Fall zu lösen.

Sie ist so herrlich ehrgeizig und zielorientiert, diese Eigenschaften findet man bei den jüngeren Leuten heutzutage fast gar nicht mehr. Diese Eigenschaften scheinen alte, langweilige Werte für sie zu sein, die hippen Menschen heutzutage wollen nicht so sein. Skrupellosigkeit und Egoismus werden häufig mit Zielorientiertheit und Ehrgeiz verwechselt.

Victor langweilen die selbstverliebten, extrovertierten Manager, er steht auf Stil und Rückgrat und nicht auf Menschen, die ihre Fahne nach dem Wind richten, heute so, morgen anders.

Es jedem recht machen zu wollen, das war ihm immer verhasst und ein Gräuel. Er mag die alten Werte und Tugenden, obwohl er selbst es mit der Auslegung wirklich nicht so genau nimmt und das Recht gerne auch mal zu seinem Nutzen verbiegt, wo es sich biegen lässt und auch dort, wo es sich nicht biegen lässt.

Der Zweck heiligt nach seinen Auslegungen die Mittel, und sein Ziel ist es, noch viel reicher zu werden, als er bislang eh schon ist. Er will sich dabei unterhalten, ein spannendes Leben führen.

Myriell sieht hinreißend aus, sie hat ein rosafarbenes Kostüm an, das ihre blonden Haare und die leichte Bräune hervorhebt und zur Geltung bringt. Sie treffen sich um elf Uhr in Victors Büro: Das Spiel kann beginnen – Victor freut sich innerlich wie ein kleines Kind vor dem Eisgenuss.

„Hallo, schöne Frau, was verschafft mir die Ehre dieses Termins?", fragt Victor schmeichelnd.

„Hallo, Victor", der Kloß ist wieder da, sie klingt ganz verunsichert und leise.

Victor bemerkt ihre Unsicherheit direkt und legt ihr seine Hand auf den Arm.

„Wir wollen uns doch nicht etwa beschweren", entgegnet er in einem strengen tiefen Ton und sieht Myriell fragend an.

Das verunsichert sie noch mehr, und die roten Flecken zeichnen sich wieder an ihrem Hals ab. Sie ärgert sich über sich selbst und darüber, wie leicht sie zu verunsichern ist und dass er in der ersten Person Mehrzahl mit ihr spricht.

„Wir sind doch nicht etwa unzufrieden mit unserer Arbeit oder mit dem, was wir Arbeit nennen", kommt es mit einem bösen Unterton aus Victor heraus.

Wie böse er doch sein kann, diesen Zug kannte Myriell bislang nicht an ihm.

Sie nimmt ihren ganzen Mut zusammen, denn für ihren Geschmack hat er den Bogen längst überspannt, sie spricht ein klar und deutliches „Nein" aus.

Pause.

„Ich bin bereit für meinen ersten Fall."

Das war deutlich.

Victor ist über diese klare Reaktion erstaunt, es beeindruckt ihn, wie viel Selbstcourage diese Frau besitzt.

Die gleichen Spielchen hatte er bereits mit anderen Aspiranten gemacht, diese waren verschüchtert und boten ihm so viel Angriffsfläche, dass er schon bald keine Lust mehr hatte, es langweilte ihn fürchterlich.

Bei Myriell ist das anders, bei ihr hat er Lust, noch eins draufzusetzen.

„Wir wollen eine Akte und sind so weit!", bricht er in schallendes Gelächter aus.

Jetzt wird sie wütend und erwidert böse:

„Ja, ich bin so weit und habe keine Lust mehr, mich zu langweilen. Gib mir endlich einen Fall!"

„Hoppla, nicht so stürmisch – du sollst deinen Fall haben." Er donnert ihr eine Akte auf den Tisch.

Damit hat sie nicht gerechnet und schaut recht erstaunt.

„Wie du siehst, habe ich bemerkt, dass du so weit bist und jetzt einen Fall übernehmen kannst, du musst nicht ungehalten werden, liebste Myriell, das steht dir nicht, die Flecken am Hals stehen dir ebenfalls nicht." Schon wieder eine Spitze.

Sie lenkt ein:

„Sorry, es macht mich ganz verrückt, so lange ohne sinnvolle Arbeit zu sein. Ich möchte mein Geld verdienen. Danke für den Fall."

Eigentlich nervt es sie, sich auch noch für die Arbeit bedanken zu müssen, denn er will ja eine Gegenleistung von ihr, das ist ein ganz normales Arbeitnehmer-Arbeitgeber-Verhältnis, doch bei den reichen Anwälten wundert sie gar nichts mehr, es ist wohl eine Art Spiel, ein Ritual, das sie treiben.

Na ja, jetzt hat sie ihren Fall und nimmt die Akte, geht zufrieden und voller Erwartung, schon ganz gespannt auf den Inhalt, in Richtung Tür.

„Du musst spätestens übermorgen nach Berlin, lass einen Flug für Mittwoch reservieren. Arbeite die Akte durch, morgen um elf Uhr haben wir dann einen Arbeitstermin und besprechen die Vorgehensweise", befiehlt Victor.

Sie nickt ihm abwesend zu.

Zurück in ihrem Büro legt sie die Akte auf den Besprechungstisch, sieht sie zunächst nur interessiert an und umkreist den Tisch mehrfach langsam.

Das ist sie nun – ihre erste Akte und gleich ins Ausland, sie ist voller Stolz.

Was wird Thomas dazu sagen, wenn sie am Mittwoch nach Berlin fliege, wird es ihm passen?

Er ist so verliebt und hat ihr bereits mehrfach von seinem Kinderwunsch erzählt, sie möchte ja auch Kinder, aber nicht gerade jetzt, wo es so gut anläuft.

Sie hat für sich selbst beschlossen noch zu warten und die Pille nicht abgesetzt.

Das habe sie Thomas nicht erzählt, so hütet sie ihr kleines Geheimnis. Im Stillen hat sie sich selbst noch sechs Monate gegeben, um zu sehen, wie sich ihre Anwaltstätigkeit entwickelt und ob sie sich am Markt behaupten kann.

Zwei Monate sind bereits herum und jetzt hat sie ihren ersten Fall, nein, Kinder müssen jetzt warten. Sie wird die Berlinreise nutzen, einen Termin bei ihrem Frauenarzt ausmachen und Tablettennachschub besorgen.

Wenn sie zurück ist, wird sie mit Thomas darüber reden müssen, denn sie will den Kinderwunsch ihres Mannes nicht ignorieren oder ihn diesbezüglich anlügen.

So, wie sie Thomas kennt, wird er sicherlich Verständnis dafür haben, dass sie jetzt keine Kinder gebrauchen kann, wo sie sich doch nun im Anwaltsgeschäft etabliert.

Sie setzt sich auf den Stuhl, öffnet die Akte langsam, genießt den Augenblick, denn an ihre erste Akte will sie sich ihr ganzes Leben erinnern, und beginnt zu lesen.

Es geht um den Raub eines Bildes von Paul Cézanne: „Le Cabanon de Jourdan" aus dem Museumsbesitz eines Berliner Museums. Vor zwei Wochen haben Unbekannte das Bild während des Transportes vom ursprünglichen Privatbesitzer aus London zum Museum entwendet. Das Bild ist vom Museum beim Erwerb entsprechend versichert worden, da in letzter Zeit häufig Kunst geraubt wurde, und die Raube oft beim Transport passierten.

Thomas' Gesellschaft hat sich auf die Versicherung von Kunst spezialisiert. Er ist mit der Zeit der unumstrittene Experte bei der Rückführung gestohlener Kunstobjekte geworden. Seine Rückführungsquote ist erstaunlich hoch. Myriell ist sehr stolz auf ihren Mann.

Die Akte ist nicht so umfangreich, sodass sie nach einer halben Stunde mit dem Erfassen der Tatsachen fertig ist. Anschließend liest sie die Akte erneut, um nicht wichtige Details zu übersehen. Ein Herr Müller bearbeitet den Fall bei der Kripo Berlin.

Müller, wie bezeichnend. Ihr erster Fall und dann gleich so ein Allerweltsname.

Sie überlegt sich, wie sie vorgehen will und was sie Victor darüber erzählen will. Ein Termin mit dem Museumszuständigen und mit dem Kripobeamten muss in jedem Fall gemacht werden.

Am nächsten Tag bespricht sie, wie zuvor mit Victor vereinbart, die Vorgehensweise. Erstaunlicherweise hat Thomas kein Problem damit, dass sie ihn für einige Tage verlassen muss und hat sich sogar mit ihr gefreut.

Im Wesentlichen ist Victor mit ihrem Vorgehensvorschlag einverstanden.

Er kennt den Museumsdirektor und weist Myriell an, einen schönen Gruß von ihm zu bestellen.

Das Gespräch verläuft recht freundlich, als ob am Vortag nichts gewesen wäre, deshalb hakt sie das zickige Verhalten von Victor als unerheblich ab und freut sich auf den nächsten Tag.

Sie fliegt am Mittwoch, ist dann am Donnerstag da, führt noch zwei Telefonate, um Termine mit den beiden Herren in Berlin zu machen. Alles funktioniert wie am Schnürchen, einfach wunderbar. Sie hat eine Hochphase ihres Arbeitslebens erreicht und ist beschwingt und voller Optimismus.

Kapitel 18

Museumsdirektor

Der Museumsdirektor ist immer noch außer sich und Myriell folgt gespannt seinen Ausführungen und macht sich Notizen.

„Wir haben glücklicherweise direkt nach dem Erwerb das Bild für den Transport versichert. Nicht auszudenken, wenn wir es gar nicht versichert hätten. Glücklicherweise hat der Eigentümer ebenfalls eine Versicherung abgeschlossen und ich kann nur hoffen, dass diese ausreichend ist, falls wir das Bild nicht zurückbekommen."

Herr Dom schüttelt entsetzt den Kopf.

„Ja, zum Glück haben Sie es wenigstens für den Transport versichert. Ich vertrete die Versicherungsgesellschaft der Transportversicherung und versuche, etwas Licht in die ganze Angelegenheit zu bringen. Wir werden versuchen, das Bild unbeschädigt zurückzubringen", entgegnet sie. „Erzählen Sie mir doch bitte die Dinge aus Ihrer Sicht."

Herr Dom erzählt ihr, wie strahlend schön das Bild ist. Cézanne hat das Bild „Le Cabanon de Jourdan" kurz vor seinem Tod gemalt. Es ist also das letzte Werk des Meisters, nicht signiert und unvollendet. Die Kritiker bezeichnen das 65 mal 81 Zentimeter große Bild als Schlüsselwerk für den lebenslangen Konflikt des Malers, „den Konflikt zwischen Geist und Gefühl".

Das Bild wurde auf dem Transport von London nach Berlin entwendet. Es war gut verpackt und vor einer Woche mit mehreren anderen Kunstwerken von London aus auf den Weg gegangen.

Das Kunstwerk hat sich zuletzt in Privatbesitz befunden und ist von einem Auktionshaus versteigert worden, da der alte Herr verstarb und die Erben das Geld brauchten. Ein betuchter amerikanischer Sammler hat das Bild ersteigert und dem Museum zur Ausstellung auf unbegrenzte Zeit zur Verfügung gestellt. Herr Dom will ihr allerdings den Namen des neuen Besitzers nicht preisgeben, der Besitzer ist ein Kunst- und vor allem ein Menschenfreund.

Er handelt nach der Devise:

„Die Kunst ist eine Tochter der Freiheit."

Er nimmt sich in diesem Spiel die Freiheit, anonym bleiben zu wollen.

„Okay, Herr Dom, letztlich tut es nichts zur Sache. Nicht wem das Bild gehört, ist wichtig, sondern dass es in ihrem Museum ausgestellt werden sollte und nie dort angekommen ist – das ist wesentlich", führt sie aus.

Sie klingt dabei sehr wissend und bestimmt, doch innerlich ist sie überhaupt nicht vom Gelingen ihrer Mission überzeugt.

Wie soll gerade sie nur das Bild wiederbeschaffen?

Herr Dom hat gesagt, dass das Bild über den Besitzer ebenfalls versichert ist und ihr geht spontan der Gedanke durch den Kopf, mit dieser Gesellschaft – falls herauszufinden – Kontakt aufzunehmen. Sie verwirft den Gedanken gleich wieder, da Herr Dom in weinerlichem Ton seine Ausführungen fortsetzt.

„Ja, wir haben den Transport durch die Import-Exportfirma IMEX durchführen lassen. Sie sind spezialisiert auf den Transport von wertvollen Gütern, wir haben bislang nur gute Erfahrungen mit dem Unternehmen gemacht."

Sie notiert sich einige Details, IMEX, der Name kommt ihr irgendwie bekannt vor, doch sie kann sich nicht erinnern.

Der Weg eines solchen Gemäldes wird durch das Transportunternehmen protokolliert. Die Kiste, in der das Gemälde verpackt war, ist bei Beginn der Reise in Plastik verschweißt worden. Bei der Ankunft war die Hülle unversehrt, was sehr dafür spricht, dass eine Kiste ohne Inhalt verschweißt wurde. Die einzelnen Stationen sind sauber abgezeichnet.

„Der Kripobeamte hat gesagt, das Bild ist wahrscheinlich schon in England entwendet worden. Er hat dort die Behörden bereits eingeschaltet, die recherchieren. Es gibt so viele Möglichkeiten, das wird wohl schwer werden", führt Dom weiter aus.

„Ich frage mich nur, wer will denn ein so bekanntes Bild aufhängen, der wird doch sofort identifiziert. Die Mär von Kunstsammlern, die teuer erstandene Gemälde im Kellerverlies bei Kerzenschein betrachten, glaubt doch auch kein Mensch mehr", führt sie aus.

Dom kann ihr nur beipflichten.

„Das Bild ist so bekannt und die Presse hat in den letzten Tagen den Bekanntheitsgrad des Bildes noch erhöht, der Dieb kann es nur im Keller oder unter Verschluss betrachten, sobald er es öffentlich zur Schau stellt, ist er entlarvt", erwidert er.

Sie erzählt, dass sie sich später mit dem Kripobeamten treffen will. Im Grunde genommen war das Gespräch nicht besonders ergiebig. Die wenigen Notizen, die sie sich hat machen können, sind auch nicht besonders hilfreich.

Sie überlegt, ob sie Kontakt zur Firma IMEX aufnehmen soll, verwirft den Gedanken jedoch, will erst einmal das Gespräch mit dem Kripobeamten abwarten.

Die Versicherungssumme beträgt 500 000 Dollar für den Transport, das Bild selbst ist damit total unterversichert. Gut, dass das Bild vom Eigentümer noch einmal extra versichert wurde.

„Kennen Sie die Kaufbedingungen, Herr Dom?"

„Nein, leider nicht, das entzieht sich meiner Kenntnis", erwidert Dom.

Sie verabschiedet sich freundlich und verlässt das Museum.

Kapitel 19

Kripo

Müller hat sehr schlecht geschlafen und entsprechend schlecht ist seine Laune.

Der neue Kunstraub beschäftigt ihn schon den ganzen Vormittag. Er liest einige Hintergrundinformationen in einem Artikel, den er im Internet gefunden hat, die Materie ist neu für ihn. Eigentlich sollte er den Fall gar nicht übernehmen, doch die Polizei in Berlin muss sparen, und so macht er das eben auch noch.

Alarmierend findet er die Tatsache, dass von den circa 600 Objekten, die im letzten Jahr gestohlen wurden und einen Marktwert von 70 Millionen Dollar haben, nur etwa fünf Prozent versichert sind.

Das trifft allerdings auf den gestohlenen Cézanne nicht zu, hier war sowohl das Bild als auch der Transport ausreichend versichert, dies scheint ihm aufgrund der gerade beschriebenen Tatsache ungewöhnlich. Nun hat er auch noch einen Termin mit dieser Versicherungsangestellten aus Amerika. Sie ist extra aus Miami angereist, das ist ebenfalls ungewöhnlich.

Noch viel ungewöhnlicher ist allerdings, dass sie, wie er soeben erfahren hat, gar keine Versicherungsangestellte, sondern eine Rechtsverdreherin ist – er hasst Anwälte, und Anwältinnen ganz besonders.

Das wird ja immer schöner, jetzt nehmen sich die Versicherungen schon Anwälte, seine Laune ist jetzt ganz dahin und er muffelt in seine Akte.

„Guten Tag, Herr Müller, ich bin Myriell Parker, ich freue mich, sie kennen zu lernen", sie kommt mit ausgestreckter Hand auf Müller zu.

Es betritt eine junge blonde Frau sein Büro, damit hat er nicht gerechnet, sie ist hübsch, freundlich und spricht perfektes

Deutsch. Müller fühlt sich von ihr angesprochen, sein finsterer Blick hellt sich auf, sogar ein zaghaft angedeutetes Lächeln entweicht seinen groben Zügen.

„Äh, ebenso", sagt er und erwidert ihren Handschlag.

Das Eis scheint gebrochen, und sie erklärt ihm, dass das Versicherungsunternehmen ihre Kanzlei beauftragt hat, in diesem Fall zu recherchieren.

Sie ist auf die Zusammenarbeit mit der Polizei angewiesen und hofft darauf, dass ihr Müller einige Fakten liefern kann. Angespornt durch den Eindruck, den sie bei dem Mann hinterlassen habe – sie hat einen Nerv bei ihm getroffen, der ihn zur Zusammenarbeit beflügelt. Er redet los, er möchte einen guten Eindruck bei ihr hinterlassen, denn er ist ein ganzer Mann und hat die Lage voll im Griff, so will er zumindest bei ihr erscheinen.

Der gerade gelesene Artikel oder besser das, was er davon behalten hat, erweist sich als hilfreich.

„Glücklicherweise gelingt es uns immer häufiger, die gestohlenen Kunstwerke unbeschadet zurückzuführen, wenn man bedenkt, dass gerade mal fünf Prozent der 600 Kunstobjekte, die im Jahr gestohlen werden, versichert sind … die Kunstversicherung lässt sich nur mit einer weltweiten Politik der Sensibilisierung und adäquater Prävention betreiben." Er ist stolz auf seine Ausführungen und selbst überrascht, wie viel er noch behalten hat.

„Sie müssen sich mal vorstellen, dass ein Gemälde, das ein Besucher in einem Museum betrachten kann, vorher mehr als fünfzig Handlungsstationen durchläuft, um schließlich an einen sicheren Ort zu gelangen. Aber auch da ist das Bild nicht richtig sicher, denn Wechselausstellungen und neue Akquisitionen führen oft dazu, dass die Exponate häufig ihren Standort wechseln", führt Müller weiter aus.

In der Tat ist es so, dass Vorschäden einem Exponat widerfahren können, bevor es aus dem Besitz einer Privatperson an den eigentlichen Standort gelangt. Davor können viele Stationen liegen, die Auktion, die Begutachtung, viele Vorbesichtigungen, das Hin- und Herräumen, Transporte, Zwischenlagerungen in einem Kunstlager eines Spediteurs, vielleicht auch noch ein Zollfreilager, das bei Auslandseinkäufen benutzt werden muss.

Es kann sogar passieren, dass ein Exponat mehrere Jahre eingelagert wird, weil das Museum, welches das Bild erstanden hat, sein Budget gerade überzogen hat. Der Etat für die nächsten Jahre ist schlicht erschöpft und das Bild kann nicht bezahlt werden.

Also befindet es sich eine lange Zeit in Lagerräumen, und dort verschwindet schon mal etwas. Das Ärgerlichste ist, dass dieses Verschwinden dann auch jahrelang nicht bemerkt wird. Eine Aufklärung ist dann fast unmöglich.

Wenn diese Stationen alle unbeschadet überstanden sind und das Bild endlich im Museum eingetroffen ist, gibt es weitere Gefahren.

Kuratoren, Restauratoren, Konservatoren, Registrare, der Direktor, der Ausstellungsleiter oder der Vitrinen-Designer oder der Ausstellungsarchitekt, der Fotograf und vielleicht noch der Vertreter eines Fördervereins – alle diese Menschen haben das Exponat mehr oder weniger lange in irgendwelchen Durchlaufstationen.

Dann gibt es in diesen Stationen noch andere Menschen, die uneingeschränkt an das Exponat kommen können.

Meistens passiert auch gar nichts hinsichtlich eines Raubes, gelegentlich passiert eben doch etwas und das Beschädigungsrisiko ist aus den eben genannten Gründen hoch und folgt dem Motto: „Wo gehobelt wird, da fallen auch Späne." Eigentlich verwundert es bei den zigtausenden Bewegungen, die ein Exponat bis zu seinem endgültigen Standort durchläuft, dass es überhaupt heil ankommt. Diese Fälle gibt es auch.

Die größte Gefahrenquelle für ein Exponat ist der ungenügend sensibilisierte Mensch, der durch leichtfertigen, unsachgemäßen, unerfahrenen und unpraktischen Umgang mit den hochsensiblen Kunstwerken diese dabei in höchste Gefahr bringt. Hinzu kommt noch, dass elementare Gefahren wie plötzliche Nässe und höhere Gewalt dazu beitragen, die Exponate zu gefährden.

Die verheerenden Folgen von Feuer und Rauch sowie die folgenden Löscharbeiten zerstören dann die unwiederbringlichen

Kunstwerke häufig gänzlich. Am besten wäre es, die Kunst an ihren ursprünglichen Standorten zu belassen, denn diese sind meistens am sichersten.

Eine weitere Gefahrenquelle ist dann das Museum selbst als Tatort für Kunstraub. Es ist erstaunlich, wie oftmals verblüffend einfach unbekannte Täter in den Besitz von wertvollen Kunstobjekten gelangen. Kunst wird vor allem deshalb in letzter Zeit häufiger gestohlen, weil es schwieriger geworden ist, andere Dinge zu stehlen. Kunst zu rauben ist verhältnismäßig einfach und dazu sehr gewinnbringend. Gestohlene Kunst wird teuer verkauft, denn einige Sammler haben kein Problem damit, unklare Besitzverhältnisse eines gefragten Exponates in Kauf zu nehmen.

Der Cézanne ist allerdings sehr bekannt, ein Verkauf dürfte sich schwierig gestalten, allein aufgrund dieser Tatsache hat Müller im Gefühl, dass das Gemälde zurückgeführt werden kann.

„Ja, Frau Parker, vielleicht ist das ja auch gar kein Raub, sondern eine Entführung. Kann sein, dass die Hehler Kontakt aufnehmen und ein dickes Lösegeld erpressen wollen, das soll es ja in letzter Zeit öfter geben", führt Müller weiter aus.

„Das wäre das kleinste Übel", entgegnet sie genervt von seinen angelesenen Ausführungen, die sie selbst ebenfalls im Internet gefunden hat. Doch was lässt sie alles über sich ergehen, um ihrem Ziel einen Schritt näher zu kommen.

Doch auch Müller erweist sich nicht als kompetenter Partner und so verabschiedet sie sich freundlich von ihm.

Kapitel 20

Berlin, Abend – Kunstraub

Myriell hat an einem Tag in Berlin die beiden ausstehenden Interviews geführt und befindet sich jetzt im Hotel am Potsdamer Platz. Morgen will sie die handschriftlichen Informationen auf dem mitgebrachten Laptop zusammenschreiben und einige Handlungsempfehlungen abgeben, obwohl sie heute noch keine Ahnung hat, wo sie ansetzen soll.

Sie will versuchen, sich auf eine Art Metaebene zu stellen und den Fall sozusagen „von oben" zu beleuchten, vielleicht kommt ihr dann ja eine zündende Idee.

Sie hat gelernt, Dinge ganzheitlich im System zu betrachten. Diesen Ansatz will sie bei diesem Fall auch anwenden. Eine Zeichnung könnte ebenfalls hilfreich sein, das lässt die Fakten oft klarer werden, und das Zusammenspiel wird sichtbar.

Für heute jedoch reicht es ihr, denn sie hat mit dem Jetlag zu kämpfen und beschließt, gleich einmal nett essen zu gehen, zu ihrem und Renates Italiener. Renate, das ist eine gute Idee, gerade hat sie an sie gedacht, und schon wählt sie die Nummer. Das hätte ihr auch früher einfallen können. Der Anrufbeantworter springt an, Renate scheint nicht zu Hause zu sein. Sie hat keine Lust, auf den Anrufbeantworter zu sprechen und legt erfolglos auf. Sie beschließt, es später erneut zu versuchen und legt sich ein wenig auf das Bett.

Die Nacht zuvor ist sie durchgeflogen, und leider kann sie trotz der bequemen Businessclass-Sitze nicht im Flugzeug schlafen. Also hat sie ein Video nach dem nächsten gesehen und im Grunde genommen seit 26 Stunden nicht geschlafen. So holt sie jetzt ein müder Schauer ein, die Augen fallen zu und sie versinkt in einen tiefen Schlaf.

Mitten in der Nacht wacht sie auf und ist hellwach, irgendwelche laut randalierenden Jugendlichen haben etwas gegen die Scheibe geworfen, der laute Knall lässt sie abrupt hochschnellen. *Mist*, sie wollte erst später schlafen.

Ihr Magen meldet sich jetzt, denn sie hat den ganzen Tag nichts zu sich genommen. Sie hat Appetit auf kross gebratenes Hähnchen, wo bekommt sie nur mitten in der Nacht ein Hähnchen?

Sie erinnert sich in Berlin zu sein, hier bekommt man auch nachts alles, es ist stockdunkel. Als sie auf den Wecker schaut, stellt sie fest, dass es noch gar nicht so spät ist, erst 22 Uhr.

Umso besser! Sie probiert es noch mal bei Renate und wählt erneut ihre Nummer. Auch diesmal springt der Anrufbeantworter an und Myriell legt wieder auf. *Dann eben nicht*, denkt sie und steigt aus dem Bett. Sie ist noch komplett bekleidet und überlegt, sich ein wenig frisch zu machen und die Klamotten anzubehalten.

Hähnchen? Sie erinnert sich, dass in ihrem Viertel eine Pommesbude steht, die auch leckere kross gebratene Hähnchen im Programm hat. Kurz entschlossen sitzt sie bereits zehn Minuten später im Taxi auf dem Weg zur Pommesbude.

Das Hähnchen ist köstlich, sie hat den Geschmack wirklich vermisst. In Amerika sind die Hähnchen meist seltsam paniert und sehr scharf gewürzt, das ist gar nicht ihr Ding.

So ein richtig krosses halbes Huhn gibt's nur im guten alten „Germany". Dazu trinkt sie ein kaltes Bier und isst leckere Pommes mit Mayo. Alles recht ungesund, doch einmal ist kein Mal, redet sie sich selbst ein. Jetzt ist es bereits 23 Uhr und sie ist topfit.

Was soll sie nun mit dem angefangenen Abend tun? Sie war schon lange nicht mehr in der Verlegenheit, einen Abend alleine zu verbringen, ausgeschlafen ist sie auch und der Gedanke, ins Hotel zu gehen, gefällt ihr eher nicht.

Sie wird noch zum Italiener gehen und eine Portion Tiramisu essen – wenn schon sündigen, dann richtig. Der Italiener ist um die Ecke. Gedacht, getan. Fünf Minuten später kommt Myriell beim Italiener an.

Mario empfängt sie herzlich und macht ihr ein köstliches Tiramisu. Sie bleibt an der Theke sitzen und erzählt ihm von ihrem neuen Leben in Florida. Mario ist sichtlich beeindruckt. Das Restaurant besteht aus zwei Räumen, wovon nur der erste Raum von der Theke einsehbar ist.

Sie sitzt mit dem Rücken zum Raum und bemerkt nicht, wie eine weibliche Person von hinten auf sie zutritt.

„Das gibt es doch nicht, ich glaube ich träume, Myriell, bist du das?"

Renate hat Myriell entdeckt, sie ist in männlicher Begleitung.

„Renate, das ist ja super, ich habe schon zweimal bei dir angerufen, leider warst du heute Abend wohl nicht da?", erwidert Myriell im Umdrehen.

Sie springt vom Hocker auf und umarmt ihre Freundin herzlich. Renate war grade im Begriff zu gehen und da hat sie eine Frau entdeckt, die von hinten wie ihre Freundin Myriell aussieht. Doch diese Erkenntnis hat sie als unmöglich abgetan, da Myriell doch in Amerika ist.

Gerade als Renate gehen wollte, hat Myriell allerdings herzhaft gelacht und das Lachen ist so einmalig und hat sie eindeutig entlarvt.

Die beiden Frauen sitzen noch lange beim Italiener. Renates Begleitung hat inzwischen aufgegeben, denn die Frauengespräche interessieren den smarten Jüngling nicht wirklich.

„Renate, seit wann gehst du mit Kindern aus?", neckt Myriell Renate.

„Er ist schon 23 und lange kein Kind mehr, zumindest im Bett ist er eine Granate und witzig ist er auch, wir lachen viel. Die alten Kerle interessieren mich nicht wirklich, und so eine alte Schachtel bin ich mit meinen 28 auch noch nicht, mach mal halblang", entgegnet Renate etwas angesäuert.
Sie hat den Knaben in einer Disco kennengelernt. Er ist ihr aufgefallen, weil er so ein super rhythmisches Solo hingelegt hat. Da sie sehr auf das Bett fixiert ist, ist sie neuerdings dazu übergegangen, die Männer nach ihren Bewegungen auszusuchen.

Platt nach der Devise: Wer gut tanzen kann, der ist auch gut in der Kiste. Außerdem spielt die Optik eine entscheidende Rolle.

Groß müssen sie sein, dunkler Typ, guter durchtrainierter Body, gerne auch Sportstudent und natürlich dürfen die sinnlichen Lippen nicht fehlen.

Diesem Klischee entsprechen nicht viele junge Herren, deshalb macht sie auch schon mal den einen oder anderen Abstrich. Der gerade erlebte junge Lover ist etwas klein ausgefallen, diesen „Makel" gleicht er im Bett durch unerwartete Aktivitäten aus. Mehr will Renate nicht von ihm.

„Du hast immer noch nicht the one and only für dich gefunden?", fragt Myriell.

„Nein, ich bin zu anspruchsvoll. Wenn die Optik stimmt, hat der Mensch oft andere Makel und umgekehrt, es hat nicht jeder so ein Glück wie du mit Thomas, wie läuft es denn zwischen euch?"

Sie erzählt Renate von der großen Liebe ihres Lebens. Sie lässt allerdings aus, dass er ein Kind von ihr möchte. So sitzen sie noch ein paar Stunden an der Theke und reden über die letzten Monate. Myriell erzählt Renate auch von ihrem ersten Fall und wie viel Spaß ihr der neue spannende Beruf macht.

„Findest du es denn nicht komisch, dass Thomas eure Kanzlei beauftragt und seine eigene Frau den Fall bearbeitet? Das gäbe es, glaube ich, in Deutschland nicht", interveniert Renate.

„Nein, das ist okay, ich unterschreibe die Korrespondenz nicht, das macht alles Victor, ich recherchiere ja nur ein wenig. Außerdem bin ich neutral wie die Schweiz", sagt sie und bestellt noch ein Glas Wein.

Das Glas ist das letzte, der Italiener will zur fortgeschrittenen Stunde schließen. Es ist mittlerweile halb drei und Myriell ist immer noch topfit.

Renate muss am nächsten Tag früh raus und verabschiedet sich herzlich von ihr. Myriell steigt ins Taxi und fährt zurück ins Hotel.

Hellwach und gut gelaunt geht sie auf ihr Zimmer, schließt ihren Laptop an und geht ins Netz, um ihre E-Mails abzufragen.

Thomas hat mir geschrieben, wie schön, sie klickt auf die E-Mail und diese öffnet sich.

Nach ein paar Grüßen kommt er schnell und unverblümt zur Sache:

Die Kunsträuber haben sich gemeldet. Bei der Durchsicht des Miami Herald durch unsere Pressestelle ist ihnen folgende Anzeige unter der Kategorie „Allgemeines" aufgefallen:

C, Le Cabanon de Jourdan,
250 000, cn rain, sa

Sie liest die Zeilen und begreift zunächst nicht, was das heißen soll. Sie hat schon mal in einem Roman gelesen, dass sich Entführer über die Zeitung melden, um ein Lösegeld von den Angehörigen des Entführungsopfers zu verlangen.

Eine Kunstentführung, das ist ihr ganz neu, und die Summe ist auch nicht horrend hoch, wenn man bedenkt, was der Cézanne wert ist. Sie kann diese neue Information überhaupt noch nicht einordnen.

Morgen ist auch noch ein Tag und sie beschließt, Herrn Müller von der Kripo mit der neuen Information aufzusuchen.

Kapitel 21

Kripo 2

Myriell hat Herrn Müller ganz früh morgens angerufen und sitzt bereits in seinem Zimmer, das er zwecks Kaffee-Besorgung soeben verlassen hat. Nach ein paar Minuten kommt er mit zwei Bechern duftendem Kaffee zurück, bietet ihr den heilen, nicht angeschlagenen Kaffeebecher an.

„Die Polizei muss sparen", erklärt er mit einem Achselzucken. „Was gibt es denn für eilige Neuigkeiten?", fragt er interessiert.

„Die Diebe des Cézannes haben sich im Miami Herald gemeldet." Sie erklärt ihm kurz den Sachverhalt.

„Hm, das ist ja interessant, eine Kunstentführung mit Lösegeldforderung, kommt immer öfter vor", erzählt Müller, „nehmen Sie Zucker?"

„Ja, bitte, und gerne Milch." Müller läuft erneut los, um das Gewünschte zu besorgen und Myriell lässt derweil ihren Gedanken über die von ihr zuvor im Internet recherchierten Fakten freien Lauf.

Kunstdiebstahl ist nicht nur ein mit Abenteuergeschichten und Legenden geschmücktes Genre, sondern scheint auch ein lohnendes Geschäft zu sein. Die Aufklärungsrate liegt immerhin sehr hoch, etwa die Hälfte aller Entführungen wird aufgeklärt.

Häufig kehren die Gemälde in der Plastiktüte zurück oder werden in Schließfächern gefunden. Beispielsweise fand man auf dem Bahnhof in Münster einen Rembrandt, auf dem Berliner Bahnhof einen Casper David Friedrich und auf dem Innsbrucker Bahnhof einen Gauguin im Schließfach, natürlich nach vorheriger Lösegeldzahlung.

Eine imaginäre Ausstellung berühmter Kunstentführungen würde viele große Galerien in den Schatten stellen. Zu betrachten wären in dieser Ausstellung auch Werke von Leonardo da Vinci, van Gogh, Munch, Monet und Cézanne, und das ist nur die Aufzählung von Künstlern, deren Bilder auf die eine oder andere seltsame Weise oder nach Lösegeldzahlungen wieder auftauchten. Kämen die Kunstraube hinzu, bei denen die gestohlenen Bilder nicht wieder aufgetaucht sind, so hätte man eine Ausstellung mit allen großen und weniger großen Namen der Kunstgeschichte.

1982 wurden acht Gemälde aus dem Nationalmuseum in Oslo entwendet und sieben Gemälde davon, unter anderem ein Picasso, Rembrandt, Goya und Gauguin, fanden sich nach der Lösegeldzahlung von damals 1,5 Millionen Deutsche Mark in einem Personenwagen bei Hanau wieder.

Kunst zu stehlen ist also recht einfach und mit keinen hohen Risiken behaftet, wenn man die vielen sich bietenden Möglichkeiten bedenkt.

Eine Kunstentführung erzielt also ohne großen Aufwand hohe Gewinne und es ist nicht einmal nötig, für die bekannten und deshalb schwer verkäuflichen Gemälde Interessenten zu suchen.

Das Bild wird geraubt, man lässt etwas Zeit verstreichen. Setzt in die Tageszeitung des Hauptsitzes des Versicherungsunternehmens, welches das Bild versichert hat, eine Annonce zur Kunstentführung.

Zuvor muss man natürlich wissen, bei wem das Bild versichert wurde – deponiert das Bild an einem anonymen Ort, verhandelt das Lösegeld über Zeitungsannoncen oder das Internet, kassiert das Lösegeld, gibt den Standort des Bildes bekannt, fertig. Hört sich recht einfach an, aber zugegeben, das funktioniert nicht immer. Zumal sich die Polizei in Zusammenarbeit mit den Versicherungsgesellschaften zunehmend darum bemühen, die Verbrechensprävention voranzutreiben. Dies stellt sich allerdings als ein schwieriges Unterfangen dar.

Es gilt, eine Reihe von ungeklärten Fragen zu beantworten, wie etwa:

Wer kommt für die Kosten auf, die mit den notwendigen Entwicklungen zur Verbesserung und Einführung von Standards bei Verpackung, Lagerung, Zustellung und Transport entstehen?

Wer ist zuständig und verbessert die Sicherheit in Museen, bei Wechselausstellungen und dem Kunsthandel dauerhaft?

Wer verlangt und legt Sicherheitsstandards zur Verbesserung von Kunstschäden fest?

Werden diese in Gesetzen manifestiert?

Dies sind nur einige der ungeklärten Fragen, mit denen die Organe der Sicherheit und die Versicherungsgesellschaften momentan zu kämpfen haben. Die Hauptfrage stellt sich jedoch immer wieder:

Wann wird die Versicherung eines Kunstobjektes eigentlich zu risikoträchtig?

Wenn immer mehr Kunst entführt wird und immer höhere Schadensquoten an der Tagesordnung stehen, werden folgerichtig die Prämien steigen müssen, dann wird Kunst vielleicht gar nicht mehr versicherbar?

„Hier ist die Milch und der Zucker, hat etwas gedauert, die Kuh war leer", reißt Müller sie aus ihren Gedanken.

Der Kaffee ist inzwischen nur noch lauwarm, sie nippt höflichkeitshalber daran.

„Ich fliege morgen zurück in die Staaten und werde Sie von der weiteren Entwicklung in Kenntnis setzen, vielleicht nimmt doch alles noch ein gutes Ende", führt sie aus.

Sie bedankt sich für den Kaffee und verlässt Müller, der Termin hat nichts Neues gebracht. Sie traut ihm sowieso nicht allzu viel zu.

Die auswendig gelernt scheinenden Daten waren für sie nicht wirklich neu, zudem sie bereits die ihr wichtig erscheinenden Informationen aus dem Internet recherchiert hatte.

Egal, wer weiß, wofür dieser Kontakt noch mal gut sein kann.

Sie begibt sich zurück ins Hotel und nutzt die verbleibende Zeit im Hotelzimmer, um ein „Big picture", ein großes Bild von dem Fall zu erstellen.

In die Mitte ihres DIN-A4-Zettels schreibt sie **Kunstentführung** und **Kunstraub**.

Unter Kunstentführung wird *Cézanne/aktueller Fall* platziert. Die Fälle von Kunstraub, die sie im Internet recherchiert hat, schreibt sie in der Reihenfolge des Tatzeitpunktes und der Jahreszahl nur unter Nennung des Künstlers darunter.

Eine ansehnliche Liste entsteht, die natürlich keinen Anspruch auf Vollständigkeit erhebt. Sie braucht einen neuen Zettel, denn sie möchte sich klar darüber werden, welche berühmten Bilder in den letzten Jahren geraubt und welche entführt wurden, vielleicht erkennt sie ein Muster.

Oben links schreibt sie **Transport** und darunter *Cézanne/Firma IMEX*. Bei den anderen Fällen ist ihr der Transportweg nur teilweise bekannt und sie schreibt ihn dazu.

Weiter geht es oben rechts.

Dort entsteht die Rubrik **versichert/nicht versichert/wenn ja, bei wem versichert**.

Langsam werden die Zettel zu klein und sie muss den dritten Zettel anfangen.

Auf diesen schreibt sie **anwaltlich vertreten durch** und **Besitzer** und **betroffenes Museum**.

Das sind bereits sieben Oberpunkte, bei genauerem Hinsehen fehlt das **Land, Polizeieinsatz, Privatdetektiv** und bestimmt noch mehr, was ihr im Moment nicht einfällt.

Sie beschließt, zu Hause eine Liste anzufertigen, bei der sie die einzelnen Kriterien zusammenstellt und mit den Daten aus dem

Internet füllen wird. Da wird sehr viel Recherche nötig sein, doch wenn sie ein Muster erkennt, dann führt es sie vielleicht zum Täter. Ihre Idee erregt sie sehr.

Es ist immer wieder eine große Bestätigung für sie, wenn sie feststellt, wie einfallsreich sie selbst ist und wie einfach die besten Ideen sind – man muss sie nur haben, und Myriell hat sie.

Kapitel 22

Flug

Der Rückflug ist recht kurzweilig, aufgrund der langen Zeitverschiebung wird Myriell noch am Nachmittag in Miami landen.

Sie hat sich einige Informationen aus dem Internet besorgt und sich zwei Stunden des Fluges damit beschäftigt, die Excel-Datei zu füllen, um sich etwas Klarheit über die Kunstentführungen der letzten Jahre zu verschaffen. Ihr fehlen noch Daten, die wird sie herausbekommen, wenn sie zurück in Miami ist.

Victor wird sich noch wundern, sie wird ihm nichts erzählen, bis sie sich sicher ist.

Wenn er geglaubt hat, sie würde nur an der Oberfläche kratzen, dann hat er sich getäuscht.

Sie hat sich in den Kopf gesetzt, die Entführung aufzuklären, das ist eigentlich Polizeiarbeit, doch dieser Müller scheint ihr inkompetent zu sein. So hat sie sich ganz fest vorgenommen, Licht ins Dunkel zu bringen und sich die Lorbeeren zu verdienen.

Sie hat in der ersten Reihe gesessen und von den übrigen Fluggästen nicht viel mitbekommen, den Rest des Fluges gegessen und einen Film mit Arnold Schwarzenegger angesehen.

Der Platz neben ihr ist glücklicherweise frei gewesen, denn irgendeine Konversation, vielleicht noch mit einem unsympathischen Nebenmann, hätte sie während des Fluges nicht ertragen.

Die Maschine landet pünktlich, doch die Einreise dauert länger als gewohnt, da die Kontrollen seit den verschiedenen Anschlägen und Terror extrem verschärft wurden.

Sie ist jetzt noch entsetzt über die Anschläge und kann kaum länger darüber nachdenken, ohne dass ihr die Tränen in die Augen schießen und sich eine ungeheure Trauer und Wut in ihr breit machen.

Bloß jetzt nicht gedanklich bei dem Thema verweilen, Tränen sind jetzt das Letzte, was sie gebrauchen kann.

Myriell nutzt die Wartezeit vor dem Schalter, um Thomas kurz anzurufen, denn er wird sie abholen und die Erwartung auf das Wiedersehen lässt ihre Laune steigen. Bei ihr klappt die Einreise ohne große Wartezeiten. Da sie eine Greencard hat, ist es unkomplizierter als bei den Touristen. Nach einer halben Stunde steht sie vor dem Kofferband, greift sich den anrollenden Koffer und geht zum Ausgang. Die Halle steht voller eng gedrängter Menschen, deren Erwartung auf die Abzuholenden in den Gesichtern zu lesen ist. Sie geht Ausschau haltend durch die Menge, doch entdeckt ihren Thomas nicht.

Es dauert einige Zeit, da sieht sie ihn etwas im Hintergrund warten. Menschenmengen waren noch nie sein Ding. Er erkennt Myriell sofort und geht auf sie zu. Sie lässt ihren Koffer fallen und umarmt ihren geliebten Mann.

Sie ist sehr glücklich, er ist umwerfend schön und in seinen lockeren Bermudas und dem weißen Leinenhemd, groß, braungebrannt, sehr männlich, fühlt sie sich stark zu ihm hingezogen, der Magnetismus greift wieder.

„Hi, Baby, wie geht es dir denn?", fragt er schüchtern. „War es schlimm?", fragt er weiter.

„Nein, schlimm ist nicht das richtige Wort, es war wenig aussagekräftig, der Kripobeamte ist eine Null, der recherchiert nicht mal richtig, eine Aufklärung des Falles scheint ihn nicht wirklich zu interessieren." Während sie Richtung Ausgang gehen, erzählt Myriell Thomas den Ablauf der letzten Tage in groben Zügen.

Aus den Augenwinkeln entdeckt sie ein Werbeplakat mit der Aufschrift „IMEX – We transport you around the world". Sie zögert und fragt Thomas:

„Kennst du die Transportfirma IMEX?"

„IMEX, ja klar, das ist der Laden von Sven, Sven Stevenson, warum fragst du?", entgegnet er.

„Weil der gestohlene Cézanne von IMEX transportiert und auf dem Transport gestohlen wurde, welch ein Zufall", denkt sie laut.

Sie gehen weiter Richtung Parkgarage, es sind nur ein paar Schritte und der warme Wind lässt Myriell auf andere Gedanken kommen, es ist tropisch warm. Sie hat ihren Ehemann an ihrer Seite, es ist Wochenende und sie freut sich auf den Pool und ein wenig Ruhe und Entspannung.

Trotzdem bekommt sie die eben erhaltene Information nicht aus dem Kopf.

Warum werden Kunstgegenstände in Europa mit einem amerikanischen Unternehmen transportiert?

Kapitel 23

Kontaktaufnahme, Cézanne

Myriell hat ein wundervoll entspanntes Wochenende mit Thomas verbracht. Den Sonntag haben sie wie Turteltauben bei strahlendem Sonnenschein am Pool gelegen und sich gesonnt und ab und zu durch einen Sprung in den erfrischenden Pool abgekühlt. Am Abend wurde der Tag durch ein romantisches Barbecue beendet und Myriell ist immer noch von dieser harmonischen Stimmung gefangen.

Ein weiterer Effekt des Pooltages war, dass ihre Sonnenbräune ordentlich aufgefrischt wurde und sie so aussieht, als ob sie frisch aus dem Urlaub und nicht wie von einer anstrengenden Arbeitsreise aus Europa käme.

Kaum im Büro angekommen wird sie auch schon von Victor abgefangen.

„Du siehst bezaubernd aus", er küsst sie rechts und links auf die Wangen.

„Danke, Victor, und guten Morgen", entgegnet sie freundlich.

„Was war los in Berlin?", fragt er sehr gespannt. Sie beginnt ihm von den Terminen mit Müller und Dom der Reihe nach zu berichten.

Von beiden hält sie nicht sehr viel und das bringt sie auch ganz unverblümt zum Ausdruck, doch irgendetwas hält sie zurück, vielleicht ihr sechster Sinn oder ihr Gespür, denn von ihren Überlegungen erzählt sie Victor nichts, ebenso wenig erwähnt sie die Firma IMEX ihm gegenüber.

„Hier ist dein Kontakt zu den Entführern", Victor hält ihr stolz die Annonce aus dem Miami Herald der letzten Woche vor die Nase.

C, Le Cabanon de Jourdan,
250 000, cn rain, sa

„Was bedeutet ‚cn rain‘?“, fragt Myriell etwas irritiert.

„Das heißt ‚Codename rain‘, da sieht man mal, wie wenig Erfahrung du in diesem Bereich hast. Die Kontaktaufnahmen laufen mit einfachen Codes ab. Du musst ebenfalls in Codes antworten, sonst wird niemand reagieren“, erwidert Victor allwissend und spielt seine Überlegenheit mit einem arroganten Unterton aus.

Wie widerlich er doch sein kann, es ist doch klar, dass sie sich in Gangsterkreisen und deren Sprache nicht auskennen kann. Er kann die Spitzen nicht lassen.

Sie ist verärgert, lässt sich das allerdings nicht anmerken.

Sie ist gut erholt und ignoriert seinen Zynismus, fährt entspannt im Gespräch fort, als ob er die Bemerkung gar nicht fallen gelassen hätte.

„Was bedeutet der Text dann genau?“, hakt sie nach.

„Es bedeutet in etwa: Wir haben den Cézanne entführt, das Lösegeld beträgt 250 000 Dollar, wer ihn haben will (die Versicherung?) soll sich unter dem Codenamen im Miami Herald in der nächsten Samstagsausgabe melden, comprende?“, führt er süffisant aus.

„Welchen Antworttext schlägst du vor?“, fragt sie präzise.

„Ich habe mir natürlich einen Vorschlag überlegt“, entgegnet er überlegen und schwenkt mit einem Stück bedrucktem Papier wie mit einer Fahne umher und legt es schließlich ganz sanft mit einem Siegerlächeln vor ihr nieder.

rain, 250 ok, MS, 249,
0604, d

„Was bedeutet das nun wieder?“, fragt Myriell erneut etwas verwirrt.

„Zunächst identifizieren wir uns mit dem Codenamen ‚rain‘, dann nennen wir die Summe 250 000 Dollar, und dass diese gezahlt wird, bestätigen wir durch ‚ok‘, der Ort der Deponierung ist die Main Station, Schließfach 249. Am sechsten April soll der Deal laufen! Ist doch ganz einfach."

„Das verstehen die Entführer?", fragt sie ungläubig.

„Da kannst du ganz sicher sein, das haben wir schon etliche Male durchexerziert. Diese Kürzel sprechen sich in den einschlägigen Kreisen schnell rum."

„Du hast die Erfahrung, das ist mein erster Fall, wenn das vorher bereits geklappt hat, dann ist die Wahrscheinlichkeit groß, dass es erneut gelingen wird, das Bild unbeschadet zurück zu erhalten. Ich stimme dir zu, lass es uns so machen", denkt sie laut.

Das hätte sie besser nicht getan, denn Victor ist jetzt sehr ungehalten.

Wie kann sie nur denken, dass, wenn sie das Vorgehen anders gewünscht hätte, anders vorgegangen worden wäre?

Er ist der Chef und sagt, wo es lang geht, denn sie hat ja nicht mal einen anderen Vorschlag.

Er wird sie jetzt in ihre Schranken weisen, dafür bestrafen und entgegnet mit einem zynischen Unterton: „Wie kommst du eigentlich auf die Idee, zu glauben, es könnte anders gehen? Du weißt nicht mal, wie man an die wesentlichen Informationen kommt. Wenn wir die Annonce nicht aufgetan hätten, dann würden wir bis zum Sankt-Nimmerleins-Tag warten und das Bild würde verfaulen."

„Das habe ich nicht gesagt", ihr steigen Tränen in die Augen.

Er genießt den Anblick der weinenden Schönen. Das wollte er sehen, schade, dass er dieses Bild nicht länger festhalten kann.

Er lässt sie weinen und revidiert keines seiner Worte, da er ihr Dilemma auskosten will.

Er kann Menschen verzweifeln lassen.

Er bestimmt, ob andere Menschen würdig sind, Erfolge zu haben.

Er bestimmt, wie die Erfolge anderer Menschen aussehen, und Myriell ist seine Marionette, das muss sie begreifen!

Er führt die Menschen und sie müssen tun, was er verlangt.

Ein altes chinesisches Sprichwort sagt: „Wenn Du Menschen führen willst, musst Du hinter ihnen her gehen."

Er wird seinen Hochmut zu gegebener Zeit bezahlen müssen, denn Menschen bestimmen ihre Führer selbst.

Kapitel 24

Cézanne

Alles hat genau so geklappt, wie Victor gesagt hat. Die Annonce mit dem Inhalt:

rain, 250 Ok, MS, 249, 0604, d
(250 000 Dollar werden gezahlt, Main Station, Schließfach 249, 06.04.2002, deal)

wurde in die Samstagsausgabe des Miami Herald unter der Kategorie „Arts & Antiques" gesetzt.

Die Antwort kam prompt eine Woche später,

rain, ok, s 6634

– mit Angabe eines Postfaches *(send 6634)*, zu dem der Schließfachschlüssel geschickt werden soll, nachdem das Bild im Postfach deponiert ist. Nun heißt es warten, es ist bereits Montag und bislang ist nichts passiert. Myriell hat Müller in Berlin über die weitere Vorgehensweise detailliert informiert. Er war recht dankbar darüber, doch unternommen hat er nichts weiter.

Sie denkt: *Man kann halt mit einem Teichfrosch nicht über den Ozean reden.*

Weder Victor in Funktion als Rechtsbeistand noch Thomas in Funktion als Versicherungsvertreter und Mandant haben irgendetwas unternommen, um die Entführer dingfest zu machen und dies damit begründet, dass sie die Rückführung des Bildes nicht gefährden möchten.

Myriell fragt sich mittlerweile ernsthaft, ob die Versicherung, die Polizei oder ihre Anwaltskanzlei an einer Aufklärung interessiert sind. Sie hat vielmehr den Eindruck, dass der Fokus darauf liegt, lediglich das Bild zurück zu bekommen und nicht darauf, das Verbrechen aufzuklären – darüber ist sie, gelinde gesagt, ungehalten. Dazu kommt noch, dass sie persönlich sehr wohl daran interessiert ist, das Verbrechen aufzuklären. Doch jeder Schritt, den sie in diese Richtung unternimmt, wird von allen Beteiligten abgeblockt.

Ja, sie fühlt sich in dieser Sache blockiert und alleine, ohne jegliche Unterstützung, und so hat sie für sich entschieden, zunächst weiter im Stillen zu recherchieren. Sie erzählt dies keinem der Beteiligten, nicht einmal Thomas – ihrem eigenen Mann sagt sie nichts, denn der ist ebenfalls als Vertreter der Versicherung involviert.

Das Telefon reißt sie aus ihren Gedanken. Die Empfangsdame meldet die Abgabe eines kleinen Schlüssels durch einen kleinen Jungen.

Sie stürzt aus ihrem Büro, läuft den Gang entlang und landet schnaufend im Empfang.

„Wo ist der Junge?", ruft sie der adretten, diesmal im 50er-Jahre-Look gestylten Nancy zu.

„Er ist mit dem Aufzug wieder runtergefahren und er war ganz schmutzig", haucht Nancy gelangweilt.

Myriell versucht den Jungen zu finden, springt in den Aufzug, doch als sie unten angekommen ist, ist nichts mehr von einem kleinen Jungen zu sehen.

„Wie sah der Junge denn nun genau aus?", will sie von Nancy wissen.

„Ein kleiner, schmutziger Junge, etwa so groß", zeigt Nancy mit der Hand gegen ihre Hüfte. Mehr kann sie nicht beschreiben. Das ist für Myriell nicht besonders hilfreich, zumal sie vermutet, dass der Junge eh nur für ein paar Dollar für die Abgabe des Schlüssels gekauft wurde.

Es ist der Schließfachschlüssel, der seinen Weg zu ihr gefunden hat.

Kapitel 25

Berlin, BKA, Westenfeld

BKA-Mitarbeiter Herbert Westenfeld ist nicht gerade das, was man einen der erfahrensten Ermittler nennt, denn er hat erst vor einem Jahr die Berufsausbildung erfolgreich absolviert. Sein Schwerpunkt lag auf dem Fachbereich Kriminalwissenschaften, wo er vor allem mit skurrilen Erscheinungsformen kriminellen Handelns und den phänomenologischen Aspekten kriminaltaktischer Ermittlungsansätze vertraut gemacht worden ist. Ihn fasziniert diese Arbeit, und er ist der festen Überzeugung, sein erworbenes theoretisches Wissen auch in die Praxis umzusetzen. Zugegeben, in seinem ersten Jahr an der Front ist ihm das nur mehr oder weniger gut gelungen, denn die Realität sieht doch häufig anders aus als die Theorie. Doch wie heißt es so schön: Die Hoffnung stirbt zuletzt und Herbert Westenfeld hat begriffen, dass Lehrjahre keine Herrenjahre sind.

Sein Chef hat ihn mal wieder richtig zur Minna gemacht und das nur, weil ihm sein Äußeres nicht gefällt. Seine Haare sind ihm zu lang, der Undercut an der rechten Seite und sein Dreitagebart liefern dann den Tropfen auf den heißen Stein, der das Fass sprichwörtlich zum Überlaufen gebracht hat.

Nach einer lautstarken Schimpfkanonade, die er über sich ergehen lassen hat, war der Termin beim Friseur selbstredend. Als ob Äußerlichkeiten etwas über die Qualität seiner Arbeit aussagen würden. Das BKA ist eben auch sehr auf die Imagepflege bedacht.

Jetzt sitzt er mit kurz geschnittenem blonden Haar – er hat etwas übertrieben und nun nur noch 1,5 Zentimeter davon auf dem Kopf – etwas angeschlagen in Müllers Büro in Berlin und wartet auf einen Kaffee. Er fühlt sich nicht gut, genau genommen ist ihm sogar etwas flau im Magen, denn der gestrige Abend war lang und das letzte Bier wohl schlecht. So wartet er, trotz seiner stolzen 1,96 Meter Größe, in sich zusammengesunken auf das, was der Tag so bringen mag und hofft auf einen sehr starken Kaffee.

Wenn das mit den Besuchen so weiter geht, dann muss Müller sich doch einmal einen neuen Kaffeetassen-Satz besorgen, denn mit den angeschlagenen Kaffeebechern macht er keine gute Figur, die Sucherei nach vorzeigbaren Tassen geht ihm ebenfalls auf die Nerven.

„So, Herr Westenfeld, da ist der Kaffee", vorsorglich hat Müller sich Trockenmilch und Zucker bereits besorgt und in einer Schreibtischschublade gebunkert. Westenfeld trinkt seinen Kaffee schwarz.

„Was kann ich für Sie tun?", erkundigt er sich interessiert, wohl wissend, dass es um die letzte Kunstentführung und die Begegnung mit Myriell geht.

„Die Entführung des Cézannes und dessen glückliche Rückführung haben mein außerordentliches Interesse geweckt", erwidert er gelassen.

„Ja, da war diese tolle Frau, Myriell Parker, bei mir. Sie ist von der Versicherung angeheuert worden, um das Bild wiederzuholen und hier zu verhandeln – einmal locker formuliert – und sie hat es hingekriegt, das Bild ist seit Montag wieder da." Müller erzählt den gesamten Vorgang.

„Mrs. Parker machte auf mich einen sehr engagierten Eindruck, sie wollte gleich meinen Job übernehmen."

„Was hatten Sie denn von ihrer Persönlichkeit für einen Eindruck, ist sie moralisch gefestigt? Kann man mit ihr zusammenarbeiten?", will Westenfeld wissen.

Er redet so, wie er sich das Gehabe eines ganz großen Agenten vorstellt. Diese Rolle macht ihm sichtlich Spaß, obwohl er privat nie so reden würde. Es wirkt völlig künstlich, doch Westenfeld findet es interessant.

Müller ist die Blasiertheit von Westenfeld zwar aufgefallen – er redet wie James Bond in seinen schlechtesten Tagen –, doch das ist Müller egal, er will im Grunde genommen nur wieder seine Ruhe haben.

„Ja, klar kann man das, sie ist super-intelligent", antwortet Müller brav.

„Sie verstehen nicht richtig, wir könnten Frau Parker gebrauchen, um mit der Polizei und dem FBI zusammen zu arbeiten, wir brauchen dringend einen Maulwurf", gibt er ohne Umschweife preis, denn er braucht Müller für den Kontakt zu Myriell.

„Wie soll das laufen?", erkundigt sich Müller interessiert.

„Zu gegebener Zeit werden Sie ihr ein Angebot machen, das Frau Parker nicht ablehnen wird. Zu gegebener Zeit werden Sie mehr erfahren." Herbert Westenfeld verabschiedet sich mit einem verheißungsvollen Blick, mit diesen großen Worten, und lässt einen zugegeben etwas verwirrten Müller mit der Anweisung zurück, über das eben verabredete Stillschweigen zu bewahren.

Der Fall wird interessanter, als Müller jemals zu hoffen gewagt hatte, und nun fühlt es sich auch ein bisschen wichtig an.

Kapitel 26

Lyon, Interpol, Still

Der junge Mann bedient nicht das Bild, das man sich im Allgemeinen vom Äußeren eines Interpol-Mitarbeiters macht. Mit seinen 34 Jahren, dem kleinen Wuchs von gerade mal 1,68 Metern, seinem ansprechenden Äußeren, das allerdings durch einige Unreinheiten seiner Haut etwas getrübt wird, vermittelt er den Eindruck eines gepflegten Jugendlichen. Er trägt eine sportliche, dunkle Jeans, eine Windjacke von Versace und Prada-Schuhe. Insgesamt betrachtet hat er ein modisches Erscheinungsbild, welches noch durch seine kurze, in Form geschnittene Frisur unterstrichen wird. Getoppt wird das Bild durch eindrucksvolle, mit dunklen Wimpern umrahmte bernsteinfarbene Augen, die eigentlich nicht in das kleine Jungengesicht passen und ungeheuer anziehend wirken. Ja, mit diesen Augen wird er tatsächlich auf eine subtile Weise zum Frauentyp. Doch der äußere Schein trügt, wie so oft im Leben, denn er ist weder ein Frauentyp noch ein Junge.

Still hat seine Ausbildung bei Interpol, kurz ICPO (**Inter**national Criminal **Pol**ice Organization) mit Bestnote abgelegt, zusätzlich ist er promovierter Kunsthistoriker und kennt sich bestens in den Seelenfurchen der Kunsträuber aus.

Ebenso sind seine sportlichen Leistungen bemerkenswert, in Karate ist er Träger des schwarzen Gürtels.

Nach seiner Ausbildung ist er gleich in die Spezialisierung gegangen, sodass er mittlerweile in den Interpol-Kreisen als unumstrittener Experte für Kunstentführung und Kunstraub gilt.

Er arbeitet eng mit dem Art-Loss-Register (ALR) zusammen, einer britischen Kunst-Detektei, die die größte Datenbank für gestohlene Kunstwerke besitzt. Somit ist er bestens über alle Bewegungen in der Kunstraubszene informiert. Er und sein Team haben weltweite intime Kontakte zum schwarzen Kunstmarkt aufgebaut.

Still selbst hat seinen festen Arbeitsplatz in Lyon, dem Sitz von Interpol. Interpol hat derzeit 190 Mitgliedsstaaten, ist die zweitgrößte internationale Organisation nach der UN und rechtlich ein Verein.

Hauptaufgabe ist die umfassende Unterstützung aller kriminalpolizeilicher Behörden und anderer Einrichtungen, die zur Verhütung und Bekämpfung von Verbrechen beitragen.

Die wichtigste Funktion von Interpol ist die Gewährleistung und Zurverfügungstellung eines globalen Kommunikationssystems, die Bereitstellung von Datenbanken für die Informationsverarbeitung, die Benachrichtigung der Mitgliedsstaaten über gesuchte Personen und die Koordination gegenseitiger Unterstützungsmaßnahmen.

Im Zeitalter der internationalen Vernetzung gewinnt Interpol als Sammelstelle von Daten immer mehr an Bedeutung. Unter der Bezeichnung „ASF" (Automated Search Facility) gibt es Datenbanken für gestohlene Fahrzeuge und Ausweise. Eine weitere Datenbank für DNA-Profile, die von Tatortspuren oder Mundhöhlenabstrichen Verdächtiger stammen, ist zurzeit im Aufbau.

Im Gegensatz zu vielen Darstellungen in Romanen gibt es keine Interpol-Agenten, die Verbrechen bis in fremde Länder verfolgen und selbstständig ermitteln. Interpol verfügt über keine eigenen Fahnder, sondern koordiniert die Zusammenarbeit internationaler Ermittler.

In Deutschland hält das Bundeskriminalamt in Wiesbaden die Verbindung zu Interpol.

Auch die Beschaffung von Daten zum Thema Kunstraub und Kunstentführung ist über alle Grenzen hinweg organisiert und ein großes Thema bei Interpol.

Benjamin Still sitzt in seinem Lyoner Büro und nimmt den Hörer seines Telefons erst nach dem sechsten Klingeln ab. Das hat er sich so angewöhnt, sein Unterbewusstsein zählt mit. Nicht, dass es Methode wäre, doch er findet, dass er sich so die unwichtigen Telefonate vom Leib hält, denn die Ungeduldigen legen schon nach dem vierten Klingeln auf und diese Telefonate kann er sich so ersparen. Herr Westenfeld übermittelt ihm kurz und präzise die Daten der letzten Kunstentführung und Still wird ein Profil anlegen, er arbeitet wie ein Profiler.

Ein Profiler erstellt Täterprofile. Diese Tätigkeit bezeichnet man auch als operative Fallanalyse. Dabei wird ein charakteristisches Erscheinungs- und Persönlichkeitsbild der unbekannten Straftäter anhand von Indizien, Spuren am Tatort und den Umständen der Straftat entwickelt.

Still stellt seine Täterprofile anhand von den zur Verfügung stehenden Daten zusammen. Zudem sucht er nach ähnlich gelagerten Fällen, denn häufig wird Kunstentführung bei Erfolg zur Serie, die Täter rauben dann im großen Stil.

Still ist verdammt gut. Mit seiner Hilfe ist schon so mancher aussichtslose Fall aufgeklärt worden. Vor allem dann, wenn die Taten über mehrere Länder organisiert werden, ist eine übergeordnete Zusammenführung der Daten unabdingbar, um die Ausmaße der Tat in Gänze erkennen und in Zusammenhang bringen zu können. Gerade die grenzübergreifende Ermittlung gestaltet sich immer wieder äußerst schwierig und ist oft ein Erfolgsfaktor für die Täter.

Die internationale Aufklärung ist angekurbelt und zudem ist Still extrem ehrgeizig, nicht unbedingt um seiner selbst willen, er nimmt die Aufklärung schwieriger Fälle als eine Art sportliche Herausforderung der Kunstobjekte willen auf, denn er liebt die Kunst. Es ist ihm zuwider, wunderbare Kunstobjekte in den Händen ignoranter Räuber zu sehen. Still hat bereits Blut geleckt und das bedeutet für die Kunsträuber nichts Gutes. Er wird den Fall aufklären, das ist so sicher wie das Amen in der Kirche.

Kapitel 27

Zweiter Fall

Es ist elf Uhr und Myriell sitzt bereits bei Victor Terry im Büro und wartet auf ihn.

In der Hand hält sie den Cézanne „Le Cabanon de Jourdan", den sie bereits am Montag aus dem Schließfach befreit hat und der bis zu diesem Termin im Kanzleisafe deponiert war.

Victors Terminkalender war fast die ganze Woche ausgebucht und so ist es ihr erst heute möglich, die Früchte ihres Erfolges zu präsentieren. Ihr Mann Thomas, in seiner Funktion als Versicherungsvertreter, hat kein Problem damit, denn die Rückführung des Bildes wollte er sowieso der Kanzlei überlassen. Die Lösegeldzahlung wurde von ihm bereits in der letzten Woche realisiert, damit das Geld auch passend zum Übergabezeitpunkt vorhanden war.

Myriell schwebt – durch den Erfolg beflügelt – auf einer großen Wolke der Genugtuung und will sich auch nicht durch einen vermeintlich bösartigen Victor aus der Ruhe bringen lassen. Sie ist erfolgreich gewesen und den Beweis, das zurück gewonnene Bild, hält sie in ihren Händen – wie wunderbar! Diesen Erfolg muss er anerkennen. Sie hat Recht, denn er ist schwer zu durchschauen, gestern noch bösartig, so ist er heute zuckersüß, je nach Lust und Laune.

Mit einem breiten Lächeln begrüßt er seine Prinzessin.

„Myriell, meine Liebe, ich bin begeistert, wie erfolgreich du doch bist, ich bin sehr stolz auf dich", sagt er und nimmt sie liebevoll in die Arme.

„Lass dich umarmen und küssen", sie lässt sich flüchtig küssen und entzieht sich sofort ungeschickt seiner Umarmung, indem sie das verpackte Bild zwischen sich und Victor schiebt.

„Das Objekt der Begierde, hier ist es, unversehrt zurück." Sie nimmt das Bild, legt es auf den Tisch und beginnt damit, die Verpackung zu entfernen.

Ein spannender Moment – und dann kommt das Original zum Vorschein.

Zugegeben, das Original beeindruckt sie weit weniger, als sie vermutet hätte, es sieht sogar etwas bemitleidenswert in der einfachen Papierverpackung aus, und auf dem Tisch liegend kann es seinen Reiz nicht wirklich entfalten.

Victor sucht ihre Nähe und stellt sich direkt neben sie. Er hat einen kleinen Umschlag in der Hand, den er ihr mit den salbungsvollen Worten überreicht: „Erfolg trägt Früchte in unserer Kanzlei, und die Früchte teile ich mit dir." Sie ist überrascht und sieht in den Umschlag, indem sich ein Gutschein von Cartier in den Bel Harbour Shops in Miami Beach befindet. Das Summenfeld ist nicht ausgefüllt.

„Myriell, ich möchte dich gleich zum Essen einladen und dann ein schönes Schmuckstück bei Cartier aussuchen, denn wie du weißt, liebe ich Diamanten an schönen Frauen und einen Diamanten hast du dir wirklich verdient."

Damit hat sie nicht gerechnet und ist zunehmend gerührt, nimmt jetzt Victor in den Arm, küsst ihn auf die Wange und antwortet: „Danke, das wäre aber nicht nötig gewesen!" Sie freut sich, dass ihre Arbeit die Früchte trägt, die sie so liebt: Diamanten.

Gesagt, getan: Sie lassen sich von Victors Fahrer zu den Bel Harbour Shops bringen, einer eleganten Shopping Mall in Miami Beach, ziemlich weit raus, die Collins Ave hoch und dann in der 96. Straße.

Sie brauchen einige Zeit und so unterhalten sie sich noch eine Weile.

Victor hat sich auf die Rückbank neben sie gesetzt und redet ununterbrochen von ihrem Erfolg und seinem Stolz auf sie. Dann beginnt er zur Krönung der Unterhaltung von weiteren

Fällen zu reden. Gerade heute Morgen hat Thomas ihn erneut angerufen, weil er einen neuen Kunstraub auf den Tisch bekommen hat.

„Ein Leonardo da Vinci-Gemälde wurde aus einer schottischen Burg gestohlen. Thomas schickt mir morgen die Akte und du wirst sie bekommen. Ich möchte, dass du dich auf Kunstraub spezialisierst, meine liebe Myriell. Ich habe dich eingehend getestet, und du hast die Prüfungen mit Bravour bestanden. Willkommen in der Familie", sagt er, beugt sich zu ihr vor und küsst sie zärtlich auf die Wange.

Das ist zu viel des Lobes für sie. Sollte er doch kein Schwein sein und die ganzen Demütigungen waren lediglich inszeniert, um sie zu testen? So ganz kann sie das nicht glauben, es ist ihr auch letztlich ganz egal, sie soll einen neuen Fall bekommen.

Diese Tatsache interessiert sie mehr als die eben gestellte Frage und so erwidert sie:

„Ich danke dir für das entgegengebrachte Vertrauen und den neuen Fall, weißt du schon Einzelheiten?"

„Nein, nein, die Akte kommt erst morgen, ich weiß noch nichts Genaues. Lass uns jetzt erst mal schön essen gehen und dann ein Schmuckstück für dich kaufen, Liebes", schon wieder etwas genervt bringt er ihr Hinterfragen zum Schweigen.

Sie möchte die gute Stimmung nicht vermiesen und lässt das Thema, denn sie freut sich auf eine entspannte Stunde mit ihrem heute freundlichen und liebevollen Chef, da möchte sie nicht riskieren, dass die Stimmung kippt, denn ihr Erfolg muss gebührend gefeiert werden.

Ein kleines italienisches Gourmetrestaurant ist zunächst das Ziel. Sie speisen herrlich mit Vor-, Haupt-, und Nachspeise. Die Stimmung ist gelöst, die Flasche Chianti tut das ihre dazu, um diesen Zustand noch zu unterstreichen.

Victor hält andächtig ihre Hand und streichelt sie sanft, macht ihr viele Komplimente, kocht sie weich, wie er es so schön nennt, doch für seinen Generalangriff ist es noch zu früh.

Er denkt, dass er sie zu gegebener Zeit richtig anmachen wird, da ist er sich ganz sicher. Sie wird sich seinem Charme nicht entziehen können, da ist er sich in seiner selbstherrlichen Art ebenfalls ganz sicher, denn für sein Empfinden gehören Menschen seines und Myriells Schlages zusammen, seine Zeit wird kommen und sie wird sich mit Freude in seine Arme stürzen.

Wie Unrecht er mit dieser Annahme hat, wird er erst sehr spät bemerken.

Nach dem schönen Essen fahren sie weiter zu Cartier. Victor hat nicht zu viel versprochen und fragt sie nach ihrem Schmuckwunsch.

„Ohrringe wären schön."

Bereits nach kurzer Zeit lässt er eine Batterie von Kreolen auffahren.

Sie wählt ein sehr schönes kleines Paar Kreolen mit jeweils einem funkelnden Stein aus. Die sehen schon sehr schön aus, doch da sticht ihr ein Weißgoldpaar mit einem rosa funkelnden Stein ins Auge.

Da Victor ein sehr aufmerksamer Beobachter ist, hat er ihr Interesse sofort bemerkt und greift zielgenau nach dem aufwendig gearbeiteten Paar.

„Wow, die sind wirklich schön, probiere die rosa funkelnden einmal aus", sagt Victor, nimmt das Paar, das sie auch grade entdeckt hat, und reicht es ihr.

Die Ohrringe sind wie für sie gemacht und heben ihre Schönheit hervor, meint Victor.

„Die sollen es sein. Bitte packen Sie die Ohrringe für uns ein", ohne den Preis zu erfragen, erteilt Victor die Anweisung und ohne mit der Wimper zu zucken bezahlt er die fast 8 000 Dollar und lässt Myriell den Preis mitbekommen, indem er nebenbei bemerkt:

„Ganz schön viel Geld, 8 000 Dollar für ein so kleines Schmuckstück."

Sie ist beeindruckt, damit hat sie nicht gerechnet und zieht ihn zur Seite.

„Kann ich dich mal kurz sprechen?", flüstert sie in sein Ohr.

„Nein, später", antwortet er bestimmt.

Er packt die Ohrringe ein und verlässt mit ihr das Juweliergeschäft. Der Wagen wartet bereits vor der Mall und die beiden steigen ein.

„Das kann ich unmöglich annehmen, Victor", beginnt sie.

„Keine Widerrede!", herrscht er sie an, öffnet das Päckchen und packt die Ohrringe aus.

„Sie sind für dich gemacht und ich möchte, dass du sie trägst", sagt er und versucht ihr ungeschickt die Ohrringe anzustecken.

Soviel Wertschätzung hat sie in ihrem Leben für geleistete Arbeit noch nie erfahren und ist so sehr gerührt, dass ihr die Tränen in die Augen steigen.

Victor nestelt weiter an ihrem Ohr herum und atmet dabei ihren warmen, wohlriechenden leicht parfümierten Geruch ein, der ihn dann zu weiteren Aktivitäten inspiriert, doch er lässt die körperlichen Annäherungen und setzt lieber verbal noch einen drauf.

„Du und deine Arbeit sind mir sehr wichtig und die Ohrringe unterstrcichen diese Tatsache, sie sind ein Zeichen meiner Wertschätzung. Halte sie in Ehren und trage sie oft!"

Was für ein edler Mann!

Hätte sie nicht vorher schon mehrfach einen Einblick in seine vermeintlich anderen Seiten erhalten, sie wäre dahingeschmolzen. So bedankt sie sich noch mal ganz herzlich und sie fahren zurück in die Kanzlei.

Die neue Akte trifft, wie bereits vorhergesagt, am nächsten Morgen in Myriells Zimmer ein und liegt bereits auf dem Tisch, als sie gegen zehn Uhr die Kanzlei betritt.

In der Vorwoche, am Mittwoch, überwältigte ein Gaunerpaar eine Aufsichtskraft in Rain Castle, Schottland, und entwendete die „Madonna mit der Spindel" aus der Sammlung des Dukes.

Dann fuhren sie zusammen mit dem Bild in einem schwarzen Kleinwagen ungestört davon.

Das Gemälde, das seinen Namen einer kreuzförmigen Spindel in der Hand des Jesuskindes verdankt, wird Leonardo da Vinci zugeschrieben.

Es gibt eine weitere Fassung des nur 48 mal 37 Zentimeter großen Bildes in einer New Yorker Privatsammlung, dieses Bild wird begabten Schülern Leonardos zugeordnet. Das Bild selbst wird von dem Meister im Jahre 1501 begeistert beschrieben, und so geht man von einer weiteren Fassung aus, die bislang jedoch verschollen ist. Einige Forscher schreiben die beiden Fassungen des Bildes Leonardo da Vinci selbst zu und versuchen diese Ansicht durchzusetzen. Wie auch immer, es geht in jedem Fall um viel Geld. Bei einer glaubwürdigen Zuschreibung Leonardos wäre das Bild wohl um die 20 bis 30 Millionen Euro wert. Der Raub würde das Bild in einem Schlag bekannter und dadurch noch wertvoller machen.

Selbst als Arbeit eines Schülers würde das Bild noch einen ansehnlichen Preis erzielen, denn es gibt keinen Leonardo da Vinci mehr auf dem freien Markt.

Alle Bilder des Malers sind in öffentlichen, vermeintlich gut bewachten und abgesicherten Sammlungen platziert.

Die zwei Fassungen der „Madonna mit der Spindel" sind die beiden letzten Gemälde, die zumindest mit dem Namen Leonardos und dessen Werkstatt in Verbindung gebracht werden können. Das macht das Bild so begehrenswert. Diese Tatsache wird ausschlaggebend für den Raub gewesen sein. Nun könnte man, als schwachen Trost, die Bilder der Räuber, die von der Überwachungskamera gemacht wurden, betrachten.

Nur Gesichter sind darauf leider nicht zu erkennen. Auch aus diesem Grund wird angenommen, dass die Täter sowohl mit den Sicherheitsmaßnahmen als auch mit dem Wert des Bildes bestens vertraut sind. Dass dieses wertvolle Bild jemals auf dem Schwarzmarkt landet, ist mehr als unwahrscheinlich.

Myriell beschließt mit dem schottischen Inspektor zunächst telefonischen Kontakt aufzunehmen, denn aus dem ersten Fall hat sie gelernt. Wenn sie es wieder mit einem Dilettanten wie Müller zu tun hat, ist ein Telefonat völlig ausreichend, denn das erspart Myriell den Flug über den Teich und Victor Kosten.

Kapitel 28

Telefonat mit Schottland

Es ist gut, dass sie nicht nach Schottland geflogen ist, denn zunächst hat sie große Schwierigkeiten, den zuständigen Polizisten an die Leitung zu bekommen, dann stellt sich sehr schnell während des Telefonates heraus, dass die schottische Polizei ratlos ist.

Sherlock Holmes gibt es leider wohl auch nur als Mythos.

In Schottland geht die Polizei davon aus, dass es mal wieder um Kunstentführung geht, da es sich um ein weltberühmtes Kunstwerk handelt, das deshalb als unverkäuflich gilt.

Inspektor Mills meint, dass das Bild nach einiger Zeit und einer saftigen Lösegeldzahlung auf wundersame Weise wieder auftauchen wird.

So heißt es in Schottland zunächst einmal „abwarten und Tee trinken" und vielleicht hilft ja auch ein kleiner tröstender Whiskey.

Myriell denkt inzwischen recht zynisch über die Qualität der jeweils am Ort eingesetzten Gesetzeshüter.

Sie scheinen allesamt wenig interessiert und auch nicht mit großer Intelligenz geschlagen, von der wenig vorhandenen Einsatzbereitschaft mal ganz abgesehen.

Es werden ihrer Meinung nach einige abgedroschene Floskeln vorgetragen und auf einen sich selbst lösenden Fall gewartet, die Herren haben Sitzfleisch und eine Dynamik wie Schnecken. So scheint es zumindest.

Und wieder einmal fragt Myriell sich, was sie mit diesen Brunnenfröschen über Ozeane reden soll. *Denn diese Frösche sehen immer nur den eigenen Brunnen*, denkt sie, ohne Inspektor Mills noch richtig zuzuhören. Sie liebt den Frosch-Vergleich, und immer, wenn die Menschen nicht ihren Erwartungen entsprechen, packt Myriell sie in diese Schublade.

Sie kennt allerdings Westenfeld noch nicht, denn er ist alles andere als ein Brunnenfrosch und es kommt bald die Zeit, da wird sie ihn kennen und schätzen lernen.

Kapitel 29

Kontakt Still, Schottische Polizei, CIA

Mills hatte zuvor bei New Scotland Yard in London gearbeitet, doch die Liebe zu seiner Frau Ellis verschlug ihn in die schottischen Hochebenen. Mit der Zeit hat er sich mit dem relativ ruhigen Leben angefreundet, sodass man den jetzigen Fall als Highlight seiner letzten zwei kriminalistischen Jahre bezeichnen könnte. Und Inspektor Mills will dieser Anwältin aus Miami keine Avancen machen und auch nur etwas mehr als einige Floskeln über den Fall austauschen.

Doch etwas hatte der Anruf von Myriell bewirkt, Mills Instinkt ist erwacht und er hat angefangen zu überlegen, und seine Überlegungen gehen weiter, denn zum Teufel: Warum ist diese Anwältin an dem Fall so interessiert?

Na gut, sie vertritt die Versicherung und da hat er in seiner Laufbahn schon ganz andere Versicherungsvertreter erlebt. Die Palette reicht von Gelangweilten, Ausgepowerten über Langatmige bis hin zu solchen, die mit einer Scheißegal-Einstellung daherkommen. Mit einer hochinteressierten, scheinbar intelligenten Anwältin hat er bislang noch nicht zu tun gehabt.

Und seine Intuition sagt ihm, dass irgendetwas gewaltig stinkt. Er kann nicht sagen, was, doch da passt etwas nicht zusammen, er spürt das förmlich, es kriecht ihm regelrecht entgegen.

So hat er für sich beschlossen, Interpol einzuschalten und greift zum Hörer, wählt die Lyoner Nummer.

Mein Gott, Still, nimm doch ab!

Exakt nach sechsmaligem Klingeln meldet sich sein Gegenüber …

„Immer noch die gleichen Gewohnheiten, Still?", begrüßt Mills seinen alten Kumpel Still.

Die beiden haben schon bei einigen Fällen zuvor in seiner Zeit bei New Scotland Yard zusammengearbeitet.

„Bist du es, Mills? Ich dachte, du wärst in den schottischen Hochebenen verschollen und ich würde im internationalen Geschäft nichts mehr von dir hören?"

„So kann man sich irren, bist du immer noch der Kunstexperte bei Interpol? Ich habe etwas Interessantes für dich, sogar in den schottischen Hinterwelten wird Kunst geklaut."

Mills erzählt Still alles über den Diebstahl der „Madonna mit der Spindel" aus der Sammlung des Dukes und erwähnt den Anruf von Myriell.

„Ja, die Dame kenne ich bereits aus einem anderen Fall, gut, dass du mich informierst. Da werde ich wohl Kontakt mit dem zuständigen CIA-Agenten in Miami aufnehmen, du könntest Recht haben, das stinkt irgendwie."

Die beiden tauschen noch kurz aus, wie es ihnen die letzten zwei Jahre ergangen ist und beenden dann das Gespräch.

Die CIA (Central Intelligence Agency) ist der zentrale Nachrichtendienst, der Auslands-Geheimdienst der Vereinigten Staaten von Amerika, eine rein zivile Behörde.

Ihre eigentlichen Aufgaben liegen im Bereich der Spionage, der Beschaffung und Analyse von Informationen über ausländische Regierungen, Vereinigungen und Personen, um sie den verschiedenen Zweigen der amerikanischen Regierung sowie befreundeten Staaten zur Verfügung zu stellen. Dazu gehört auch die über die Grenzen der Vereinigten Staaten hinweg organisierte Kunstentführung.

Im Gegensatz etwa zu deutschen Diensten ist es der CIA gestattet, durch verdeckte Operationen politische und militärische Einflussnahme im Ausland zu betreiben oder generell geheime Aufträge auszuführen.

Die zuständige Abteilung ist das Directorate of Operations. Die Behörde ist für zahlreiche Fälle bekannt, bei denen aktiv in innere Angelegenheiten fremder Länder eingegriffen wurde.

Die CIA in Miami beschäftigt sich vor allem mit dem lukrativen Drogenhandel in Mittel- und Südamerika und ist bei Zwischenfällen der Kubakrise aktiv gewesen. In den letzten Jahren ist auch der Handel mit gestohlener Kunst in den Fokus geraten und so operiert Walter Degenhardt seit drei Jahren verdeckt als J.P. Morgan, wie einfallsreich.

Er ist Amerikaner, stammt ursprünglich aus New York und hat sich in Miami Beach als Antiquitätenhändler etabliert.

Die boomende Metropole der Reichen und Schönen ist ein guter Markt für alle Arten von Kunst und Antiquitäten, legal oder illegal, das spielt keine Rolle. Mit dieser Art von Handel wird viel Geld gemacht.

Davon wird auch einiges an Drogengeld über diese Schiene gewaschen.

J.P. hat schon einige kleinere Deals auffliegen lassen, ohne seine Identität preisgeben zu müssen, doch der richtig große Schlag ist ihm bislang nicht gelungen. Das ärgert ihn maßlos, er ist mittlerweile richtig verbissen, zumal seine Vorgesetzten langsam Erfolge sehen wollen, denn Kunst- und Antiquitätenraub nimmt ständig zu und er arbeitet seit drei Jahren ohne nennenswerte Erfolge im Bereich der Aufklärung.

Zugegeben, er ist mittlerweile ein erfolgreicher Händler, doch das ist schließlich nicht der Fokus seines Auftrages. Vielleicht sollte er sich von der CIA verabschieden und lieber hauptberuflich Antiquitätenhändler werden, denkt er oft bei sich. Doch da ist etwas, was ihn davon abhält. Er ist ein grundehrlicher Mensch mit Werten und Normen, und solche Menschen sind in der heutigen Zeit nicht oft zu finden.

Seine an diesen Wertekanon angeschlossene patriotische Einstellung zu Recht und Ordnung ist zudem sehr amerikanisch. Das zeigt sich so: Er möchte gerne der heroische Held sein, der eines Tages den ganz großen Coup aufdeckt und somit in die Welt der Legenden der amerikanischen Patrioten aufsteigt.

Sein größter Traum ist die Überreichung der Tapferkeitsmedaille.

Ein Mensch mit solchen Wünschen kann nicht einfach Antiquitätenhändler sein, denn damit befriedigt er seine hohen Ansprüche an sich selbst in keiner Weise.

J.P. befindet sich grade in einem Verkaufsgespräch. Ein reiches Paar aus Denver interessiert sich für eine viktorianische Anrichte für das neue Sommerhaus in Miami Beach.

Dies ist der zweite Besuch und heute soll eine Vorführung und Probeaufstellung in der Villa geplant werden. Der Termin ist bereits für den morgigen Tag vereinbart und während der Verabschiedung klingelt das Telefon. Er beendet die Verabschiedung und erreicht etwas hektisch die klingelnde zweite Leitung. Diese Nummer kennen eigentlich nur seine direkten Kollegen, sie ist für wichtige Anrufe reserviert und abhörsicher.

„Morgan, hier ist Still. Es gibt einen neuen Raub in Schottland, die ‚Madonna mit der Spindel'", beginnt Still direkt drauf los.

„‚Guten Tag, Morgan, wie geht es dir?' – Also wirklich, Still, so viel Zeit muss sein", erwidert J.P. etwas genervt.

„Okay, du hast ja Recht, entschuldige. Ich habe gerade mit Mills telefoniert. Du erinnerst dich bestimmt an ihn, circa vor drei Jahren bei New Scotland Yard, die Drogengeschichte mit der chinesischen Mafia", Still erklärt ihm kurz die Zusammenhänge.

„Ja klar, der war immer kurz vorm Herzinfarkt, ein roter Kopf wie ein Puter. Was macht der denn in den Hochebenen?"

„Die Liebe, die Liebe hat ihn dorthin verschlagen. Es scheint ihm gut zu bekommen, er machte endlich mal einen entspannten Eindruck", antwortet Still verschmitzt.

„Die ‚Madonna mit der Spindel' ist zu bekannt, ich glaube nicht, dass sie mir angeboten wird. Das war entweder ein Auftragsdiebstahl oder ‚Artnapping'. Pass mal auf, in ein paar Wochen taucht das Bild wieder auf."

„Ja, das glaube ich auch. Was mich etwas stutzig macht: Die Versicherung hat eine Anwältin angeheuert. Die arbeitet für die Kanzlei Parker oder so. Ich maile dir die Unterlagen auf den ‚Serious account' zu. Schau dir das mal an, vielleicht kannst du ein paar Informationen über die Dame herausbekommen. Ich habe nicht viel, laut Papierform ist sie sauber, eine Deutsche. Hat einen Amerikaner geheiratet. Der ist auch sauber, bis auf die Tatsache, dass er bei der Versicherung arbeitet, die die ‚Madonna' versichert hat. Kann sein, dass das eine ganz normale Schieberei ist, nach dem Motto: Du bist meine Frau und kriegst den Fall, oder die Kanzlei ist befreundet und nach erfolgreicher Abwicklung fließen ein paar Dollar schwarz zurück, wir werden es sicher rauskriegen." Es folgen noch einige Sprüche und das Gespräch ist beendet.

Kapitel 30

Recherche Miami Herald

Thomas schläft noch, denn es ist erst acht Uhr, doch Myriells innere Anspannung hat sie nicht mehr im Bett gehalten. In stiller Hoffnung und leiser Ahnung geht sie die dreihundert Meter in den Supermarkt um die Ecke und kauft sich an diesem Samstag den Miami Herald.

Warum sollten die Kunstdiebe nicht wieder Kontakt über den Herald aufnehmen und diesmal würde sie, wenn sie Recht hätte, schneller als Victor und seine Gehilfen sein und die Annonce selber finden. Angespornt durch diesen Gedanken liest sie die langweiligen Kleinanzeigen aufmerksam durch. Nichts zu finden, noch mal geht sie den gesamten Wust durch.

Ihre Augen heften sich an einem merkwürdigen Text in der Spalte „Dies und Das":

MmdS, Leo, 1.000.000, cn: fall, sa

Da ist es!

„Madonna mit der Spindel, Leonardo da Vinci, hunderttausend Dollar, Codename: ‚fall', Samstag melden", sie spricht es laut aus, lacht herzhaft los, unterstreicht ihre Freude durch einen Tanz mit der Zeitung.

Thomas kommt indes die Treppe herunter:

„Was gibt es denn hier zu feiern?", erkundigt er sich schlaftrunken.

„Ich hab's gefunden, die Anzeige, hier, sieh mal!", sagt Myriell und tippt ungestüm auf die Stelle im Miami Herald.

„Die werden auch immer rätselhafter mit ihren Abkürzungen, wer soll das denn noch verstehen?", schüttelt Thomas den Kopf.

„Ich hab's verstanden, es hat einige Zeit gedauert, ich hab's jetzt, wow!!!!"

Sie freut sich wie ein kleines Kind, übersetzt den Text erneut Wort für Wort für ihren Mann und versucht mit ihm zusammen durch das Wohnzimmer zu tanzen.

„Ist ja gut, ich bin noch nicht richtig wach, Baby, komm mal wieder runter."

„Ja, ja, ich freue mich so, das ist toll, das klappt ja wie am Schnürchen. Die Kunsträuber haben gute Erfahrungen gemacht, und nur hunderttausend Dollar."

„Zeig mal, das ist eine Million, Baby. Zähle mal die Nullen, bei dem Bild müssen wir wohl etwas mehr drauflegen."

Jetzt hat ihre Freude einen ordentlichen Dämpfer bekommen und ist im Grunde sofort verflogen.

„Ups, ist das Bild denn überhaupt entsprechend versichert?", fragt sie skeptisch ihren Mann.

„Da kannst du sicher sein, es ist mit fünf Millionen versichert, die Versicherungssumme ist gigantisch und der Beitrag auch. Der Duke hat Führungen durch sein Anwesen veranstaltet, um den Beitrag für die Versicherung zahlen zu können, habe ich gehört." Wenn das wahr ist, dann hätte der Duke vielleicht den nächsten Beitrag nicht so ohne Weiteres aufbringen können. Sie denkt schon wieder wie ein FBI-Agent. Wer weiß, vielleicht hat er selbst das Bild gestohlen, um an etwas frisches Geld zu kommen, und so hätte er zwei Fliegen mit einer Klappe geschlagen.

Thomas kann förmlich ihre Gedanken an ihrem Gesicht ablesen.

„Überlass das Denken der schottischen Polizei, was du da machst, das sind alles reine Spekulationen!", kommentiert er lautstark das, was er in ihrem Gesicht zu lesen glaubt.

„Okay, du hast Recht, doch ich glaube, dass die schottische Polizei nur abwartet, bis das Bild von alleine wieder zurückkommt, und das finde ich sehr dilettantisch", erwidert sie keck.

„Wenn die Diebe eine Million Dollar bekommen, was verdient dann Victor eigentlich an so einem Fall, wenn du ihm den gibst?" will Myriell wissen.

„Wir haben eine Honorarvereinbarung. Meine Versicherung zahlt ihm 20 Prozent der Lösegeldsumme, das ist üblich", antwortet Thomas gelassen.

Sie hat so etwas bereits geahnt, doch nun rechnet sie laut: „Das heißt, an diesem Fall verdient er 200 000 Dollar und ich mache mir einen Kopf wegen der Ohrringe, die er mir geschenkt hat, die hat er um ein Vielfaches raus und mein Gehalt auch. Was verdienst du an so einem Fall?", fragt sie mutig.

„Ich bekomme ebenfalls eine Erfolgsprämie, allerdings nur drei Prozent der Lösegeldsumme, und von Victor fließt auch etwas zurück. So läuft das eben, dafür bekommt er von mir die Fälle und solange wir erfolgreich die Bilder zurückbringen, hinterfragt niemand die Deals."

Thomas erzählt ihr das, um ihre Reaktion auf den Geldrückfluss durch Victor abzuchecken, denn er bewegt sich durch die Annahme des Geldes am Rande der Legalität, auch wenn das im Geschäft angeblich üblich ist.

„Thomas, du weißt, dass es nicht okay ist, das Geld von Victor zu nehmen. Du bist bestechlich", entgegnet sie entsetzt.

„Ja, was glaubst du denn, wovon ich unser luxuriöses Leben bezahle? Da tut die zusätzliche Geldspritze gut und wo kein Kläger, da kein Richter", entgegnet er genervt, denn er hat sich eine solche Reaktion schon gedacht, seine Annahme hat sich bestätigt.

„Wie oft macht ihr Deals dieser Art?", will Myriell noch wissen.

„Weiß ich nicht, vielleicht zehn im Jahr, im Schnitt von 500 000 Dollar Lösegeldforderung."

Sie rechnet schnell nach, das sind fünf Millionen, das heißt für Victor eine Million Honorar und für Thomas 150 000 Dollar plus des Geldrückflusses von Victor.

Eine Menge Geld, die mit Kunstraub auch außerhalb des eigentlichen Lösegeldes gemacht wird.

„Wie viel kriegst du von Victor noch zurück?", fragt sie jetzt etwas genervt, denn sie findet, dass er mit 150 000 Dollar Prämie gut bedient ist, wenn man bedenkt, dass sie selbst momentan 60 000 Dollar im Jahr verdient. Allein mit diesem Geld könnten sie ihrer Meinung nach sehr gut leben. Geld ist zwar schön, doch es ersetzt keine Gefühle.

„Was kriegst du für diesen Deal?"

„Ich weiß es nicht genau, vielleicht 20 Riesen", lächelt er sie verlegen an.

„Wo wir gerade dabei sind, läuft die Kontaktaufnahme eigentlich immer über den Miami Herald?", fragt sie jetzt böse.

„Hey, Baby, relaxe mal, ich habe die Bilder nicht gestohlen. Wir machen lediglich die Abwicklung der Wiederbeschaffung. Soweit ich weiß, läuft die Kontaktaufnahme ungefähr zu 50 Prozent über den Herald, der restliche Teil erfolgt über E-Mail oder Boten", entgegnet er in einem ruhigen, freundlichen Ton.

„Ich möchte nicht, dass du etwas Unrechtes tust, das hast du nicht nötig", antwortet sie enttäuscht.

„Das, was ich da mache, ist nicht schlimm, es geht nur um ein bisschen Geld, das ich nicht angebe und Victor ist wirklich gut, er löst 95 Prozent der Fälle, wir würden unsere Akten sowieso zu ihm geben. Bei Victor trifft es außerdem keinen Armen, wenn er zehn Prozent seines Honorars zurückfließen lässt, mach bitte aus einer Mücke keinen Elefanten", erklärt er ihr.

„Es ist nicht legal, da kann man Bestechlichkeit draus machen und das ist ein Straftatbestand, nimm das Geld in Zukunft nicht mehr an, bitte."

Um seine Ruhe zu haben, nickt er ihr zu und sie weiß sofort, dass er das Nicken nicht ernst meint. Sie belässt es für heute dabei.

Die Abwicklung des Leonardo-Raubes läuft wie geschmiert. Wie zuvor setzt sie eine Annonce in die nächste Samstagsausgabe, mit Angabe des Zeitpunktes und der Schließfachnummer.

Prompt kommt die Antwort zurück und der Deal läuft am Dienstag. Dieses Mal kommt der Safe-Schlüssel am Mittwoch per Post zurück, sodass sie das Bild am Mittwoch zufrieden in den Armen hält. Perfekt gelaufen!

Kapitel 31

50. Geburtstag

Der Abend ist lauwarm. Myriell steigt mit ihrem dunkelroten mit Strasssteinen besetzten Abendkleid ins bestellte Taxi. Sie muss heute leider allein zu ihrem Nachbarn – zu Dans 50. Geburtstag – gehen, denn Thomas hat geschäftliche Termine, die sich nicht verschieben lassen. Schade, sie hätte ihren Mann gerne an ihrer Seite gehabt, doch er kennt den Nachbarn nur flüchtig. Richtig wohl fühlt sie sich auf einer so großen Party ohne ihren Thomas nicht, zumal die Party noch in einem großen angesagten Designer-Hotel am Strand stattfindet.

Gut, dass sie Taxi gefahren ist, denn das Hotel ist für ein ungeübtes Auge nicht zu finden. Die Collins Avenue muss man nach Norden fahren und dann darf die mit kleinen Hecken gesäumte Einfahrt nicht verfehlt werden, ein nicht ganz einfaches Unterfangen.

Das Taxi fährt vor und sofort öffnen die guten Geister des Hotels die Autotür und helfen ihr aus dem Wagen.

Empfangen wird sie von im Wind flatternden weißen dünnen Stoff-Draperien, die von hübschen Männern in weißen Stuartuniformen gesäumt werden.

Das Hotel hat ein ungewöhnliches Flair, dem sie sich nicht entziehen kann. Ein seltsam berauschender, anziehender Sog, der vom zu erahnenden Inneren ausgeht, hält jeden Besucher gefangen. Als sie den Eingangsbereich betritt, hat sie das Gefühl, in die Welten von Edgar Allan Poe abzutauchen.

Wallende weiße, hauchdünne Vorhänge bewegen sich leicht im Wind und bilden einen deutlichen Kontrast zu den dunklen Holzwänden, die alle sich ihr erschließenden Räume auskleiden. Fasziniert schaut Myriell sich diese gelungene Innenarchitektur an, schreitet durch die Räume und dreht sich um und schaut in Richtung Eingang.

Eine Bühnenlandschaft bestehend aus weißen dicken Säulen, den langen weißen Vorhängen und dem dunklen Holzboden entsteht vor ihren Augen, entrückt in der Ferne der Eingangsbereich. Dieser Eindruck wird noch durch den Moment der Menschenleere unterstrichen.

Dunkle Holzwände beherbergen eine Unzahl von Lämpchen, meterhohen Spiegeln und Vasen, überall stehen extravagante Sitzmöbel im Art Deco-Stil. Das sieht nicht unbedingt bequem aus, doch interessant. Außerdem entdeckt sie ein großes Sofa, das eigentlich ein großes Bett ist, wie seltsam. Mitten im letzten Raum steht ein großer einsamer Flügel und wirkt allein durch die sonst fehlende Möblierung rätselhaft.

Die Party selbst findet im Poolbereich statt, den Myriell durch die rückwärtigen offenstehenden Flügeltüren einsehen kann. Der palmengesäumte Pool erweckt den Eindruck, als schwebe die Wasserfläche knapp über dem Erdboden und das Schwimmen wird so zur Nebensache.

Auch hier im Poolbereich dominieren interessante Sitzmöbel, selbst im Pool befindet sich ein großer silberner, schmiedeeiserner Tisch mit zwei dazu passenden Sesseln, nicht eigentlich zum Sitzen geeignet, sondern als bemerkenswertes Accessoire auffällig. Überall sind zudem kleine Zelte an den Rändern aufgestellt.

Ein Ambiente, wie man es sich bei Lawrence von Arabien vorstellt, ist entstanden. Verstärkt wird dieser Eindruck noch durch die überall stehenden Kellner in rein weißen Uniformen mit Tabletts in den Händen, sie erwecken den Eindruck, bereit zu sein, jederzeit wirklich jeden Wunsch zu erfüllen. Was für ein Rahmen für einen 50. Geburtstag!

Die Zahl der Gäste ist noch überschaubar, gerade eine Hand voll. Inmitten der Gäste entdeckt Myriell Dan, der sieht sie im gleichen Augenblick und stürmt auf sie zu.

Wie elegant er heute aussieht, nichts erinnert mehr an den unrasierten Nachbarn. Dan hat sich zum gut aussehenden Gentleman gemausert. Der zuvor von ihr begutachtete Designeranzug in Rauchschwarz steht ihm ausgezeichnet. Ein Hauch von einem Leinen-Seide-Gemisch, das seinen gut durchtrainierten Körper unterstreicht und dazu ein Seidenhemd in strahlendem Weiß, sehr dezent auch der wunderschöne Brillantring an seinem Finger und die exklusive Armbanduhr aus Platin.

Abgesehen von seiner Länge – er ist ziemlich klein – sieht Dan heute wie ein Traummann aus, seine Schläfen sind ergraut, das Haar ist sehr kurz geschnitten und gegelt, er könnte einem Film entsprungen sein.

„Myriell, meine Lieblingsnachbarin, my one and only", ruft er aus, läuft auf sie zu, nimmt sie in die Arme und küsst sie auf den Mund.

„Hi, Dan, du siehst großartig aus, ich hätte dich fast nicht wiedererkannt", der Kuss stört sie nicht, denn sie weiß, dass Dan homosexuell ist und sie aus Freundschaft beziehungsweise Promotions-Effekten küsst.

That's the way how it works in the community, denkt Myriell.

„Mein Stylist hat sein Äußerstes gegeben. Es ist was Erfreuliches dabei herausgekommen. Ich bin nicht immer im Gartenoutfit, Darling", sagt er und gibt derweil schon das nächste Küsschen, denn weitere Gäste sind eingetroffen.

Er macht sie gleich mit den Neuankömmlingen bekannt, hakt sich bei ihr ein und nimmt sie mit zur nächsten Begrüßung. So, als ob sie seine Frau wäre.

Zugegeben, wenn man nicht wüsste, dass Dan schwul ist, könnte man meinen, dass es so sei.

Sie steht ihm gut, sie sind ungefähr gleich groß und Myriell passt mit ihrem tiefroten Kleid optisch fantastisch zu Dans Outfit. Was für ein wunderschönes Paar!

Die meisten Gäste sind männliche Paare, die alle ausgezeichnet gepflegt sind und sehr ansprechend aussehen, gut durchtrainierte Körper, perfektes Styling, hübsche gebräunte Gesichter.

Einige Models sind auch anwesend. Sie sind groß, gertenschlank und bildhübsch.

Die ganze Gesellschaft ist fast ausschließlich dunkel gekleidet und sieht sehr stylish zwischen den Palmen aus. Zu Zeiten von Herrn Poe waren die Menschen wahrscheinlich nicht so perfekt anzusehen.

Was für ein Abend. Mittlerweile ist die Sonne untergegangen und ein Fackelmeer beleuchtet die Szenerie. Eine Jazzband spielt dezente Rhythmen und die Gesellschaft wiegt sich sanft im Takt. Die Boys reichen Kanapees und herrlich kühlen trockenen Prosecco, sodass der erste Appetit und Durst gestillt werden kann.

Myriell merkt schon die leichte Beschwingtheit, die ihr der dritte Prosecco verleiht, und wiegt sich im Takt der Musik. Dan steigt in ihren Rhythmus ein, und sie beginnen eng aneinander geschmiegt miteinander zu tanzen.

Er streichelt liebevoll ihren Arm und küsst sie zart auf die Wange, dann auf den Hals, legt seine Hand selbstvergessen auf ihren Rücken. Sie genießt das Geschehen. Wenn sie nicht sicher wüsste, dass Dan schwul ist, würde sie denken, er mache sie an. Doch sie ist sich sehr sicher, die Anmache dient nur zu Showzwecken.

Was für verrückte Menschen, wahrscheinlich macht er das nur, um seinen Lover wahnsinnig zu machen. Er küsst sie weiter den Hals entlang und wieder zurück zu ihrem Kinn und dann zart auf den Mund.

Jetzt wird es ihr doch zu viel und sie beginnt zu sprechen.

„Dan, was für eine herrliche Nacht, ich bin etwas hungrig und möchte gerne etwas von den gegrillten Gambas essen", sie streift etwas Hartes in seiner Hose.

Was war das denn, sie lässt sich nichts anmerken und zieht ihn in Richtung Grill. Sie hat ihn wohl doch sichtlich angemacht, etwas irritiert isst sie die herrlich großen Garnelen mit einem passenden Knoblauch-Kräuterdip.

Dan bemerkt ihre Irritation über das, was sie in seiner Hose bemerkt hat, und führt deshalb erklärend aus: „Sorry, Baby, es gilt nicht dir, darf ich dir Guy vorstellen, meinen neuen Freund, ich hatte während unseres Tanzes Blickkontakt mit ihm und habe ihn über dich etwas angemacht, das hat mich total erregt, ist er nicht hübsch?" Er führt ihr einen wirklich hübschen, vielleicht 25-jährigen, durchtrainierten, braungebrannten blonden Beau vor, der schüchtern grinst.

„Ja, er ist hübsch. Und ich dachte schon, du meinst mich, schade eigentlich", lächelt sie die beiden an.

„Ich hätte schon Lust, dich noch ein bisschen zu küssen, doch dann muss ich leider passen", und ehe sie sichs versieht, fliegen die Gambas an die Seite und Dan tanzt weiter eng umschlungen mit ihr. Sie lässt die kleinen Liebkosungen zu, es ist unglaublich erotisch und zurückhaltend sinnlich, ganz wie eine Inszenierung mit kleinen stetigen Spannungsbögen.

Selbst die kleinen zarten Zungenvorstöße lässt sie zu, da sie nie zum Ziel haben, in das Innere ihres Mundes vorzudringen. Sie beschäftigen sich ausschließlich mit ihren Lippen und sie genießt Dans Zuneigung und den erotischen Kick.

Er genießt ihre Nähe, ihren warmen Körper, ihren schönen Hals und die vollen Lippen ausgiebig.

„Baby, du bist so schön und erotisch, dein Mann hat ein solches Glück. Wenn wir jetzt noch weiter machen, kann ich nicht garantieren, dass ich vielleicht doch mehr will", haucht er Myriell ins Ohr und knabbert an ihrem Ohrläppchen.

„Ich gebe dir jetzt noch einen Geburtstagskuss und dann kümmere ich mich mal um die anderen Gäste", flüstert er ihr vielversprechend ins Ohr.

Sie kann nicht widersprechen, als er ihr gekonnt mit der Zunge vom Ohrläppchen über den Hals, vom Kinn zum Mund diesen mit leichtem Druck gekonnt öffnet und mit der Zunge in ihren Mund vordringt.

Überwältigt und überrascht, kann sie ihn nicht unterbrechen. Es ist, als ob der Kuss sie willenlos macht und sie erwidert seine fordernde Zunge und lässt sich gehen, es ist unglaublich, sie schmilzt dahin.

Dan hätte nie geglaubt, dass er so weit hätte gehen können, sie ist heiß, seine gekonnten Küsse haben ihre Wirkung nicht verfehlt und die Tranquilizer, die er ihr in den Sekt getan hat, wirken stark verstärkend. Dan beschließt das Ganze vorerst zu beenden.

Er will sie bei vollem Bewusstsein, ohne Drogen. Das ist seine persönliche Herausforderung – sie muss ihn wollen, wirklich wollen.

„Na, wenn das kein Geburtstagskuss war", Dan beendet das Geschehen und bringt sie wieder zu den Gambas.

Sie kann nichts mehr sagen, hat ein bisschen ein schlechtes Gewissen und bestellt sich aus Verlegenheit noch ein paar Garnelen. Sie beobachtet Dan und sieht, wie er ganz unverblümt den nächsten Gast, ein großes hübsches Model, in gleicher Manier abknutscht.

Das scheint hier gang und gäbe zu sein, versucht Myriell sich einzureden, es sei nichts Besonderes.

Doch sie ist verändert, sie hat die Ahnung einer neuen erotischen Dimension erfahren. Ab heute sieht sie Dan in einem anderen Licht, es ist erstaunlich, denn sie hat keine Angst davor. Sie wünscht sich sogar, er würde sie noch mal so küssen, denn ihre Fantasie ist angeregt. „She is on fire."

Vom reinen Gefühl her wäre sie gerne zum Strand gegangen und hätte mit Dan weiter gemacht, doch da wird sie aus ihren Gedanken gerissen, denn das große Model trippelt elegant auf sie zu.

„Hi, ich bin Tanya, Dan hat mir schon viel von dir erzählt, seiner schönen Nachbarin, er ist ein guter alter Freund von mir", begrüßt Tanya Myriell mit einer tiefen Stimme.

Myriell bemerkt lediglich an der etwas zu tiefen Stimmen, dass sie es hier mit einer männlichen Herkunft zu tun hat, was immer Tanya jetzt auch ist.

„Ja, ich habe Dan zunächst geschäftlich kennen gelernt und jetzt ist er mein Freund", erzählt Tanya. Sie überragt Myriell um mindestens zehn Zentimeter.

Ein schwarzer Hauch von einem Kleid umspielt ihre schmalen Hüften. Sie hat ein sehr schönes Dekolleté. Die langen dunklen Haare sind zu einem leichten Zopf zusammengebunden.

Ihr schöner langer Hals unterstreicht das Bild. Der Adamsapfel ist nur bei genauem Hinsehen zu entdecken. Myriell erwischt sich selbst dabei, wie sie Tanya unangemessen lange anstarrt.

Das exotische Wesen hat ihr die Sprache verschlagen, doch Myriell fängt sich schnell wieder und plaudert ein wenig über ihre Bekanntschaft mit Dan.

Tanya ist sehr exaltiert und hat das, was man sich unter einer Transsexuellen vorstellt, perfektioniert, sie ist sozusagen die schönste perfekte Inszenierung.

Sie klimpert mit den langen Wimpern verführerisch, der schöne volle Mund ist dezent geschminkt, sie ist wunderschön und Myriell starrt sie erneut fasziniert an.

Das ist Tanya nicht entgangen und sie genießt die Faszination ihres Gegenübers.

Die Musik wird rhythmischer und die Gesellschaft tanzt jetzt fast geschlossen zur Musik. Die beiden Frauen beginnen ebenfalls zu tanzen. Tanyas Hand wird von einem großen Boy erfasst und sie wird weggezogen und landet in den Armen dieses schönen Jünglings.

Myriell kommt sich jetzt etwas verloren vor. Sie fühlt sich deplatziert und allein unter Fremden und will bei dieser mittlerweile ausschweifenden Anmache um sie herum nicht mehr mitmachen und zieht es vor zu gehen. Seitlich im Rhythmus tanzend mogelt sie sich an der Gesellschaft vorbei in Richtung Hoteleingang. Überall beobachtet sie küssende Paare und es reicht ihr, sie möchte wirklich gehen.

Es muss mittlerweile nach Mitternacht sein. Schnell erreicht sie das Foyer, dort sieht sie Dan. Er steht mit seinem Lover am Tresen und holt gerade den Zimmerschlüssel. Sie verweilt einige Minuten hinter einem der wallenden Vorhänge, um ihn nicht zu treffen, und nachdem er im Aufzug verschwunden ist, geht sie weiter in Richtung Ausgang, schnappt sich das nächste Taxi und fährt nach Hause. Was für eine verrückte Nacht!

Kapitel 32

J.P. Morgan

Der neue Mandant, ein gewisser J.P. Morgan, Antiquitätenhändler, hat sich von einem seiner Kollegen die Anwaltskanzlei Terry & Partner empfehlen lassen. Die immer wieder auftretenden Probleme beim Ankauf europäischer Antiquitäten haben ihn zu diesem Schritt bewegt. Derzeit wartet er auf einen Transport mehrerer wertvoller Gegenstände aus Europa, die einfach nicht ankommen wollen.

Die Begrüßung ist recht unspektakulär. Mr. Morgan schildert kurz den Sachverhalt: Es handelt sich hier nicht nur um mehrere Biedermeierschränke, sondern um den wertvollen gesamten Nachlass einer italienischen Gräfin aus Venedig. Nach ihrem Tod wurde ihr Vermögen veräußert, da sie keine Erben hinterließ, außer ihrem treuen Kater Eduardo. Für diesen war, solang er lebte, gut gesorgt und ihr Hab und Gut wurde veräußert und der Erlös floss in eine Stiftung zum Wohle von streunenden Katzen in Venedig.

Das Paket, das J.P. erworben hatte, beinhaltete mehrere Schränke, Kommoden und sogar einige Bilder weniger bekannter flämischer Maler. Die Gegenstände waren vor drei Monaten in einem Container verstaut worden, um die Reise per Schiff nach Florida anzutreten. Sie hatten insgesamt einen Wert von immerhin 200 000 Dollar und der Transport war vom Auktionshaus versichert worden und die Gegenstände bislang nicht angekommen. J.P. wollte nun seine geleistete Anzahlung von 50 000 Dollar vom Auktionshaus zurück. Doch das venezianische Auktionshaus dachte auch nach mehrmaligem Anmahnen nicht daran, das Geld zurück zu erstatten.

Nach den interessanten Schilderungen des neuen Mandanten fügt Myriell hinzu: „Pro Jahr werden im internationalen Kunstraub umgerechnet mindestens fünf Milliarden Euro umgesetzt. Davon sind 60 bis 70 Prozent Kunstentführungen und des Weiteren werden derzeit mehr als 100 000 Sammlerstücke als vermisst gemeldet, darunter allein rund 560 Picassos, 250 Chagalls und 15 Kandinskys, um nur einige Beispiele zu nennen. Die Versicherungen dürfen auf Lösegeldforderungen nicht eingehen, deshalb wird offiziell nie von Lösegeldforderungen gesprochen. Die Geschäfte werden so diskret wie möglich durchgeführt, daher spreche ich offiziell immer von Finderlohn anstatt von Lösegeld und von Mittelsmännern anstatt Verbrechern. ... Wissen Sie, ob und wann der Container Italien verlassen hat?"

Mr. Morgan:

„Ja, die Papiere sind unterzeichnet, der Container war an Bord, lediglich bin ich natürlich nicht sicher, ob der Inhalt stimmte. Wenn ich nicht so hartnäckig nachgefragt hätte, dann wäre es nicht mal zu dieser Aussage gekommen."

„Wer hat den Transport durchgeführt?"

„Die Transportfirma ist IMEX aus Miami, es war für mich naheliegend, ein in Miami ansässiges Unternehmen zu beauftragen, wie ich es immer mache, bislang haben die Transporte mit IMEX auch immer tadellos geklappt, obwohl dies der bislang größte Auftrag ist."

„Okay, wie ich sehe, sind alle Papiere in der Akte, ich werde den Fall für Sie recherchieren."

Die Verabschiedung läuft genauso emotionslos wie die Begrüßung, obwohl sie innerlich vor Stolz fast platzt, Myriell hat ihren ersten Fall auf Empfehlung erhalten!

Kapitel 33

Myriells Geburtstag

Thomas hat Myriell nur gesagt, sie solle sich die nächste Woche freinehmen und eine Tasche mit leichter Kleidung packen, etwas Feierliches sollte auch dabei sein. Er will sie zu ihrem Geburtstag mit einer Reise überraschen. Sie ist schon ganz nervös und freut sich sehr, was wird er sich wohl ausgedacht haben? Es gibt so viele Möglichkeiten, dass sie nicht weiter spekulieren will. Im Zweifel ist es falsch und Myriell ist enttäuscht.

So steht sie gegen neun Uhr am Dienstag nicht mit gepackter Reisetasche bereit, da sie sich nicht entscheiden kann, was sie nun letztlich mitnehmen soll. Die Auswahl ist größer ausgefallen als gewollt, nun stehen zwei große Koffer im Flur.

Thomas konnte nicht mit ihr in den Geburtstag feiern, denn er war geschäftlich in Denver unterwegs und hat ihr versprochen, sie dafür zu entschädigen.

Gegen 09.15 Uhr klingelt das Telefon, Thomas ist in der Leitung: „Sorry, Schatz, die Straßen sind verstopft, kannst du ein Taxi nehmen, ich bin gerade von Denver reingekommen, es ist zu spät, um dich abzuholen. Komm zum Flughafen zum Bahamas Air-Schalter, ich warte dort auf dich." Kein Geburtstagsgruß, das ist wohl die Hektik.

„Okay, ich nehme ein Taxi, bis gleich." *Es geht auf die Bahamas, wie aufregend*, denkt Myriell und hat den fehlenden Gruß bereits vergessen.

Immer schon wollte sie auf die Bahamas, herrlich weiße Strände, Palmen, schöne bunte Häuser, Bacardi-Cola. Sie muss immer an die Werbung denken.

„Bacardi-Feeling", summt sie vor sich hin und wählt die Taxi-Nummer.

Die Straßen sind wirklich verstopft. Sie hat vergessen zu fragen, wann der Flug losgeht. Schneller geht's eben nicht, sie kann nicht über die Autos fliegen. Um 10.30 Uhr erreicht sie endlich den International Miami Airport. Da sieht sie Thomas aufgeregt, von einem Bein auf das andere tretend, außerhalb des Gebäudes warten. Es sieht so aus, als ob sie spät dran sei.

Schnell das Taxi bezahlen, die Koffer greifen und hinein in den Flughafen, denkt sie.

„Der Flieger geht um 12.05 Uhr, die Zeit wird nicht so knapp, du bist just in time", ruft ihr Thomas zu, um sie zu beruhigen, denn sie sieht angestrengt aus.

Im klimatisierten Raum angekommen, nimmt Thomas sie in die Arme und küsst sie lange und leidenschaftlich, die Zeit muss einfach sein.

„Happy birthday, my love", schmeichelt er ihr ins Ohr.

„Wir machen einen Kurzurlaub auf Paradise Island, Bahamas. Freust du dich? Es wird wunderbar, wir haben bis Sonntag Zeit, ganze fünf Tage Urlaub", er ist überglücklich, mit Myriell einmal fünf Tage ungestört zusammen sein zu können.

„Ja, Thomas, das ist wunderbar", sie hat Freudentränen in den Augen und er küsst sie erneut.

Das Leben ist schön, wie könnte es schöner sein, denkt Myriell und entspannt sich langsam.

Sie checken bei einer freundlichen Dame ein und der Flug geht bald los. Es ist eine kleine Maschine, Myriell sitzt direkt am Fenster und kann deshalb alles, was sie überfliegen, genau sehen. Das türkisblaue Meer versetzt die beiden in Urlaubsstimmung, einige Schönwetterwolken und kleine Segelboote sind auszumachen und geben dem Meeresblau einen entsprechenden Rahmen.

Nach circa 30 Minuten taucht die erste kleine Insel vor ihnen auf, der weiße Sandstrand wird von einem über hellblau-türkis bis dunkelblau-türkis gefärbten Meer umrahmt, je nachdem, wie die Tiefe des Meeres ist und die Sand- oder Korallenbänke verteilt sind. Der Anblick verleitet Myriell zum Träumen.

Nach dem 45-minütigen Postkartenflug landet die Maschine. Kurz darauf betreten sie das Flughafengebäude und Myriell wundert sich darüber, dass der Flughafen in Nassau recht groß ist. Bereits hier werden sie vom tropischen Flair gefangen genommen, denn eine Steelband musiziert im Hintergrund, die Passkontrolle läuft ganz beschwingt und freundlich ab, die Zollbeamten heißen sie mit einer Blume im Haar willkommen.

Myriell kann sich nicht erinnern, jemals an einem Flughafen so freundlich empfangen worden zu sein. Draußen angekommen heuert Thomas ein Taxi an und lässt das Gepäck einladen. Zum Taxifahrer sagt er:

„Paradise Island."

„Coral Tower, Beach Tower, Royal Tower …?", nuschelt der Taxifahrer zurück.

„Royal-Tower-Hotel", erwidert Thomas laut und deutlich.

Auf der Fahrt lässt Myriell sich von Thomas erklären, was es mit Paradise Island und dem Atlantis-Hotel auf sich hat. Er hat einen Zeitungsartikel ausgeschnitten und liest laut vor:

„Paradise Island ist etwa vier Meilen lang, eine halbe Meile breit und einige Meter hoch. Das Paradies hieß vor einigen Jahren noch ‚Hog Island', denn dort wurden schmatzende Schweine gezüchtet. Die Zeiten sind lange vorbei, spätestens seitdem Südafrikas ‚Sun City Management' aufgekreuzt ist, das die zweitgrößte Ferienanlage der Welt gebaut hat. Die ursprünglich hier ansässigen zwei Hotels wurden aufgekauft und zu Viersternehotels renoviert. Des Weiteren ist noch ein neuer gigantischer Hotelbau, die Royal Towers, mit fünf Sternen entstanden. Man kann fast sagen, das untere Drittel der Insel besteht aus dieser Hotelanlage. Es wurde versucht, hier Atlantis nachzubilden, die versunkene Stadt im Meer. Es müssen insgesamt um die 9 000 Betten sein, Lagunen und Poolanlagen im Überfluss und viele gigantische Aquarien mit allem, was das Meer an Fischwelt zu bieten hat. Selbst Indiana Jones würde in den neu entstandenen Wasserwelten einen Kompass brauchen, um sich nicht zu verlaufen. Es gibt tolle Wasserrutschen, riesige Poollandschaften, ein riesiges Casino, Restaurants in Ausprägungen aus aller Herren Länder und Diskotheken, eine große Marina und vieles mehr – einfach wunderbar …"

Er erzählt total begeistert von diesem Hotelkomplex und freut sich auf den Urlaub wie ein kleines Kind. Sie folgt gespannt den Ausführungen ihres Mannes und sieht aus dem Fenster. Sie fahren entlang der Küste und sehen viele zerstörte Bäume, einfach umgeknickt.

„Das war ein Wirbelsturm", erklärt ihnen der Taxifahrer, „die kommen hier vor allem im Herbst vor – und bevor sich die Natur erholt … das kann eine Weile dauern."

Nach 20 Minuten erreichen sie die ersten bunten Häuser von Nassau. Sie fahren mitten durch die Stadt, sodass Myriell Zeit hat, das Treiben auf den Straßen zu beobachten. Es ist nicht viel los, die Stadt wirkt wie im Mittagsschlaf. Die Leute machen gerade Pause und halten sich nicht in der sengenden Sonne auf. Nur einige Touristen der Kreuzfahrtschiffe, die regelmäßig in Nassau anlegen, haben sich in den Straßen verlaufen. Die Stadt sieht hübsch, bunt, aufgeräumt aus, gerade so, wie man sich eine Karibikmetropole vorstellt. Neben den fliegenden Händlern finden sich hier vor allem Schmuckgeschäfte, Parfümerien und Designer-Läden, eben alles, was das Touristenherz begehrt. Und da liegen sie im Hafen, die riesigen Hotels auf dem Wasser. Sie erkennen drei Kreuzfahrtschiffe, zwei kleinere und einen Riesen.

„Schau, Thomas, die Aida!", ruft Myriell aus.

Es ist ein herrliches Bild, die drei Schiffe am blauen Meer so friedlich liegen zu sehen.

Der riesige Hafen kann bis zu acht Kreuzfahrtschiffe gleichzeitig aufnehmen. Dann geht es weiter die Straße am Meer entlang, diese wird, je weiter man sich vom Zentrum entfernt, immer schmuddeliger. Dann biegt das Taxi links ab und fährt über eine gigantische Brücke, die bestimmt 150 Meter hoch und mindestens 500 Meter lang ist und die Nassau mit Paradise Island verbindet.

Myriells Blick bleibt auf einem Hotelkomplex gigantischen Ausmaßes haften. Er besteht aus mindestens zwei oder sogar drei Türmen mit bestimmt 15 Stockwerken, die in den Himmel ragen und in der Mitte mit einer Art Übergang verbunden sind. Das Ganze ist im mediterranen Stil gehalten.

„Ist es das? Das ist ja Wahnsinn!", ruft sie voller Freude aus.

Jetzt kann sie erahnen, warum Thomas sich so gefreut hat. So etwas hat sie in ihrem ganzen Leben noch nicht gesehen. Wer kommt denn auf die Idee, ein solches Hotel zu bauen, einmalig, wirklich einmalig.

„Baby, du hast mir nicht zu viel versprochen, das ist ja gigantisch", freut sie sich.

„Warte erst einmal ab, bis du das Ganze gesehen hast, es ist wirklich einmalig, so etwas gibt es kein zweites Mal auf der Welt, abgesehen von Dubai – und fünf Tage nur für uns", flüstert er ihr verheißungsvoll ins Ohr.

„Wir können so viel machen, vielleicht gehen wir auch einmal schnorcheln oder tauchen, ich würde es wirklich gerne ausprobieren", erwidert Myriell.

Thomas nickt ihr zustimmend zu und küsst sie erneut und hält sie in seinen Armen. Es ist sehr heiß, doch sie sind so glücklich und kleben gerne aneinander, im wahrsten Sinne des Wortes.

Beim Einchecken gehen Myriell bereits die Augen über, denn die Halle hat ein gigantisches Ausmaß und ist kuppelförmig gebaut mit Ausmaßen von bestimmt 60 Meter Höhe und 150 Meter Breite. Die Kuppel ist mit Stuck verziert und in der Mitte der Kuppel sorgt ein künstlich aufgemalter Himmel für den Eindruck, als ob man direkt in den endlos blauen Himmel blicken kann, obwohl darüber noch weitere Stockwerke vorhanden sein müssen. Die Illusion ist perfekt. Im mittleren Teil sind riesige farbenfrohe Mosaike an den Wänden angebracht und der Boden ist ebenfalls edel mit Marmormosaiken ausgekleidet.

Diese Halle vermittelt dem Urlauber das Gefühl, in eine Welt ungeheuren Luxus gepaart mit der Lebensfreude der Bahamas einzutauchen. Myriell schaut Thomas verlegen an.

„Darling, vielen Dank für das schöne Geschenk, war das nicht ein bisschen teuer?"

„Myriell, es ist nicht ganz preiswert hier, willst du es denn schlechter haben?", lächelt Thomas sie an und küsst sie erneut.

„Lass uns auf das Zimmer gehen", fügt er mit euphorischer Stimme augenzwinkernd hinzu.

Das Zimmer liegt im Westflügel und ist erst in einer halben Stunde bezugsbereit. Deshalb beschließen sie erst einmal durch das Casino zu schlendern. Vor dem Casinoeingang ist eine beeindruckende Glasskulptur installiert. Sie kommt aus dem Boden und hat einen Durchmesser von bestimmt drei Metern, sie wirkt riesig, unzählige weiß-silberne geschwungene, in sich verdrehte und verschieden lange Glasarme ragen in einem Block von fünf Metern in die Höhe und sind von oben angestrahlt. Von der Form könnte man diese Skulptur mit einer aufgestellten Toilettenbürste vergleichen, deren Stiel abgeschnitten wurde. Die einzelnen Muranoglas-Arme sind die Borsten.

„Wahnsinn, wer denkt sich denn so etwas aus?"

Im Casino geht der Kunsthype weiter. Die Automaten und Tische kennen Myriell und Thomas ja schon aus Las Vegas, doch hier ist zusätzlich weitere beeindruckende Kunst installiert. Die Wechselstube am Anfang trägt eine Sonnenskulptur auf dem Dach. Die gleiche Technik wie zuvor die Skulptur im Eingang. Diesmal in runder Form mit rot-orange-gelb changierenden Glasarmen.

Eine dritte Skulptur befindet sich auf einem weiteren Dach: der Mond. Unzählige in Blautönen gehaltene Glasscheiben sind auf einer Kugel installiert.

Beide Skulpturen sind durch entsprechende Lichteffekte hervorragend in Szene gesetzt.

An den Seiten des Casinos befinden sich weitere Skulpturen, die Myriell von weitem ausmachen kann.

Wie in Trance läuft Myriell durch die weiter folgenden Straßenpassagen. Es ist alles überdacht, voll klimatisiert und mit Marmor ausgestattet. Wie eine moderne Einkaufsmeile mit exklusiven Cafés und Geschäften.

„Die Hotels sind alle mit Gängen miteinander verbunden. Hier sind wir lediglich im neu gebauten Tower. Auf der anderen Seite ist noch eine Mall mit den exklusiven Designern wie Versace und Gucci, Prada, …", erklärt ihr Thomas.

Myriell kommt aus dem Staunen nicht heraus und am Ende des Gebäudes treten sie ins Freie. Hier steht Wachpersonal, sie zeigen ihre Zimmerkarte vor, denn Vorsicht ist immer ein guter Begleiter. Es geht weiter, einen gigantischen, schön angelegten Gang entlang unter dem Gebäude her zum Westflügel. Vom Empfang bis zum Westflügel legen sie bestimmt fast einen Kilometer zurück, es kommt Myriell zumindest so vor. Überall sind zudem kleine Becken an den Rändern angelegt, wie Blumenbeete.

„Schau mal, da sind Hummer, ganz viele!", ruft Myriell entzückt.

„Ja, das ist sozusagen die Randbepflanzung, der kleinste Teil der Becken. Wir schauen uns das Ganze später in Ruhe an, hier gibt es immerhin das größte Freiluftaquarium der Welt mit circa 50 000 Meerestieren", sagt Thomas und zieht sie leicht am Arm vom Beckenrand weg.

Er kann ihre Entzückung gut verstehen, denn ihm ist es beim ersten Besuch von Atlantis ebenso ergangen. Doch jetzt will er sie erst einmal für sich auf dem Zimmer haben.

Sie steigen in den Aufzug und fahren in den 15. Stock. Das Zimmer hat Meerblick, obwohl man auf der einen Seite nach Nassau hinübersieht, ebenfalls mit Meer dazwischen. Sie haben die bessere Kategorie zum Meer hin. Es ist ein Studio mit getrenntem Wohn- und Schlafbereich.

Die Koffer sind bereits in den Zimmern. Myriell will sie sofort auspacken, doch ihr Mann zieht sie ins Schlafzimmer und lässt ihr keine Zeit dafür, er kommt, bevor sie intervenieren kann, direkt zur Sache. Er reißt ihr die Kleider vom Leib … Sie lässt es passieren. Es beunruhigt sie ein wenig, doch dann genießt sie seine Ungezügeltheit in vollen Zügen, was für ein Mann!

Die ganze Aktion dauert nur einige Minuten. Danach nimmt Thomas sie auf den Arm und trägt sie direkt ins Bad. Sie duschen zusammen, küssen sich erneut heftig. Sie macht ihn total geil und nach ein paar Minuten liebt er sie erneut.

Thomas denkt, dass er, bevor er Myriell getroffen hat, einige Jahre keinen sexuellen Kontakt mehr zu Frauen hatte. Er ist über die Wirkung, die diese Frau auf ihn hat, immer wieder mehr als erstaunt, zudem ihn ein neues, sehr intimes Gefühl ereilt. Wenn er an sie denkt, will er sie mit niemandem teilen, sie ist seine Frau, er will sie für sich alleine haben.

Etwas später schlafen sie zusammen in dem wohlklimatisierten Zimmer im großen Kingsize-Bett eng aneinander geschmiegt ein. Er liebt sie wirklich, wie wunderbar.

Nach einer guten Stunde wacht Myriell auf und löst sich langsam von Thomas, doch der ergreift sie erneut und zieht sie zurück ins Bett.

Als sie Hunger verspüren, wird eine große Pizza bestellt, die sie ebenfalls im Bett verspeisen. Myriell genießt diese ungekannte Nähe zu ihrem Mann sehr.

Sie entdecken neue, entspannte und lustige Seiten ihres gemeinsamen Zusammenseins. Es wird gescherzt, miteinander gelacht und herzlich geschmust, sie lieben sich immer wieder spielerisch leidenschaftlich und schlafen am späten Abend glücklich zusammen ein.

Kapitel 34

Bahamas 1

„Schau mal, Thomas, da ist ein ganzes Becken voller Rochen!", ruft Myriell begeistert.

Sie haben soeben das Zimmer zum Frühstücken verlassen. Thomas hat beschlossen, zunächst mit ihr durch die Außenanlage zu gehen, da sie es kaum erwarten kann, mehr davon zu sehen. Als sie aus dem Westflügel treten, müssen sie zunächst über eine ausladende Treppe hinunter zu den Pools. Am Ende der Treppe ist das erste große Fischbecken platziert und eine Brücke macht es seinen Bewohnern möglich, die ganzen circa 300 Meter auszunutzen. Sie schwimmen unter der Brücke durch. Der Betrachter kann so leicht die Rochen in ihrer vollen Pracht bestaunen.

„Thomas, die Rochen haben ganz viele Punkte, ist das nicht großartig?"

„Lass uns zu den Haien gehen", sagt Thomas und geht zielsicher auf eine Pyramide im Maya-Stil zu. Dieser Mayatempel beherbergt eine Unzahl von Haien, die durch große Glasscheiben betrachtet werden können. Zusätzlich gibt es mehrere Rutschen, die sich ihren Weg durch transparente Röhren mitten durch das Meer an Haien und den Tempel bahnen.

„Wow, das ist ja toll, da möchte ich gleich auch mal rutschen!", ruft Myriell begeistert.

„Doch wohl nicht auf der Speed-Rutsche, die ist wie im freien Fall, es gibt auch noch eine ungefährlichere Rutsche mit großen Reifen", entgegnet ihr Thomas mit einem zufriedenen Lächeln.

Es freut ihn, dass es Myriell so gut gefällt. Überall auf dem Gelände sind weitere Becken mit allen nur erdenklichen Meerestieren, Thomas erfreut sich an Myriells begeisterten, verzückten Gefühlsausbrüchen.

Als sie am „The Dig" angekommen sind, ist es total um sie geschehen.

Dort geht es unterirdisch durch die Becken. Im zitronengelben Licht der Unterwasser-Spots schweben anmutige Teufelsrochen zwischen versunkenen Ruinen und ägyptischen Stierköpfen herum. Seltene Fische oder solche, die nur alleine gehalten werden können, wie Piranhas und Muränen, sind in separaten Becken in Szene gesetzt.

Nachdem sie die unterirdischen Tunnel und Becken vor und zurück durchwandert sind, schauen sie sich noch das Riff an. Eine große Hängebrücke überspannt das riesige Riff, das einen Zugang zum Meerwasser hat, außerdem kann man durch einen Plexiglastunnel durch das künstliche Riff gehen. Haie und Schildkröten paddeln über ihre Köpfe hinweg. Dahinter und darüber schimmernde Palmen im Sonnenlicht. Sie halten einen Moment inne und Thomas sieht, dass Myriell mit den Tränen zu kämpfen hat, so bewegt sie diese Szenerie. Er nimmt sie liebevoll in die Arme und hält sie ganz fest und sicher, streichelt sanft ihre Wange.

So viel Vertrautheit hat er nie zuvor für einen Menschen empfunden und dieses Gefühl hat ihm eine ganz neue Lebensperspektive eröffnet. Er sieht Myriell verliebt an und bemerkt erstaunt eine Träne, die ihm selbst über die Wange rollt.

„Baby, ich liebe dich", sagt er und küsst sie sanft und hält sie weiter in seinen Armen.

Ein inniger Moment der vertrauten Zweisamkeit.

Thomas überlegt, wie er da nur wieder rauskommen soll. Dass er seine große Liebe findet, war nicht geplant. Hätte er nur nie diesen Deal gemacht. Obwohl, wenn er ihn nicht gemacht hätte, dann wäre er jetzt wohl kaum mit dieser wundervollen Frau verheiratet und hätte niemals diese Glücksgefühle erlebt.

Thomas hat sich in den letzten Monaten sehr stark verändert. Das erste Mal in seinem Leben liebt er und das äußert sich auch darin, dass ihn allein der Gedanke, ein Kind mit Myriell haben zu wollen, wirklich glücklich macht. Er will das Kind nicht mehr des Geldes wegen.

Irgendwann wird er ihr die Dummheit mit dem Deal gestehen, denn er hat auch das erste Mal in seinem Leben das Gefühl, wirklich ehrlich mit einem Menschen sein zu wollen – irgendwann, doch jetzt noch nicht.

Bei diesem Gedanken, ihr diese Sache gestehen zu müssen, bekommt er eine Art Panikgefühl, es ist sicher noch zu früh für ein Geständnis.

Ein so aufrichtiger Mensch wie Myriell könnte die Flucht vor ihm ergreifen und das ist das Letzte, was er will. Davor hat er große Angst. Tief in seinem Inneren ahnt er jedoch, dass er einen Menschen wie Myriell nur mit der Wahrheit gepaart mit seiner großen Liebe dauerhaft an sich binden kann.

Die Zeit wird kommen, dann wird er ihr alles beichten, und diese Zeit wird schneller kommen, als er denkt. Im Moment jedenfalls will er über diese Konsequenzen nicht wirklich nachdenken. Die restlichen Urlaubstage möchte er auch Urlaub von seinem verkorksten Leben machen und eine Ahnung vom wirklichen Glück in einer intakten Beziehung erhaschen.

Er genießt den Moment, denn nach seiner Interpretation ist allein die Gegenwart für ihn wichtig, die Vergangenheit liegt nicht in seinem Fokus. Doch die Vergangenheit ist ein Teil seines Seins und die Zukunftsplanung wird bald eine größere Rolle in seinem Leben spielen, als er jemals geahnt hätte. In diesem Moment schwimmt ein gigantischer Teufelsrochen über sie hinweg und Myriell löst sich langsam aus seiner Umarmung.

„Schatz, lass uns noch den Strand anschauen." Sie gehen eng umschlungen weiter durch die Röhre und sind ganz gefangen im Bann der wunderbaren Magie der Szenerie.

Der Strand ist riesig lang, ein türkisblaues Meer mit weißem, feinkörnigem Sand hätte auf der schönsten Ansichtskarte nicht besser festgehalten werden können. Alles ist so perfekt, einfach wunderbar.

„Genieße den Augenblick", flüstert ihr Thomas zärtlich ins Ohr. Sie nickt ihm zu und küsst ihn leidenschaftlich.

Gestört werden sie durch das laute Geplapper einiger Inseldamen, die Myriell ansprechen. Sie versteht die Inselbewohnerin zunächst nicht, doch bald wird ihr klar, dass sie ihr die Haare flechten möchten.

Myriell möchte keine Rasterzöpfe und hat alle Not, die drei Frauen von ihrem Tun abzuhalten. Thomas findet das Bild amüsant und steckt der am lautesten wetternden Dame 20 Dollar zu.

„Nein, Thomas, das steht mir bestimmt nicht", doch schon ist es passiert, Myriell sitzt in einem kleinen Strandstuhl und sechs Finger werken auf ihrem Kopf herum. Nach 15 Minuten ist das Werk vollbracht und ihr langes blondes Haar in unzähligen Rasterzöpfen verflochten.

„Du siehst bezaubernd aus!" Jetzt ist das Urlaubsbild perfekt.

Es steht ihr sehr gut, sie erinnert mit dem streng zurück geflochtenen Haar an Bo Derek in ihren besten Zeiten. Wirklich hübsch und der Look passt perfekt auf die Bahamas.

So schlendern sie weiter über den Strand und viele bewundernde Blicke der anderen Männer sind ihr sicher. Thomas bemerkt diese Blicke und ist noch stolzer darauf, mit dieser wunderschönen Frau verheiratet zu sein.

Kapitel 35

Bahamas 2

Myriell liegt entspannt in der Sonne und genießt den lauen sonnigen Tag. Thomas animiert sie zum Schwimmen und möchte endlich einmal die Wasserrutschen ausprobieren.

„Lass uns mal rutschen – mit den dicken Reifen durch das Haibecken, das macht Spaß!", ruft er voller Lebensfreude.

Das lässt sie sich nicht zweimal sagen und folgt ihm zu den großen Schwimmringen. Schnell sind sie mit den Ringen die Treppe hoch und warten gespannt in der kleinen Schlange vor dem Rutscheinlass. Dieser wird von einem „Lifeguard" kontrolliert. Die Abstände am Einlass müssen eingehalten werden, denn wenn dies nicht passiert, könnte eine Karambolage mit dem Vordermann die Folge sein. Myriell ist zuerst dran. Sie klettert in den Reifen, setzt sich, die Beine voraus, und hält sich an den dafür vorgesehenen Halterungen verkrampft fest. Kreischend rutscht sie die ersten Meter mit fest zusammengekniffenen Augen herunter. Dann öffnet sie die Augen, denn es geht rasant in eine Biegung. Da sollte sie besser sehen, was kommt. Nachdem sie Gefallen am Tempo gefunden hat, legt sie sich richtig rasant in die Kurven und quietscht vor Vergnügen. Die Fahrt wird abrupt gestoppt und sie gleitet in der transparenten Röhre langsam vorwärts, inmitten von Haien. Das ist wunderbar! Eine Mischung aus Speed und bedrohlichem Haiszenario. Typisch amerikanisch, eben „thrilling".

Kurze Zeit später folgt ihr Thomas und er rudert kräftig mit den Armen, um sie zu erreichen.

„Wie war es?", ruft er ihr lachend zu.

„Aufregend und gleichzeitig Furcht einflößend und wunderbar, lass uns sofort noch mal!", während sie spricht werden sie auf den letzten Metern beschleunigt und landen im Ausstiegsbecken.

Es werden fast alle Rutschen und Pools, die über den Park verteilt sind, von ihnen ausprobiert, sie haben Blut geleckt. So vergeht der Tag, denn es sind sehr viele Rutschen und Pools. Sie amüsieren sich prächtig und spielen im Wasser unbeschwert wie die Kinder. Myriell beobachtet ihren Thomas, wie er soeben in einem dicken Schwimmreifen den künstlich angelegten Fluss dahinpaddelt.

Gegen 16 Uhr schlendern sie erschöpft und glücklich zurück in die Suite. Thomas geht zunächst ins Bad, um sich zu duschen. Myriell hat es bislang nicht mal geschafft, ihren Kulturbeutel auszupacken, der steht windschief auf dem Badewannenrand. Als Thomas sich umdreht, erwischt er den Beutel und der fliegt im hohen Bogen auf die Erde. Der gesamte Inhalt liegt auf dem Boden und eine kleine Pillenschachtel springt ihn förmlich an. Gerade, als er sich danach bückt und ungläubig auf die Verpackung starrt, betritt sie durch den Krach aufgeschreckt das Bad.

„Was ist das?", fragt Thomas mit einem enttäuschten Unterton und sieht sie fragend an.

„Sorry, Baby, ich hatte nicht den Mut, mit dir darüber zu sprechen", antwortet sie auf seinen enttäuschten Gesichtsausdruck hin.

„Wie willst du schwanger werden, wenn du die ganze Zeit die Pille nimmst, das glaub ich einfach nicht, da kann ich ja lange warten, unglaublich", entgegnet er angesäuert.

„Es passt gerade nicht in unser Leben, die Arbeit ist so gut angelaufen und es wird immer besser, ich wollte noch einige Zeit damit warten."

„Du, du, du – ich gehöre auch zu der Entscheidung dazu, wir hatten Silvester doch beschlossen ein Kind zu bekommen, warum hältst du dich nicht daran?" Thomas wird lauter und ungehaltener.

„Wir haben das nicht beschlossen, sondern du wolltest das unbedingt und hast meine Zustimmung einfach vorausgesetzt, das hat es mir so schwer gemacht, darüber zu sprechen", ruft sie erhitzt zurück.

„Glaubst du etwa ernsthaft, in deinem Job läuft es gut? Victor spielt doch nur mit dir! Er hat dich doch nur eingestellt, weil wir einen Deal hatten!", ruft er ihr entgegen.

Nun hat er eigentlich zu viel gesagt, das mit dem Deal wollte er ihr zwar irgendwann einmal beichten, doch so sollte sie es nicht erfahren.

Eine peinliche Pause entsteht.

Myriell ist entsetzt und muss erst einmal nach Luft schnappen, dann bricht sie wütend heraus:

„Was für einen Deal habt ihr gemacht? Sag mir die Wahrheit, ich will es wissen!"

Jetzt ist es ihm auch egal, denn sie hat ihn maßlos enttäuscht und so bricht er heraus:

„Es war alles inszeniert, hörst du, alles, von Anfang an, the boys wanna play und du bist das Spielzeug gewesen, für uns alle, und ich habe den großen Fehler gemacht, mich in dich zu verlieben. Ja, ich liebe dich mit jeder Faser meines Herzens!"

Es steigen ihm die Tränen in die Augen und mit weinender Stimme fährt er fort:

„Dieser verfluchte Victor, ich entgehe ihm nicht, nie, jetzt stiehlt er mir meine Liebe zu dir. – In deinem Job läuft es gut, ja, das glaubst du wirklich? Wenn es nicht so traurig wäre, könnte man darüber lachen. Er lässt dich nur den Job machen, um mit dir zu spielen."

Myriell ist entsetzt, sie schaut den weinenden Thomas mit weit aufgerissenen Augen an.

„Du verdammter Scheißkerl, wie konntest du so etwas tun, ich habe dich geliebt!"

„Myriell, sprich nicht in der Vergangenheit von unserer Liebe", heult Thomas hemmungslos.

„Was machst du mit mir, was soll das für eine Liebe sein, bei der du mit den Gefühlen des Menschen, der dir am wichtigsten sein sollte, spielst?"

Thomas versucht sie an sich zu ziehen, um sie in seine Arme zu nehmen.

Myriell stößt ihn weg, er versucht erneut sich ihr zu nähern. Sie holt aus und schlägt mit ihrer geballten Faust zu, mitten ins Gesicht.

Thomas taumelt und fällt nach hinten auf den Boden und regt sich nicht mehr. Sie hat ihren Mann k. o. geschlagen. Jetzt schreit sie, weint hemmungslos, bekommt nicht sofort mit, dass Thomas sich nicht mehr bewegt.

„Thomas, Thomas, sag doch was …!"

Sie beugt sich über ihn, er ist fast bewusstlos, langsam kommt er wieder zu sich.

„Myriell, Myriell …", weint er leise.

Sie hält seinen Kopf in ihrem Schoss und sie weinen beide leise in stiller Liebe und das schweißt sie in dieser skurrilen Situation erstaunlicherweise noch mehr zusammen.

„Was soll ich denn jetzt machen, Myriell, alles geht kaputt, ich möchte so gerne ganz normal und glücklich mit dir zusammenleben", jammert Thomas.

„Du musst mir alles ganz genau erzählen, gemeinsam finden wir eine Lösung."

Sie nimmt seinen Kopf mit beiden Händen und sieht in seine verheulten Augen. Sie sieht einen zutiefst getroffenen, verzweifelten Mann, ihren Mann.

Was für einen Deal er genau meint, wird sie in den nächsten zwei Stunden im Detail erfahren.

Nachdem einige Minuten vergangen sind und sich die beiden wieder ein wenig beruhigt haben, wiederholt Myriell vorsichtig ihre Frage:

„Erzähle mir doch bitte, was passiert ist, Thomas."

Thomas fängt langsam an.

Nach seinem Studium begann er als normaler Schadensachbearbeiter bei Taxa Art. Nachdem er einige Kunstdiebstahl-Akten erfolgreich bearbeitet hatte, stiegen sein Ansehen und seine Position langsam im Unternehmen.

Er war in Miami gelandet und erkundete in den langen lauen Sommernächten die Amüsiermeile von Miami Beach. Die Stadt hat viel zu bieten und so war er bereits nach kurzer Zeit ein hübsches, bekanntes Gesicht in der Szene. Es dauerte nicht lange, da lernte er einen bekannten Modezar kennen und wurde auf seine Party in der Villa in Miami Beach eingeladen. Es ging hoch her und alles, was in der Stadt Rang und Namen hatte, war vertreten. So lernte er zunächst Dan kennen, ihren jetzigen Nachbarn.

„Aber ich dachte immer, du kennst Dan gar nicht und du hast ihn auch nicht sonderlich gemocht, den Eindruck hatte ich zumindest", entgegnet sie überrascht.

„Das gehörte am Anfang zum Spiel mit dazu, Darling, es sollte alles möglichst glaubwürdig wirken und meine Rolle war, Dan nicht zu kennen."

„Das ist dir gelungen, ich habe wirklich geglaubt, ihr kennt euch nicht."

Thomas erzählt weiter von ausschweifenden Partys und vielen Bekanntschaften. So ein Leben kostet sehr viel Geld, obwohl er häufig von seinen neuen Bekanntschaften ausgehalten wurde. Das hatte seinen Preis und so fand er sich bald in den Szenebetten wieder.

Er liebte dieses neue Leben, denn ihn machten die Kontakte an und er entdeckte seine Vorliebe für das gleiche Geschlecht, er lebte und liebte heftig mit jeder Faser seines Körpers. Lange Zeit dachte er, er sei schwul, denn Frauen interessierten ihn von dem Zeitpunkt an nicht mehr.

Das homosexuelle Leben in Miami Beach war und ist immer noch sehr ausgeprägt. Es gibt sehr viel gleichgeschlechtliche Liebe in der Stadt. Man könnte sagen, dass die Stadt zu der Zeit und bis heute eine magische Anziehung auf alle extremen sexuellen Spielarten hat, eine Ausnahmeerscheinung im sonst so prüden Amerika, es gibt keinen vergleichbaren Ort.

Auch Victor ließ gerne die Puppen beiderlei Geschlechts tanzen, doch dass er sexuell aktiv wurde, hat Thomas nie beobachtet. Er ist jemand, der sich daran aufgeilt, Macht zu besitzen und mit anderen Menschen zu spielen, über die sexuelle Befriedigung ist er längst hinweg, diese Handlungen sind ihm zu primitiv, er steht über den körperlichen Gelüsten.

Seinen Kick erfährt er durch psychologische Beeinflussung anderer Menschen, wenn er sich jemanden auserkoren hat, seiner würdig zu sein, dann spielt er sein Psychodrama mit dieser Person.

„Das hatte er auch mit dir vor, Schatz, du hast zwar nie viel erzählt, doch ich bin mir sicher, dass er bereits damit angefangen hat."

„Ja, hat er Thomas, doch ich bin ihm nie richtig auf den Leim gegangen, ich habe ihn glauben lassen, mich im Griff zu haben, jetzt wird mir sein Verhalten klarer. Zuckerbrot und Peitsche, Liebe und Liebesentzug, Großzügigkeit und Kleinkrämerei, Achtung und Missachtung, das sind seine häufig angewandten Methoden. Er war mir doch nie so wichtig, dass es mich im Innersten berührt hätte, denn ich habe immer geglaubt, jederzeit gehen zu können."

„Victor ist nicht ungefährlich und hat mich in der Hand, unterschätze ihn nicht", entgegnet Thomas ihren seiner Meinung nach etwas naiven Ausführungen und ihrem naiven Bild von Victor.

„Um aus dieser Beziehung entfliehen zu können, muss man ihn mit gleichen Waffen bekämpfen."

Thomas erzählt weiter, wie er Sven Stevenson, Michael Morada und Manolo Madres, den Polizeichef von Miami, bei einer weiteren Party kennen lernte.

Die Männer unternahmen fortan in verschiedenen Konstellationen etwas zusammen und verreisten gemeinsam nach Las Vegas, um dort die schwule Szene zu testen.

„Die drei letztgenannten Herren sind bisexuell und wechseln wahlweise die Geschlechter. Der Polizeichef ist besonders extrem, Madres mag es gerne jung, für meinen Geschmack zu jung."

Terry war auch immer dabei und überredete Thomas. Das ist jetzt ziemlich genau drei Jahre her.

„Wann komme ich ins Spiel?", will Myriell wissen.

Thomas erzählt ihr, wie es zu dem Deal kam. Victor war der Nachlassverwalter seines Vaters und der hatte für seinen Sohn ein intaktes Familienleben gewünscht. Nun hatte Victor zur Genüge gesehen, dass Thomas sich ganz extrem in die falsche Richtung entwickelte. An ein „normales" Familienleben war wohl kaum noch zu denken.

Thomas sollte heiraten! Nur wie konnte dies geschehen?

„Victor griff auf einen Trick zurück, er machte einen Vertrag mit mir. Myriell, so ist es entstanden, ich war skrupellos und das Angebot war sehr verlockend. Es war nicht vorauszusehen, dass ich mich ernsthaft verliebe."

Er nimmt seinen Laptop und zeigt ihr den Vertrag, der Thomas verpflichtet, eine europäische Frau mit besonderen Kriterien zu heiraten. Die Ehe sollte mindestens fünf Jahre halten und glücklich vollzogen werden, des Weiteren sollte ein Kind aus ihr hervorgehen.

Dafür sollte Thomas von den Vertragspartnern, gestaffelt nach ihren Möglichkeiten, eine Vergütung von mehreren Millionen Dollar erhalten.

„Ich traf dich in Berlin, den Rest kennst du. Myriell, zieh bitte keine falschen Schlüsse, ich will dich und das Kind von dir nicht aus diesem Grund", erklärt Thomas sofort.

Die ganze Geschichte ist harter Tobak für Myriell. Wie in einem echten Gangsterfilm in Miami Vice aus den 80er Jahren. Sie starrt vor sich hin, denn sie hat mit viel gerechnet, doch das, was sie eben gehört hat, übersteigt ihr Vorstellungsvermögen komplett. Sie ist wie paralysiert und kann zunächst nichts sagen und denken, nicht mal weinen geht mehr.

Es dauert eine ganze Weile, bis sie das Gehörte realisiert hat.

„Das ist jetzt ein schlechter Scherz? Das gibt es doch nicht, ich kann es nicht glauben. Was wäre denn gewesen, wenn du es nicht geschafft hättest?", fragt sie verwirrt.

„Kein Geld, kein Erbe", antwortet Thomas nüchtern.

„Bist du verrückt, auf so etwas einzugehen!"

„Ja, du hast Recht, doch damals war ich zu geldgierig und bedenke, Schatz, ich hätte dich nie kennen und lieben gelernt und wäre wahrscheinlich immer noch so verkommen wie zuvor."

„Was tun wir denn jetzt?", fragt Myriell geistesabwesend.

„Lass uns den letzten Tag im Paradies genießen", entgegnet Thomas.

Doch der Abend und der nächste Tag sind alles andere als lustig.

Myriell hängt die ganze Zeit ihren düsteren Gedanken nach und sucht angestrengt nach einer Lösung des Problems. Sie glaubt ihrem Mann seine Liebe zu ihr und ist froh, nun endlich sein Geheimnis zu kennen.

Victor mit den eigenen Waffen schlagen, die Aussage spukt in ihrem Kopf herum und sie hat auch schon eine Idee, wie dies zu schaffen sein könnte: Dreh es um, dreh die Situation um.

Kapitel 36

Dritter Fall

Es ist ein strahlender Montag, Myriell hat gerade einige Aktendateien aufgerufen und sich die dazugehörigen Akten bestellt. Diese liegen noch auf ihrem Schreibtisch, die Aktenrücken zu ihr, sodass für einen plötzlichen Besucher nicht direkt ersichtlich ist, woran sie gerade arbeitet. Sie ist sehr vorsichtig geworden, zumal sie in einigen Akten ihrer Kollegen recherchiert. Vor allem der Firma IMEX und dessen Inhaber Mr. Stevenson widmet sie ihre Aufmerksamkeit. Doch bislang hat sie keinen Hinweis auf Zusammenhänge gefunden, alles sauber.

Sie hat die ihrer Meinung nach auffälligen Akten zu Hause gescannt und gespeichert. Ihre Tasche ist etwas dicker geworden, doch das ist niemandem aufgefallen.

Es klopft leise an der Tür und bevor sie etwas sagen kann, steht Victor unangemeldet im Zimmer. Sie und die ganzen Akten, die ihr nicht zuzuordnen sind … hoffentlich schöpft er keinen Verdacht.

Um nicht aufzufallen, bleibt sie in ihrer Position sitzen und versucht ganz ruhig und entspannt zu wirken. Victor fragt verwundert, was sie da mache, als er sie in den Akten ausmacht.

„Ja, ich habe Langeweile und etwas gelesen", wirft sie munter ein.

„Gegen deine Langeweile habe ich was", wedelt er mit einer Akte.

Sie erhebt sich und geht in Richtung Sitzgruppe auf ihn zu.

„Wieder ein Kunstraub?"

„Ja, Myriell, da du mittlerweile Expertin bist, sollst du ihn wieder bekommen. Ich möchte schnell eine Erfolgsmeldung von dir hören."

„Ich werde mein Bestes tun, um den Fall schnell und erfolgreich zu lösen – möchtest du einen Kaffee?"

„Nein, nein, ich habe meine Kaffeeration für heute schon aufgebraucht. Das Wetter ist so schön, ich möchte mal wieder mit dir essen, hast du Lust? Jetzt gleich, ich bestelle den Wagen."

Um keinen Verdacht zu erwecken, täuscht sie Freude vor und fragt ihn aufgeregt, wohin er denn mit ihr will.

„Lass dich überraschen, ich habe mir etwas Nettes ausgedacht."

Sie geht darauf ein und nach kurzer Zeit sitzen sie bereits in seiner Limousine. Die Fahrt geht stadtauswärts Richtung Florida Keys.

In Key Largo biegt der Wagen in einen kleinen Hafen ab.

An einem der Stege liegt eine recht große Jacht, die sofort ihre Aufmerksamkeit erregt. Die „Lavoyer" ist weiß, riesig und futuristisch, eine Art „Speedboat".

„Darf ich vorstellen: mein Boot. Es ist alles für einen exklusiven Lunch vorbereitet", freut sich Victor.

Es ist ihm deutlich anzumerken, dass er stolz auf die schmucke Jacht ist, und Myriell zeigt sich beeindruckt.

„Wunderschön, leider sind wir so förmlich, ich im Kostüm und du im Anzug."

„Es ist alles da, wir können nach dem Essen im Golf schwimmen und schnorcheln, wenn du magst."

Ihr wird ganz anders, schwimmen und schnorcheln, das ist ihr zu intim, doch was bleibt ihr übrig. Wenn sie keinen Verdacht erregen will, muss sie wohl mitmachen. Sie denkt an die Worte von Thomas, „er ist über den Sex hinaus", das hofft sie sehr, denn Sex mit ihrem Chef, das ist das Letzte, was sie sich vorstellen kann.

Sie gehen an Bord und werden von der Crew empfangen, die aus sechs Personen besteht.

„Ganz schön beeindruckend, Victor, I am very amused, wer hätte das gedacht, sehr schönes Schiff."

„Ja, ein schönes Spielzeug, wenn man es mit jemandem teilen kann – lass uns ablegen!"

Sie hat sich vorgenommen, ganz natürlich zu sein, um kein Misstrauen zu erwecken. Irgendwie wird sie die Situation schon meistern und Victor benimmt sich bislang wie ein Gentleman.

Also beschließt sie, den Trip zu genießen, denn sie wird nicht alle Tage auf ein solches Boot eingeladen. Wenn sie es sich richtig überlegt, war sie noch nie an Bord eines solch luxuriösen Schiffes.

Das Essen ist wunderbar, es gibt zunächst gebratene Austernpilze als Vorspeise und danach gegrillte Garnelen mit einem knackigen Salat und Knoblauchbrot.

„Lecker, Thomas wird sich heute Abend bei mir bedanken, bei dem vielen Knoblauch", strahlt sie Victor an.

Thomas hätte Myriell besser nicht erwähnt, denn Victor antwortet ihr nicht und seine Miene verfinstert sich zusehends. Sie merkt das sofort und versucht, die Kurve zu kriegen.

„Was ist das für ein wunderbarer, leichter Weißwein? Er passt herrlich zu den Garnelen", fragt sie weiter.

Jawohl, sie hat ihn wieder, er antwortet ihr mit deutlich aufgehellter Miene.

„Der Wein kommt von meinem Weingut in Kalifornien, ein leichter Chardonnay, es freut mich, dass er dir schmeckt."

Sie plaudern weiter über das Weingut, die guten Jahrgänge, die seine Winzer in den letzten Jahren geerntet haben, und dass er mit seinem Wein ebenfalls gut im Geschäft ist.

Sie spricht die neue Akte an.

„Victor, hast du schon mal in die Akte geschaut? Welches Kunstobjekt wurde denn gestohlen? Ich hatte noch keine Gelegenheit, mich kundig zu machen."

„Myriell, das weiß ich wirklich nicht, lass uns doch den Trip genießen und nicht von der Arbeit reden!", entgegnet er leicht genervt.

Hoppla, erst der Mann, dann die Arbeit, diese Themen scheinen heute nicht auf Victors Gesprächsprogramm zu stehen. Okay, sie wird sich daran halten, dann soll er halt die Themen vorgeben.

Victor redet weiter von seinem Weingut, erklärt ihr die Rebsorten und winkt dem Kellner. Zum Abschluss wird Pannacotta serviert, ein herrlich lockeres Dessert aus gekochter Sahne. Es ist ausgesprochen gut gelungen und zerfließt auf der Zunge.

„Mmh, lecker, das geht sofort auf die Hüften, du meinst es zu gut mit mir." Sie ist begeistert, denn bei allen Vorbehalten, die sie seit dem Geständnis von Thomas auf den Bahamas gegen Victor hat – diese Inszenierung ist ihm wirklich gut gelungen. Also schiebt sie für ein paar Stunden ihre Bedenken zur Seite und genießt die ihr bereits bekannte freundliche und charmante Seite von Victor.

Er scheint heute mit mir einen schönen Tag verbringen zu wollen, was ist falsch daran?

Nachdem sie gegessen haben und der Wein die Stimmung noch ein wenig mehr gelöst hat, ankern sie nahe einer malerischen kleinen Bucht mit schneeweißem Sandstrand.

Postkartenmotive erschließen sich ihren Blicken und sie kann nicht widerstehen, Victor muss nicht zweimal fragen, ob sie mit ihm schwimmen will.

Gerne schlüpft sie in einen der in der Kabine bereitliegenden Badeanzüge und Bikinis. Victor hat ihr eine ganze Palette zur Auswahl hinlegen lassen, alle nagelneu und geschmackvoll, das Markenschild ist jeweils noch vorhanden.

Sie entscheidet sich für einen lachsfarbenen Badeanzug mit karibischen Blütenmustern in pastelligen Farben, der ihr ausgezeichnet steht und ihre leichte Bräune unterstreicht.

„Myriell, du bist wunderschön", strahlt ihr Victor entgegen.

Victor hat auch eine Menge zu bieten, denn sein jugendlicher Körper ist durchtrainiert und hat kein Gramm Fett zu viel. Er ist ebenfalls gebräunt und die nicht vorhandene Brustbehaarung unterstreicht den gepflegten Eindruck. Er wirkt sehr erotisch auf sie, das ist nicht zu leugnen, so verletzlich, wie ein Junge, der kein Wässerchen trüben kann. Wie der äußere Eindruck doch täuschen kann. Eine Retro-Badehose von Versace, stylish rundet das Bild ab.

Der Sprung ins Wasser erfrischt nur im ersten Moment, denn der Golfstrom ist warm, doch das ist genau das Richtige: Badewannentemperatur, herrlich!

Sie schwimmen um die Wette in Richtung Strand. Victor gewinnt natürlich und nimmt sie an die Hand und hilft ihr galant aus dem Wasser. Nebeneinander liegend genießen sie den warmen Strand, die Füße im Wasser, von der leichten Brandung umspült und von der Sonne gestreichelt.

Victor hält immer noch leicht ihre Hand fest, sie reden nicht.

Sie traut sich nicht, sich von seinem Griff zu lösen, sie liegt einfach nur regungslos da, zugegeben etwas angespannt. Das scheint er instinktiv zu spüren, hält jedoch weiterhin ihre Hand, unternimmt seinerseits auch keine Bewegung. So liegen sie geschlagene 30 Minuten nebeneinander und Myriell beginnt zu sprechen.

„Welch ein schöner Tag, wenn man bedenkt, dass alle anderen arbeiten müssen, was haben wir es doch gut, hier in der Sonne zu dösen. Ich muss aufpassen, dass ich keinen Sonnenbrand bekomme."

„Pst, lass es uns noch ein paar Minuten genießen, so schnell passiert dir nichts, deine Haut ist die Sonne gewöhnt." So liegen sie noch weitere 15 Minuten.

Dann passiert etwas, womit Myriell nicht gerechnet hat.

„Ich liebe dich, meine Schöne."

Victor lässt seine Worte wirken …

Myriell hingegen fehlen die Worte und so sagt sie gar nichts.

„Ich liebe dich, sagen wir, auf meine Weise."

Sie sagt immer noch nichts.

Eine Pause entsteht und Victor setzt zu einem Erklärungsversuch an:

„Ich liebe dich, da du meiner würdig bist, nicht körperlich, mehr auf einer höheren Ebene. Die Körperlichkeit ist viel zu geringschätzend für meine Aufmerksamkeit für dich. Ich fordere mehr Zeit mit dir zusammen ein. Was sagst du dazu?"

Alles, was Myriell jetzt sagt, könnte gegen sie verwendet werden, deshalb versucht sie Zeit zu gewinnen, um überlegen zu können.

„Du überraschst mich immer wieder, Victor. Ich fühle mich geschmeichelt."

Sie überlegt angestrengt nach einer Möglichkeit, entweichen zu können. Wenn er platonische Liebe wünscht, dann muss sie jetzt nach vorne preschen, er muss sich in ihr täuschen, das könnte klappen.

Nach einer dreiviertel Stunde Sonnenbad haben sich Schweißperlen auf Myriells Haut gebildet und der Schweiß beginnt langsam in kleinen Bächen an ihrem Körper herunter zu laufen und sie bildet sich ein, bereits etwas nach Schweiß zu riechen.

Sie löst ihre Hand aus Victors, hebt ihren Oberkörper an und beugt sich direkt über ihn, wobei es sich nicht vermeiden lässt, dass der Schweiß auf ihn tropft. Er fühlt den Schweiß und sofort empfindet er ein heftiges Ekelgefühl.

Überraschend küsst sie ihn in der gleichen Sekunde heftig auf den Mund und schiebt ihm unsensibel ihre Zunge so weit wie möglich in den Mund, fast bis in den Hals hinein. Sie macht es genauso, wie sie es selbst als besonders unangenehm bei ihren ersten Küssen mit unerfahrenen Jungs empfunden hat und verfehlt die beabsichtigte Wirkung nicht: Victor ist entsetzt.

Sie hat alles bewusst falsch gemacht und erntet die erhoffte Reaktion.

Ungehalten, fast schroff, schiebt er sie wirklich angeekelt von sich. Er würgt sogar ein wenig.

„Was machst du da?", stammelt er völlig entsetzt. Victor ist total aus der Verfassung, ihm fehlen jetzt die Worte.

„Hab… habe ich was falsch gemacht?", fragt sie naiv und unsicher.

„Du hast gesagt, du liebst mich und küssen ist da doch richtig, was ist denn jetzt los?"

Er ist immer noch sprachlos und nach dieser, sagen wir mal, Attacke, ist der Zauber vorbei.

„Mir fehlen die Worte, wir sprechen vielleicht später darüber", sagt Victor, springt ins Wasser und schwimmt zurück auf das Schiff. Myriell hat es schwer, hinterher zu kommen und ist außer Atem, der Stuart hilft ihr an Bord.

Victor verschwindet sofort wortlos in seiner Kabine. Sie tut es ihm gleich und zieht sich um, trocknet ihr Haar und bindet es zu einem strengen Zopf zusammen. Victor scheint sie los zu sein, aufgrund ihres unverschämten Verhaltens. Sie kann ihn nur zu gut verstehen, hoffentlich durchschaut er sie nicht.

Victor befindet sich schon perfekt zurechtgemacht an Bord, als Myriell etwas zögerlich die Reling betritt.

„Mit mir sind die Pferde durchgegangen, entschuldige mein Verhalten, ich liebe dich, doch diese Liebe ist platonisch und soll es auch bleiben. Ich verstehe allerdings dein Bedürfnis, mich körperlich zu begehren, das bleibt dir leider verwehrt", erklärt er ihr in einem sehr überheblichen Ton.

Sie muss sich sehr zusammenreißen, um Betroffenheit vorzugeben. Sie bekommt gleich einen Lachanfall und die Bemühungen, diesen zu unterdrücken, erzeugt einen Eindruck, der dem Gesichtsausdruck eines verzweifelten Menschen sehr ähnelt.

Victor deutet dies zumindest so und es erfüllt ihn mit Genugtuung, denn sie kann ihn nicht haben, das hat er beschlossen. Sie ist doch zu primitiv für ihn, wie sie schwitzt und küsst – einfach ekelerregend. Körperlichkeit kann sie von ihm nicht bekommen, allerdings macht ihn ihr vermeintliches Leiden, da sie ihn nicht haben kann, unglaublich an.

Kapitel 37

Ortstermin, J.P. Morgan

Mr. Morgan hat Myriell am frühen Nachmittag in sein Antiquitätengeschäft bestellt. Sie ist sogar 15 Minuten zu früh, so hat sie Zeit, sich noch etwas umzusehen. Ein nettes Geschäft, ein chinesischer Hochzeitsschrank erweckt ihr Interesse. Er ist aus hellem Holz, die Hochzeitsschränke, die sie bisher kannte, waren dunkel. Einlegearbeiten mit bläulichen Steinen lassen das ganze Arrangement sehr edel erscheinen.

Ob die Gegenstände, die vor drei Monaten auf den Weg gegangen waren, überhaupt jemals den Container von innen gesehen hatten, um die Reise per Schiff nach Florida anzutreten, ist nicht anzunehmen. Sie hat bereits für Mr. Morgan recherchiert und war sicher der Meinung, dass er seine geleistete Anzahlung von 50 000 Dollar vom Auktionshaus zurückerhalten muss. Dies möchte sie nun ihrem Mandanten verkünden und hat bereits ein entsprechendes Schriftstück mit der Rückforderung vorbereitet.

Mr. J.P. Morgan steht in der hintersten Ecke seines Geschäftes und unterhält sich mit einem Kunden. Als er sie erblickt, unterbricht er die Unterhaltung und geht forschen Schrittes auf Myriell zu. Der andere Mann verlässt das Geschäft. Ihm schenkt sie keine Beachtung.

„Hallo, Mrs. Parker", diesmal ist er gar nicht schüchtern und kommt mit ausgestreckter Hand auf sie zu.

„Hallo, Mr. Morgan, wie geht es Ihnen? Ich habe gute Neuigkeiten, nach Gesetzeslage bekommen Sie ihr Geld zurück", plappert sie munter drauf los und reicht ihm die Hand.

„Gut zu hören", sie reden noch etwas über den Fall und dann lädt Herr Morgan sie auf einen Kaffee in sein Büro ein, dort können sie ungestört reden. Sie gehen in das Büro, das im hinteren Bereich liegt.

Das Büro ist recht groß und mit einigen edlen antiken Möbeln ausgestattet. In der Mitte befindet sich ein alter großer Tisch mit fünf hochlehnigen großen Stühlen und in dessen Mitte befindet sich ein Bildschirm. Mr. Morgan bietet ihr gegenüber einen Platz an. Myriell versinkt in dem Stuhl, der sich als sehr bequem erweist.

„Das wird Ihnen jetzt recht seltsam vorkommen, Mrs. Parker, wir werden gleich eine Videokonferenz mit Mr. Still starten", sagt er und startet die Konferenz. Gegenüber auf dem Bildschirm erscheint Mr. Still.

Morgan übernimmt die Vorstellung. Myriell kann mit dieser Person nicht recht etwas anfangen, was kann ein Mr. Still zur Sachlage beitragen? Wer ist Mr. Still?

Still kommt gleich zur Sache. Er erzählt ihr, dass er als Interpol-Ermittler in den aktuellen Fällen recherchiert und dass er mit dem Art-Loss-Register (ALR) zusammenarbeitet, da dies die größte Datenbank für gestohlene Kunstwerke ist. Mit Hilfe dieser Datenbank war es ihm möglich, die Kunstdiebstähle nach bestimmten Kriterien zu sortieren. Dies hat er getan und Erstaunliches ist zum Vorschein gekommen.

Still ist sehr direkt und kommt schnell und ohne viele Umschweife zu den Fakten. Er entspricht so gar nicht dem Bild, das sie sich in ihrer Fantasie gemacht hat. Der kleine schmale, junge Mann in Designerklamotten sieht nicht gerade aus wie ein FBI-Agent.

„Ja, Mrs. Parker, auffällig ist, dass in den letzten drei Jahren 34 Kunstdiebstähle von der Anwaltskanzlei Terry bearbeitet wurden. Alle Bilder kehrten nach der Zahlung eines Finderlohnes unbeschadet zurück und alle Fälle wurden von dem Versicherungsunternehmen Taxa Art, für das ihr Mann als Agent arbeitet, versichert. Von den 34 Fällen wurden die Bilder 26 Mal auf dem Transport entwendet, die Transportfirma war jedes Mal IMEX, mit Hauptsitz in Miami, Firmenchef ist Sven Stevenson."

Damit hat sie nicht gerechnet. Die Zusammenhänge liegen auf der Hand, ihr wird einiges klar und sie denkt laut:

„Thomas beauftragt Victor, vorher transportiert Sven die Bilder, aber wie genau ist der Zusammenhang zwischen dem Raub, Transport, Beauftragung und der Wiederbeschaffung, gibt es überhaupt einen Zusammenhang?"

„Ja, genau da kommen Sie ins Spiel, Mrs. Parker. Sie können vielleicht etwas Licht ins Dunkel der Zusammenhänge bringen, denn Sie haben Einsicht in die Akten der Kanzlei. Doch Sie müssen bitte äußerst vorsichtig vorgehen, denn wenn das, was ich vermute, zutrifft, dann ist der Job nicht ganz ungefährlich", Still führt seine Vermutungen weiter aus, denn er glaubt, dass die Kunstdiebstähle inszeniert sind. Mr. X kauft die Bilder und versichert bei Taxa Art, IMEX transportiert, Mr. Y stiehlt die Bilder, Thomas Parker vermittelt die Versicherungsfälle zu Terry.

Terry beschafft die Bilder wieder, kassiert die Versicherungssumme und verteilt das Lösegeld unter den Beteiligten und kassiert zusätzlich noch das Honorar der Versicherungsgesellschaft. So könnte es zumindest nach Stills Vorstellungen sein.

Myriell ist nicht erstaunt über das Szenario, das Still aufgebaut hat, denn tief im Inneren hat sie bereits genauso gedacht und fühlt ihre Vermutungen allein schon dadurch bestätigt, dass jemand vom CIA nach entsprechender Recherche in die gleiche Richtung denkt.

„Ich habe ebenfalls recherchiert und ein „Big picture" entwickelt, das in die gleiche Richtung weist. Wir müssen die Daten zusammenführen. Ich habe schon einige Details, denn Mr. Sven Stevenson ist Mandant unserer Kanzlei, bislang habe ich zehn Fälle ermittelt und bin zu einer ähnlichen Vermutung gekommen. Allerdings kann es immer noch sein, dass mein Mann, Mr. Terry und Mr. Stevenson in keiner Weise darin verwickelt sind, sondern lediglich ihre gut funktionierende Zusammenarbeit nutzen, um möglichst erfolgreich zu sein", sagt sie, doch 34

Fälle sind eigentlich zu viel, um sie dem Zufall zuschreiben zu können. Dass ihr Thomas allerdings in diese Art von Geschäft verwickelt ist, kann sie nicht glauben.

„Wenn ich da mitspiele, was kann ich erwarten?", fragt sie Still etwas ängstlich.

„Straffreiheit, eine neue Identität, wir beschützen Sie eine gewisse Zeit, bis wir sicher sind, dass sie in Ruhe leben können und wir nehmen Sie in unser Zeugenschutzprogramm auf", entgegnet er ruhig.

„Mich und meinen Mann, wenn sich herausstellt, dass er mit der Sache, wenn es sie geben sollte, wenig zu tun hat. Ich kann mir nicht vorstellen, dass er so stark beteiligt ist. Er kassiert für gelöste Fälle von seiner Versicherung Provision, das ist legitim, und Victor Terry gibt ihm für die Aktenvermittlung ebenfalls eine kleine Provision. Darüber kann man sicher streiten, aber diese Tatsache ist nicht wirklich schlimm, es läuft fast überall so, okay?"

„Wir werden sehen, wenn er nicht stark beteiligt ist, wie Sie sagen, dann werden wir eine Lösung finden, doch sprechen Sie mit ihm jetzt noch nicht darüber. Wir werden ihn zu gegebener Zeit einweihen. Ihr beider Ausstieg muss dann perfekt vorbereitet werden."

Myriell denkt noch einen Moment nach. „Okay, Mr. Still, wir haben einen Deal."

Sie klären noch einige Feinheiten. Morgan hat ein kleines Smartphone dabei, das er ihr zwecks Kontaktaufnahme gibt.

„Haben Sie einen Ort, an dem sie das Handy gegebenenfalls verstecken können? Ich brauche eine Möglichkeit, ständig Kontakt mit Ihnen aufnehmen zu können. Telefonieren Sie nie von zu Hause aus oder im Büro mit diesem Handy, schalten Sie die Voicemail ein und fragen diese alle vier Stunden ab. Sie können kurze Mails und SMS-Nachrichten verschicken, wenn sprechen nicht geht. Alles verstanden?"

„Warum soll ich nicht von zu Hause oder dem Büro aus telefonieren?", fragt sie erstaunt.

„Wissen Sie sicher, dass Sie nicht abgehört werden? Wenn die Fälle so sind, wie ich vermute, wird Herr Terry Sie ganz sicher überprüfen, er muss das genau genommen, um sich Ihrer Loyalität sicher zu sein", erklärt Still souverän.

Das wäre es ja noch, dann hätte Terry bestimmt auch mitbekommen, wie oft sie vor Verzweiflung im Büro gesessen und geweint hat, was für ein Schwein! Doch diese Tatsache würde ihn hinsichtlich ihrer Loyalität ihm gegenüber beruhigt haben.

Er muss denken, sie nun in der Tasche zu haben, dieser Gedanke wird durch die Tatsache unterstützt, dass er ihr den teuren Schmuck gekauft hat. Als Zeichen seiner Zufriedenheit mit ihrer Arbeit.

Gut, dass sie nie offen über ihre weitergehenden Recherchen mit einem der Männer gesprochen hat. Wie weise sie doch ist, denn sie hat sich wieder einmal auf ihre Intuition verlassen und die hat sie bislang immer vor den schlimmsten Dingen bewahrt.

Kapitel 38

Einweihung Thomas

In den letzten drei Monaten hat Myriell vier weiteren Kunstentführungen zu einem guten Ende verholfen. Alle vier Fälle sind
nach dem bekannten Muster wie bei den Rauben zuvor abgelaufen und das hat sie nicht erstaunt.

Die Bilder waren bei Taxa Art versichert, wurden von IMEX
transportiert und auf dem Transport entwendet, per Miami Herald
offeriert und verhandelt, im Safe deponiert. Die Schlüsselüber-
gabe erfolgte über ein Postfach, lediglich die Schlüsselrückfüh-
rung wurde vereinfacht, indem der Schlüssel einfach per Post-
sendung zurück in die Kanzlei geschickt wurde. Mit ihr haben
die Entführer das rechte Schaf gefunden und so haben sich eben
auch die Prozesse verschlankt.

Das einzige Problem bei der Sache ist, dass die Indizien zwar
klar auf der Hand liegen, und weder Still noch Myriell glauben
hier an Zufälle, doch leider fehlen bislang die Beweise.

Es ist wie verhext, der Prozess ist aalglatt und weder Taxa Art
noch IIMEX oder die Kanzlei Terry können in Zusammenhang
mit dem Raub gebracht werden. Die Aktenlage ist dünn und gibt
in Richtung Beweis nichts her.

Die Zeit ist nun reif dafür, Thomas einzuweihen, denn er
kann vielleicht zumindest den Käufer der Bilder ermitteln, der ja
unter dem Vorwand, nicht erkannt zu werden, bislang in den zur
Verfügung gestellten Versicherungsakten verborgen geblieben ist.

Morgan hat mit ihnen ein Treffen arrangiert, diesmal an einem
etwas abgelegenen Strandabschnitt, nördlich von Miami Beach.

Myriell soll das Treffen wie einen Strandausflug mit Freunden aussehen lassen.

Zu diesem Zweck hat sie eine große Decke, einen Sonnenschirm und einen gut gefüllten Picknickkorb im Equipment.

Sonntags sind die Strände gut gefüllt und im September ist es heiß, Still wird wohl auch eine Badehose anziehen müssen. Insgeheim freut sie sich auf den Anblick des sonst so zugeknöpften Morgan in Badehose und kann sich bei der Vorstellung ein Schmunzeln nicht verkneifen.

Am Strand von Pompano Beach angekommen suchen sie sich unter den vielen sonnenhungrigen Touristen ein Fleckchen – zwischen Familien mit vielen Kindern. Die perfekte Tarnung liefert zusätzlich der große Sonnenschirm, den Myriell seitlich in den Sand gesteckt hat und so den Blick zur Straße verdeckt. Zusätzlich hat sie sich einen großen Sonnenhut aufgesetzt und Thomas trägt ein Basecap.

Thomas hat sich auf dem Weg zum Supermarkt um die Ecke gemacht. Sie hat darauf bestanden, zu Fuß zu gehen. Sie hat ihm von einem wichtigen Treffen erzählt, das über ihre Zukunft bestimmen wird. Er musste ihr vertrauen, denn Genaueres würde er bei dem Treffen erfahren.

So sitzen sie nun am Strand unter dem Sonnenschirm und Thomas ist schon ganz ungeduldig.

„Mach es doch nicht so spannend, Myriell, du tust ja so, als ob wir ein Treffen mit der Mafia haben", quengelt er.

„Fast getroffen, es ist ähnlich, warte es ab", erwidert sie gelassen.

In dem Moment kommt Morgan vom Strand auf sie zugeschlendert. Myriell hätte ihn fast nicht erkannt, denn er trägt Bermudas, ein lockeres Leinenhemd, einen Walkman und ein Basecap und einen Rucksack, er sieht aus, wie ein etwas zu alter pubertierender Teenager.

„Hallo, Mrs. Parker, Mr. Parker, ich bin J.P. Morgan." Er reicht ihnen seine Hand entgegen.

„Ich arbeite für die CIA."

Thomas ist überrascht, was will er wohl von ihnen?

Eine Ahnung überkommt ihn, die Kunstraube, er hat sich bei realistischer Betrachtung auch schon nach den Zusammenhängen gefragt, diese Frage drängt sich nahezu auf, allerdings hat er sie schnell wieder verworfen, da er in erster Linie an seiner Provision interessiert war und sich mit solchen Themen nicht belasten wollte. Das ist seiner Meinung nach der Job der Polizei.

Morgan setzt sich zu ihnen auf die Decke und nimmt gerne die gekühlte Coke an, die Myriell ihm anbietet. Dann beginnt er Thomas die Situation zu erklären. Dass er mit Myriell zusammenarbeitet, um die Kunstentführungen und die Zusammenhänge aufzuklären. Der Versuch, die vorliegenden Indizien zu beweisen.

Thomas ist sehr überrascht und auch etwas enttäuscht, dass Myriell ihn nicht eingeweiht hat.

„Was ist meine Rolle in dem Spiel?", fragt er etwas entnervt.

Morgan bemerkt die Anspannung sofort und erklärt Thomas, dass es nicht der richtige Zeitpunkt für solche Gefühle ist.

„Herr Parker, die Lage ist ernst, sehr ernst und es ist die letzte Möglichkeit für Sie, straffrei aus der Sache heraus zu kommen, Sie sind schließlich auch ein Glied in der Kette, Sie vermitteln die Aufträge an die Kanzlei Terry, das macht Sie ebenfalls verdächtig."

„Ich habe mit den Kunstentführungen nichts zu tun, wie Sie schon sagten, ich vermittle die Aufträge an die Kanzlei Terry, mehr nicht, was unterstellen Sie mir denn da? Dafür kassiere ich eine kleine Provision und das ist durchaus üblich in der Branche, vielleicht ein bisschen unehrenhaft, nicht wirklich strafbar", erwidert Thomas sauer.

„Wir ermitteln nicht wegen Ihrer Provisionsbezüge, sondern wegen der Organisation und Ausführungen von Kunstrauben, wir nehmen an, es mit einem organisierten Verbrechen im großen Stil zu tun zu haben und wenn Sie involviert wären, dann wären Sie ein Glied dieser Kette."

„Damit habe ich nichts zu tun, was unterstellen Sie mir überhaupt, unglaublich!"

„Wir gehen davon aus, dass Sie beide nichts damit zu tun haben, Herr Parker, sonst würde ich mich wohl kaum mit Ihnen und Ihrer Frau hier treffen, ich benötige Ihrer beider Hilfe. Ich habe bereits in den Kanzleiakten recherchiert und wir haben nichts Auffälliges gefunden. Sie müssen die Versicherungsunterlagen für uns durcharbeiten!"

Morgan erklärt ihm, worauf er besonders achten soll, er ist vor allem daran interessiert herauszubekommen, wer die Bilder kauft und wer der Versicherungsnehmer ist, die rätselhafte Person, die immer als großzügiger Kunstmäzen im Hintergrund bleiben will.

Thomas überlegt eine ganze Weile.

„Okay, Mr. Morgan, wenn wir mitmachen, was springt da für uns heraus?"

„Sie werden in unser Zeugenschutzprogramm aufgenommen, das bedeutet Straffreiheit, Schutz und eine neue Identität, wir helfen Ihnen, in einem anderen Land neu zu starten, Sie bekommen einen neuen Namen, eine neue Vergangenheit und eine neue Zukunft."

Wie wunderbar das Leben doch manchmal spielt. Nachdem Thomas die Liebe zu seiner Frau entdeckt hat, will er aus seinem alten Leben entfliehen, dem Sumpf entkommen, den Deal ungeschehen machen. Er überlegt kurz, ob er Still davon erzählen soll, beschließt dann zunächst mit Myriell darüber zu sprechen und willigt dankbar in die von Still vorgeschlagene Vorgehensweise ein.

Myriell ist über die schnelle Einsicht und Bereitschaft ihres Mannes sehr erleichtert, denn auch sie wünscht sich, seitdem sie von dem unglaublichen Deal um ihre Person weiß, nichts sehnlicher, als eine neue Zukunft zusammen mit ihm. Sie möchte mit diesen schrecklichen pervertierten Menschen, vor allem mit Victor, nichts mehr zu tun haben.

Um den Kontakt zu Dan, ihrem Nachbarn, ist es ihr schade, er ist ihr ans Herz gewachsen und sie fühlt sich von ihm sonderbar berührt. Seitdem er sie auf seiner Geburtstagsfeier geküsst hat, geht ihr seine erotische Ausstrahlung nicht mehr richtig aus dem Kopf. Zugegeben, gelegentlich muss sie daran denken.

Sonst findet sie keinen besonderen Bezugspunkt. Außerdem möchte sie nicht mehr in Florida bleiben. Ihr fehlen, so seltsam es scheinen mag, die Jahreszeiten. Zunächst war sie begeistert von dem ständig warmen Klima, doch mittlerweile sehnt sie sich nach einem Winter mit Schnee. Für sie selbst hat sie bereits wieder beschlossen, zurück nach Europa zu gehen und hofft insgeheim darauf, Thomas ebenfalls davon zu überzeugen.

Morgan gibt ihr noch ein verschlüsseltes, abhörsicheres Handy, ein sogenanntes Kryptohandy. Diese Handys werden von Spezialanbietern entwickelt. Über eine verschlüsselte VOIP-Verbindung über das mobile Internet wird eine gewisse Abhörsicherheit versprochen.

„Benutzen Sie das Handy nur im äußersten Notfall, Myriell, es ist zwar angeblich abhörsicher, doch was ist wirklich abhörsicher, das persönliche Gespräch ziehe ich immer vor."

Morgan verabschiedet sich von ihnen und schlendert genauso unauffällig den Strand entlang, wie er auch gekommen ist.

Myriell und Thomas bleiben noch eine Weile am Strand, schwimmen ein wenig im Meer und unterhalten sich über das Beschlossene.

„Wenn alles vorbei ist, würde ich gerne zurück nach Europa gehen, Thomas", beginnt Myriell nach einer langen Schweigepause.

„Ja, warum nicht, was schwebt dir vor?", fragt Thomas interessiert.

„Vielleicht Hamburg, ich kenne Hamburg kaum, es liegt auch am Meer, nach Berlin können wir nicht zurück, wir kennen dort zu viele Leute."

Kapitel 39

Polizeichef

Michael Morada, seines Zeichens Polizeichef von Miami, ist ein wenig beunruhigt. Durch seine langjährigen Beziehungen auch zum FBI ist ihm zu Ohren gekommen, dass in Europa bereits wegen eines Kunsträuber-Ringes recherchiert werden soll. Er sitzt in Victors Büro und erzählt davon.

„Europa, Europa – wir sind hier in Miami und unsere Akten sind sauber. Alles perfekt inszeniert, Michael, wir haben keine Fehler gemacht, glaub mir, wir sind sauber", erklärt Victor genervt.

„Du bist ganz sicher? Ich habe keine Lust, damit in Zusammenhang gebracht zu werden. Wenn ich weiter stillhalten soll, müsst ihr, sagen wir mal, mein Schmerzensgeld erhöhen, ich will 50 Prozent vom Erlös, das scheint mir angemessen."

„Jetzt wirst du aber komisch, du kannst keine 50 Prozent bekommen, du musst weiterhin mit 20 Prozent zufrieden sein. Wenn ich das schon höre, dein Risiko ist doch das geringste von uns allen. Du musst nur den Ball flach halten."

Michael Morada will sich jedoch nicht mit den 20 Prozent begnügen und so bricht ein heftiges Wortgefecht zwischen den Männern aus.

„Ich kann nicht einfach deinen Gewinn erhöhen, wir müssen uns mit Sven, Dan und Manolo treffen und neu kalkulieren, wenn du mehr willst. Wir bekommen jeder 20 Prozent, wenn du das noch nicht vergessen hast!", schreit er ihn angewidert an.

„Spiel nicht verrückt, du hast das Zepter in der Hand, zieh doch den anderen dreien zehn Prozent ab, dann hast du selbst keinen Verlust", entgegnet Michael ruhig.

„So geht das nicht, wir haben uns vorher geeinigt, Änderungen sind nicht möglich."

„Dann steige ich aus und lasse die noblen Herren alle auffliegen. Beweise habe ich genug und ihr könnt mir gar nichts anhaben, als Polizeichef kann ich alles manipulieren, wie du selbst schon mehrfach erlebt hast."

„Okay, ich sehe, was ich machen kann", entgegnet Victor finster und schiebt Michael unsanft in Richtung Tür.

„Du hörst in Kürze von mir, ich spreche mit den anderen und arrangiere ein Treffen."

„Warte nicht mehr so lange, Victor, ich meine es ernst."

Kapitel 40

Mord

Das Boot von Sven liegt im Hafen von Key Largo an einer schwer einsehbaren Stelle und ist deshalb der perfekte Treffpunkt.

Sven hat sich vorgenommen, es wie eine „Sunset Cruise" aussehen zu lassen. Die Männer wollen mit Michael reden und ihn beruhigen, es kann doch nicht angehen, dass er jetzt, da das Geschäft so gut läuft, durchdreht und mehr Geld will.

Victor hat ihnen am gleichen Tag noch von den unverschämten Forderungen von Michael berichtet und alle vier waren außer sich.

Es ist jetzt 18 Uhr und bislang ist Sven noch allein auf dem Boot. Er stellt das mitgebrachte Bier und die Sandwiches in den Kühlschrank, öffnet sich schon mal ein Lagerbier und setzt sich auf Deck in die Sonne, die in circa einer Stunde untergehen wird.

Zuerst trudelt Dan ein, er nimmt sich ein Bier und die beiden beginnen zu plaudern.

„Was wohl in Michael gefahren ist, so geldgeil habe ich ihn noch nicht erlebt."

„Ja, er scheint wirklich geldgeil zu sein, vielleicht hat er zu viel in Vegas gelassen, der alte Zocker, nur sehe ich nicht ein, dass wir deshalb seinen Anteil erhöhen, da sind wir uns ja wohl einig", entgegnet Sven und erhält ein bejahendes Kopfschütteln von Dan.

„Hallo, Jungs, wie ich sehe, lasst ihr es euch schon gut gehen." Victor erscheint auf dem Pier und besteigt die Reling.

„Hallo, Victor, willst du ein Bier?", lacht Sven ihm entgegen.

„Ja, sicher", erwidert Victor und greift in Richtung des angebotenen Lagerbiers.

„Hast du ein Glas? Und wann kommt Manolo?"

„Da ist er bereits im Anmarsch – hi, Manolo, auch ein Bier gefällig?", ruft Sven in Richtung Pier.

„Na klar, was für eine Frage." Die geöffnete Flasche fliegt ihm entgegen und er fängt sie und setzt sie sofort an den Mund, um den stark schäumenden Inhalt aufzufangen.

Victor beginnt sofort damit, den Anwesenden noch mal das von Michael Geforderte zu erklären. Er hat Michael für 18.45 Uhr bestellt und so ist noch ausreichend Zeit für die vier, sich Argumente auszudenken.

„Habt ihr Waffen dabei?", fragt Victor.

„Nein, keine Waffen", entgegnen die Männer.

„Okay, dann kann ja wenigstens in dieser Richtung nichts passieren, wenn die Gemüter einmal hochkochen sollten."

Ein Mord wäre Victor viel zu ordinär, denn wenn Morde passieren, will er ganz sicher nicht dabei sein und das wäre aufgrund der fehlenden Waffen glücklicherweise geklärt, und Michael wird nicht so dumm sein, bei seiner absurden Forderung zu bleiben.

Sie besprechen kurz ihre Ansichten, denn sie wollen alles so belassen, wie ursprünglich vereinbart. Ihre Position steht fest und bei vier gegen eins wird Michael sich wohl beugen müssen.

Es ist bereits 18.40 Uhr, als Michael das Deck betritt und die Männerrunde gut gelaunt beim Bier vorfindet. Eigentlich sind es seine Freunde und Freundschaft und Geschäft müssen getrennt werden, denkt er, als er mit den Jungs und einem Bier anstößt. Er lässt sich von der Stimmung des lauen Sommerabends anstecken, als sie gut gelaunt aus dem Hafen schippern.

Sie reden zunächst oberflächlich über Hochseefischen und Tauchen.

Sven erzählt von seinem letzten Tauchgang und dem Harpunieren einer Muräne, das ist eigentlich verboten, doch die riesige Muräne, die in dem Loch im Riff festsaß, reizte ihn sehr und so hat er die Harpune einfach in das Loch gehalten und abgedrückt.

„Nicht gerade sehr sportlich", neckt ihn Victor.

„Wer es glaubt, wird selig", ruft Manolo von hinten.

So necken die Männer sich untereinander, bis Sven der Kragen platzt.

„Einen Moment!", ruft er und verschwindet unter Deck und kommt mit einer riesigen automatischen Harpune zurück.

„Das ist die Harpune, die Beschleunigung ist enorm, ihr könnt sicher sein, dass ich damit die verfluchte Muräne erwischt habe."

Dann ergreift Victor das Wort.

„Ist schon gut, Sven, wir glauben dir deine Geschichte ja, lass uns doch endlich zur Sache kommen. Wir sind doch aus einem anderen Grund hier. Michael will mehr Geld", Victor kommt ohne Umschweife auf den Punkt.

Die gute Laune ist mit einem Schlag wie ausgelöscht. Die Männer schauen finster drein und Sven stellt Michael zu Rede.

„Was soll das? Bist du durchgeknallt? Du hast doch am wenigsten Risiko und kannst froh sein, einen gleichen Teil zu erhalten!", fährt er ihn sauer an.

„Moment mal, das ist ja wohl nicht ganz richtig. In Europa wird bereits ermittelt, glaubt ihr allen Ernstes, dass der Sprung über den Teich weit ist? Ich halte euch den Arsch frei und riskiere ebendiesen dabei. Das muss euch mehr wert sein als der bislang lausige Anteil, sonst steige ich aus. Höheres Risiko, höherer Preis", entgegnet Michael ebenso finster.

„Du kriegst gleich was aufs Maul!", schreit Dan ihn an.

„Genau, das wäre ja noch schöner, du kohlegeiler Bulle!", Manolo schreit ebenfalls.

Ein Handgemenge entsteht und Manolo schlägt Michael in den Magen.

Victor schreit lautstark: „Das bringt doch nichts!", doch Dan hat bereits ebenfalls zugeschlagen und Michael mit dem Fuß in den Magen getreten.

„Das hilft euch gar nichts, ich krieg euch alle an den Arsch", wimmert Michael am Boden liegend.

Sven hat immer noch die Harpune in der Hand und wirkt völlig apathisch. Wie fremdgesteuert steht er auf, tritt auf Michael zu und hält ihm die geladene Harpune direkt zwischen die Augen.

„Knall die Sau ab, knall die Sau ab, der kohlegeile Bulle hat sein Leben verspielt", schreit Manolo von der Seite.

Ohne mit der Wimper zu zucken, drückt Sven den Abzug. Ein kurzes surrendes Geräusch erklingt und ein Plopp, dann fällt

Michael hintenüber, den Harpunenpfeil zwischen seinen Augen stecken und mit völlig überraschtem Ausdruck.

„Seid ihr von allen guten Geistern verlassen!", schreit Victor empört.

„Ihr habt ihn umgebracht!"

„Nein, wir haben ihn umgebracht", entgegnet Sven völlig ruhig.

„Keine Panik, Victor, wir werden das Schwein entsorgen", sagt er und schaut in Richtung Manolo, der zustimmend nickt.

„Musste das sein, ich hasse Morde, bei denen ich anwesend sein muss", dreht sich Victor angeekelt ab.

Die Jacht wendet und fährt zurück Richtung Hafen.

Manolo entsorgt zusammen mit Sven die Leiche in den Sümpfen an der US 41 Richtung Naples. Die Alligatoren werden schnell mit Leichenteilen fertig, das haben sie zuvor bereits einige Male erprobt. Das letzte Mal ist allerdings schon ein Jahr her. Sie trennen die Gliedmaßen mit der Kettensäge ab und entsorgen sie in Kilometerabständen im Gebüsch.

Leider haben sie nicht mitbekommen, dass vor einiger Zeit Zäune gezogen wurden, um die Alligatoren von der Straße fern zu halten, und diese Nacht ist sehr dunkel, so bemerken sie die stabilen Zäune nicht.

Bei den Gliedmaßen ist die Rechnung mit den Alligatoren aufgegangen, doch der Torso wird nach fünf Tagen gefunden, denn der Zaun ist an dieser Stelle ganz frisch eingebaut und hält recht gut den Versuchen der Tiere stand.

Kapitel 41

Leiche

Jeremia Washington paddelt gemächlich in seinem Kajak die flachen Gewässer entlang der Straße, die die Everglades durchtrennt, auch Tamiami Trail genannt – der US 41 von Miami nach Naples.

Er soll die Zäune entlang des Straßenabschnitts kontrollieren, die in Höhe des Shark Valleys im Everglades Nationalpark entlang der Straße gezogen wurden, um die wilden Tiere von der Straße fern zu halten.

Die Everglades sind eine flache Feuchtlandschaft mit circa 6.000 Quadratkilometern Fläche und ziehen sich vom Lake Okeechobee im Norden bis an die äußerste Südspitze Floridas. Das Gebiet wird auch „Fluss aus Gras" genannt, vielmehr ist diese bis zu 60 Kilometer breite Wasserader oft nur wenige Zentimeter tief und das hat zur Folge, dass fast die ganze Fläche mit Gras bewachsen ist und dadurch auch extrem schwer zugänglich ist. In manche Teile dieser Gebiete kann Jeremia nur mit einem Motorboot mit Aufbau fahren und in einigen wenigen schwer zugänglichen Gebieten war er noch nie. Immer wieder kommt es vor, dass sich sogar Alligatoren zum Überqueren der Straße entschließen und dabei vor allem nachts ein nicht unerhebliches Verkehrsrisiko darstellen. Es kommt auch nicht selten vor, dass dies trotz Einzäunung der Straße passiert und heute hat er bereits einen Krokodilkadaver auf der Straße gefunden. Seine Aufgabe besteht darin, die Kadaver von der Straße zu entfernen und einzusammeln, damit der Verwesungsgeruch nicht weitere Tiere anlockt und sich die Touristen nicht gestört fühlen.

Heute wird Jeremia nur bis zum frühen Nachmittag arbeiten, denn seine süße kleine Tochter hat Geburtstag, sie wird fünf Jahre alt. Er freut sich sehr darauf, denn die ganze Familie kommt zum Feiern und am Sonntag hat er zusätzlich frei genommen, denn er will einmal ausschlafen und einen schönen Tag mit seiner Kleinen in den Keys verbringen, das hat er ihr versprochen. Der Gedanke an seine Badenixe zaubert ein glückliches Lächeln auf sein Gesicht.

Jeremia ist durch und durch Seminole. Er lebt mit seiner Familie in Everglades City, dem einzigen kleinen Ort in den Everglades. Seitdem er den Job als „Park Ranger" angenommen hat, ist er endlich zu seinen Wurzeln zurückgekehrt und er kann von sich selbst sagen, dass er nun auch ein glücklicher Mann ist. Mit Hilfe diverser Stipendien – er war immer sehr gut in der Schule – hat er zuvor ein Agrar-Studium mit Schwerpunkt auf Wildhege und Pflege absolviert, zuletzt war er sogar in Los Angeles. Doch dieser Moloch von Stadt hat ihm seine letzten Nerven geraubt, dort war er einfach nicht zu Hause und zutiefst unglücklich. Nachdem er unter schweren Depressionen litt, hat er sich schließlich ein Herz genommen, sein letztes Geld zusammengekratzt und ist zurück in seine ursprüngliche Heimat, die Everglades gekommen. Was für ein Segen, denn kurz darauf hat er seine Jugendliebe geheiratet und mit ihr zwei süße Kinder, einen Jungen und ein Mädchen bekommen. Sie leben jetzt in bescheidenen, stabilen und glücklichen Verhältnissen, denn sein Gehalt ernährt sie. Maria, seine Frau, hat Arbeit im Besucherzentrum am Osteingang gefunden, sie hält Diavorträge und macht kleine Führungen, das trägt ebenfalls zu einem bescheidenen Lebensstandard bei. Zugegeben, sie können nicht in Urlaub fahren, doch Jeremias Wahlspruch lautet: „Ich lebe dort, wo andere Menschen ihren Urlaub verbringen, ich habe das ganze Jahr Urlaub."

Ja, wenn er es richtig betrachtet, ist er ein glücklicher Mensch, er beginnt den Ohrwurm zu pfeifen, den er heute Morgen im Radio aufgefangen hat, einen uralten Schinken, ihm ist danach zu singen …

„Moonriver, la la la …", den Text hat er vergessen. Er paddelt gemächlich in dem seichten Wasser.

Plötzlich erregt etwas seine Aufmerksamkeit. Ein Müllsack oder etwas Ähnliches scheint direkt vor dem Zaun zu liegen. Das

Relikt befindet sich von ihm aus gesehen hinter dem Zaun in Richtung Straße, wahrscheinlich hat hier wieder jemand einfach seinen Müll abgeladen. Das passiert in letzter Zeit auch immer häufiger und er verstummt abrupt sein Lied und flucht lautstark.

„So eine Schweinerei", sagt er laut und deutlich zu sich selbst, so werden unnötig Tiere in Richtung Straße gelockt, von der Umweltverschmutzung mal ganz zu schweigen.

Das will er sich jetzt einmal genauer ansehen und ankert seinen Kajak an der kleinen Böschung. An einer Stelle ist der Zaun heruntergetreten, dort klettert er darüber und nähert sich dem Müllsack. Laut schimpfend nimmt er den Verwesungsgeruch immer stärker wahr, je näher er kommt, deshalb bedeckt er seine Nase mit einem Taschentuch, das immer griffbereit in der Hosentasche steckt, das hat schon öfter den beißenden Verwesungsgeruch etwas gemildert. Er wird den Müll wohl wieder entsorgen müssen, doch zuerst will er wissen, worum es sich diesmal handelt. Angewidert bückt er sich in Richtung des Müllsackes, zuvor hat er bereits seine Handschuhe angezogen. Mit seinem Messer schneidet er den Sack auf und eine Verwesungswolke strömt ihm entgegen, ja, betäubt ihn förmlich, ungläubig begutachtet er den Inhalt.

Angesichts des sich ihm bietenden Anblicks muss er sich erst einmal abwenden und sich übergeben.

Das gibt es doch gar nicht, so etwas ist ihm in seiner ganzen Laufbahn noch nicht passiert.

Menschliche Augen, zwischen denen eine Harpune steckt, sehen ihn leblos und trübe an. Bei genauerem Hinsehen stellt er fest, dass sich Maden bereits an die Arbeit gemacht haben, die Augäpfel sind schon teilweise befallen und der Gestank ist erbärmlich. Er wendet sich ab, greift zu seinem Handy und ruft den Notruf der Polizei.

Die Obduktion ergibt Folgendes:

Es handelt sich um einen Männertorso. Der Mann ist um die 45 Jahre alt, weiß, circa 1,80 Meter groß, dunkelhaarig. Seine Muskulatur ist in gutem Zustand und er hat eine sportliche Statur, sofern davon geredet werden kann, doch die Schulter- und Bauchmuskulatur lassen Rückschlüsse in diese Richtung zu, seine Arme und Beine wurden abgetrennt. Der Tod trat durch die Harpunenverletzung zwischen den Augen circa fünf Tage zuvor ein.

Dies konnte anhand des Madenbefalls, des Verwesungsprozesses und der in den letzten Tagen vorherrschenden Temperaturen recht genau errechnet werden. Der Mageninhalt weist darauf hin, dass der Mann kurz vor seinem Tod ein großes Steak gegessen hat.

Seine Identität konnte aufgrund des schlechten Zustands der Leiche noch nicht sicher ermittelt werden. Anhand auffälliger zahnärztlicher Behandlungen, die an ihm vor kurzer Zeit noch vorgenommen wurden, ist die Polizei jedoch zuversichtlich, diese feststellen zu können.

Kapitel 42

Entsorgung Leiche

Manolo Madres ist stark erregt, in den letzten Stunden hat sein Körper sehr viel Adrenalin ausgeschüttet. Er hat das Gefühl, in einem schlechten Film die beschissenste Rolle besetzt zu haben. Nachdem Sven Stevenson Michael Morada mit der Harpune erschossen hat, war es wieder einmal an ihm, die Leiche zu entsorgen.

Na ja, die Zäune sind neu, das hatte er nicht gewusst, und als der Torsofund in den Medien publik wurde, hat er in aller Eile sein Zeug zusammengepackt und ist mit dem Taxi zum Miami Airport gefahren. Er wusste, dass täglich Flüge von Miami nach Belize City angeboten werden und ehe er sichs versah, ist er im Flieger gesessen.

Erst mal raus und in Sicherheit.

Im Hinterland würde ihn niemand finden, da ist er sich ganz sicher, und wenn das Gröbste vorbei ist, will er wieder zurückkommen.

In Belize City wird Madres von einem seiner Angestellten mit einem Geländewagen abgeholt. Von den circa 2 800 Kilometern Straße in dem Land sind nur ungefähr 500 Kilometer asphaltiert, sodass ein geländegängiges Fahrzeug durchaus Sinn macht. Madres Anwesen liegt im Hinterland und die letzten Kilometer sind nicht asphaltiert und zumindest das Anwesen ist somit schwer zu erreichen. Er hat viel Geld in diese versteckte und gut gesicherte Bananenplantage investiert. Seine Bananen werden in die USA exportiert. Die Felder liegen etwas abseits und hier gibt es eine von ihm angelegte Straße, die den Abtransport erleichtert. Sein Anwesen soll ihm jetzt Schutz bieten.

Er ist einer der angesehensten Männer im Land. Wie sollte er mit dem Mord des Bürgermeisters von Miami in Bezug gebracht werden, total absurd, zumal er zu dem Zeitpunkt des Mordes angeblich in Naples bei Freunden war, die ihm ein Alibi geben.

Er hat Morada nicht getötet, das war Sven in seiner absurden Wut.

„Idiot", denkt er laut, das war nicht nötig, sie hätten sich bestimmt einigen können.

Madres ist extrem aufgeregt, alles, was er machen wollte, kann er nun auf die lange Bank schieben, bis Gras über die Sache gewachsen ist, nur weil Sven den dicken Mann markieren musste.

„Madre mia", spricht er laut aus, sodass sein Fahrer ihn düster anschaut. Er hat die schlechte Laune seines Chefs schon bemerkt.

Jetzt muss er wohl einige Wochen in dieser einsamen und langweiligen Gegend aushalten, ohne das süße Leben in Miami.

Na ja, er wird auf die kleinen Nutten von Concita zurückgreifen müssen, die warten schon auf ihn – und trotzdem, er wird sich schrecklich langweilen, da ist er sich ganz sicher. Diese jungen Dinger sind so ungebildet und einsilbig – besser als in Miami in den Knast zu gehen ist es allemal, was soll's, er wird es überleben.

Kapitel 43

In der Nacht

Es ist ein Uhr in der Nacht. Myriell und Thomas haben ausgiebig gegessen und sind dann noch in den Pool gesprungen. Die Nacht ist lau, alle Fackeln brennen und tauchen die Terrasse in ein romantisches Licht. Der Wein ist rot und schmeckt nach Beeren und trägt das Gefühl der Leichtigkeit in den Himmel hinein, wo es von tausenden funkelnden Sternen erwartet wird. Wie wunderschön der Himmel hier sein kann und das Licht, das er erzeugt, ist ein ganz besonderes. Sie sitzen nebeneinander, halten sich bei der Hand und genießen die Stimmung. Thomas beugt sich zu Myriell herüber und küsst sie sanft auf die Wange:

„Ich liebe dich, Myriell."

Das Handy reißt sie aus der Stimmung und als Myriell realisiert, dass es das Handy von Mr. Morgan ist, rutscht ihr das Herz sprichwörtlich in die Hose.

Morgan ist am Telefon: „Sprechen sie jetzt nicht, packen Sie die wichtigsten Dinge in maximal zwei Müllbeuteln zusammen, kleiden Sie sich unauffällig und gehen Sie zum Supermarkt um die Ecke, ich hole Sie in 30 Minuten dort ab."

Myriell flüstert Thomas das Gesagte ins Ohr. Sie haben sich auf eine solche Situation vorbereitet und darauf verständigt, im Fall der Fälle nur Gesten zu benutzen, denn sie wissen nicht, inwieweit das Haus abgehört wird. Die wichtigsten Dinge hat sie auch bereits zusammengepackt.

Myriell sagt zu Thomas: „Schatz, ich bin müde, lass uns ins Bett gehen."

Sie löschen die Fackeln, räumen die Gläser ins Haus, schließen die Tür, packen die Sachen in Müllbeutel, reden nicht, ziehen sich weitestgehend schwarze Sachen an und setzen Basecaps auf, verlassen das Haus seitlich durch den Garten und gehen die paar Meter Richtung Supermarkt, der 24/7 geöffnet hat. Dort warten sie seitlich im Schatten, es sind ungefähr 20 Minuten seit dem Telefonat vergangen. Sie sehen sich an und reden nicht. Morgan hat ihnen gesagt, dass so ein Tag vielleicht einmal kommen würde und er sie dann sehr schnell aus dem Geschehen entfernen müsste, damit ihnen nichts passiert. Was genau er damit meinte, hat er ihnen nicht gesagt – aber der Tag ist jetzt, genau heute gekommen und ihnen ist beiden recht mulmig zumute. Wie soll das alles nur weitergehen? Thomas hat in weiser Voraussicht schon mal die vier Millionen Dollar auf ein Schweizer Nummernkonto transferiert, so ist wenigstens die finanzielle Grundlage gesichert. Was auch immer passiert, sie sind nicht mittellos.

Myriells Gedanken werden durch das Eintreffen eines schwarzen Vans unterbrochen. Morgan steigt aus dem Auto und schiebt sie wortlos auf die hinteren Plätze, die Türen werden geschlossen und sie fahren davon. Myriell schaut aus dem Fenster und sieht, dass sie die Autobahn Richtung Orlando nehmen.

„Was ist passiert?", fragt Myriell leise.

Morgan erklärt kurz und präzise die Situation: „Der Polizeichef von Miami, Michael Moroda, ist zerstückelt in mehreren Abfallsäcken in den Everglades gefunden worden. Er ist grade identifiziert worden. Das FBI beobachtet ihn seit geraumer Zeit und es ist so gut wie nachgewiesen, dass er Schmiergeld für das Decken einiger mieser Geschäfte dieses Stevensons erhält, der wiederum Mandant der Kanzlei Terry ist. Das FBI wird die Herren in Kürze hochnehmen. Sie beide sind dann nicht mehr im Zugriff. Die Herren sollen denken, Sie sind ebenfalls verhaftet worden. Heute um 17 Uhr wird das FBI bei Ihnen aufschlagen und eine Festnahme inszenieren. Zeitgleich wird das bei Herrn Terry und Stevenson und Herrn Madres passieren. Die Herren werden festgenommen und verhört."

„Wo bleiben wir?", fragt Myriell entsetzt.

„Wir bringen Sie an einen sicheren Ort", entgegnet Morgan.

Kapitel 44

Zugriff

Der Zugriff erfolgt fast parallel.

Eine Spezialeinheit stürmt um 12.29 Uhr Sven Stevensons Anwesen. Es befinden sich zu dem Zeitpunkt zehn Personen auf dem Grundstück: zwei Sicherheitskräfte, der Butler, das Hausmädchen, zwei Gärtner und Sven Stevenson in Gesellschaft von drei blonden Damen, ziemlich angetrunken im Whirlpool.

Das SWAT-Team öffnet unbemerkt das Tor, die Männer schleichen Richtung Gebäude, treffen auf den ersten Personenschützer, den Sven zu seiner Sicherheit engagiert hat. Dieser ergibt sich sofort – das alles erfolgt völlig geräuschlos –, die restlichen Personen sind überrascht, lassen sich direkt festnehmen. Der zweite Personenschützer befindet sich in der Küche zusammen mit dem Hausmädchen und isst grade ein Stück Hähnchen. Hierbei wird er jäh unterbrochen und das Huhn bleibt ihm sprichwörtlich im Hals stecken.

Sven hat von all dem nichts mitbekommen. Er ist angetrunken und amüsiert sich im Whirlpool, als das SWAT-Team in den Raum stürmt, ihn aus dem Pool reißt und auf den Boden wirft. Er hört die Handschellen klicken, das war's!

Eine Minute später, genau um 12.30 Uhr, erreichen drei Männer eines weiteren SWAT-Teams die Kanzleiräume von Victor Terry. Nancy reißt Mund und Augen auf, als sie die voll ausgerüsteten Männer sieht und will schreien. Ein Spezialist weiß das zu verhindern, tritt hinter sie und hält ihr den Mund zu.

Fünf weitere Spezialisten treten über das Treppenhaus ein. Der Vorraum ist so gefüllt wie lange nicht mehr. Der Zugriff erfolgt. Sieben Personen betreten lautlos die vorhandenen Büroräume. Victor diktiert grade und sieht verwundert auf den bewaffneten SWAT-Spezialisten, nimmt sofort die Arme hoch und lässt sich verhaften.

Kapitel 45

Ergebnis

Die Jacht wurde nie gefunden, da Sven Stevenson sie mit einem Leck versehen und in den Tiefen des Ozeans versenkt hatte. Die Harpune verbrannte in seinem Kamin fast vollständig. Manolo Madres war in Cozumel untergetaucht und zog es vor, dort zu bleiben.

Victor Terry war aufgrund seiner hervorragenden Kontakte nach drei Stunden Untersuchungshaft wieder frei. Allen drei Männern konnte weder eine Beteiligung am Mord noch an den Kunstentführungen nachgewiesen werden.

Aufgrund der fehlenden Beweise war es für Thomas und Myriell zu gefährlich, in ein Zeugenschutzprogramm aufgenommen zu werden. Sie wurden ebenfalls wieder freigelassen. Myriell arbeitete noch drei Monate bei Victor Terry und gab vor, sehr an Heimweh zu leiden. Sie vermisste Deutschland angeblich sehr und ging mit Thomas nach Hamburg. Thomas hat einen Job bei einer Versicherung in Hamburg gefunden und Myriell Arbeit in einer renommierten Kanzlei.

Die Woche Skiurlaub in Gröden hatte sie sich gegönnt, um mit dem Kapitel Florida abzuschließen. Sie wusste nicht, dass sich seit drei Wochen ein neues Leben in ihr bewegte.

Die Autorin

 Jazz van Galen, Autorin von „In gestohlener Zeit", ist 1979 in Antwerpen in Belgien geboren. Nachdem sie ihre Kindheit in Belgien verbrachte, zogen ihre Eltern mit ihr gemeinsam nach Deutschland in die Nähe von Münster. Hier besuchte sie die Schule und studierte nach dem Abitur Betriebswirtschaftslehre. Seit dem Studium arbeitet sie als Unternehmensberaterin.

Schon früh begeisterte sie die Literatur und das Scheiben. In ihrer Freizeit unternimmt van Galen viele Reisen rund um die Welt und kehrt auch immer wieder gerne zum Hauptschauplatz ihres Buches „In gestohlener Zeit" in die USA zurück. Als energievoller kreativer und empathischer Freigeist entführt sie die Leser in interessante und aufregende Welten.

Der Verlag

Wer aufhört
besser zu werden,
hat aufgehört
gut zu sein!

Basierend auf diesem Motto ist es dem novum Verlag
ein Anliegen neue Manuskripte aufzuspüren, zu ver-
öffentlichen und deren Autoren langfristig zu fördern.
Mittlerweile gilt der 1997 gegründete und mehrfach
prämierte Verlag als Spezialist für Neuautoren in
Deutschland, Österreich und der Schweiz.

Für jedes neue Manuskript wird innerhalb
weniger Wochen eine kostenfreie, unverbind-
liche Lektorats-Prüfung erstellt.

Weitere Informationen zum Verlag und
seinen Büchern finden Sie im Internet unter:

www.novumverlag.com